Della stessa autrice:

Come il veleno

Il peso della vergogna

Confessioni dal passato

Serena McLeen

LA FRAGILITÀ DELL'APPARENZA

Independently published

www.serenamcleen.com

me@serenamcleen.com

ISBN: 9798736337804

Prima edizione maggio 2021

LA FRAGILITÀ DELL'APPARENZA

Prologo

Sara Beltrami

16 maggio 2019, carcere femminile

Un tempo pensavo che la mia vita sarebbe stata molto diversa, seppure con le sue difficoltà, gli ostacoli quotidiani e i problemi esistenziali. Invece...

La mia storia comincia esattamente nel momento in cui avrei dovuto essere forte, decisa, imperturbabile, fredda, matura e soprattutto responsabile. È in quel preciso istante che avrei dovuto ascoltare la parte migliore di me e lasciare la vulnerabilità e la rabbia in un angolo remoto della mia anima, della mia coscienza.

Invece, ingenua e stupida quale sono stata, le ho fatte emergere infrangendo la sottile barriera di cristallo di cui è rivestita la tentazione. Ho permesso a quei sentimenti forti, potenti e negativi di avvicinarsi a me accarezzando in modo subdolo la mia integrità morale.

E così sono rimasta schiacciata da quella lusinga calda, avvolgente e spietata quanto un sole cocente che scioglie uno spesso strato di ghiaccio.

La scrittrice Rosamunde Pilcher diceva:

Abbiamo una vita sola.
Nessuno ci offre una seconda occasione.
Se ci si lascia sfuggire qualcosa tra le dita,
è perduta per sempre.
E poi si passa il resto della vita
a cercare di ritrovarla.

Io sto ancora cercando di ritrovare la mia occasione, il modo di salvarmi da me stessa, di riscattarmi agli occhi del mondo.

1

Sara

14 luglio 2016, commissariato

«Il mio incubo è cominciato molti anni fa» confessai al commissario Martini che non mi toglieva gli occhi di dosso. Un cigolante e arrugginito ventilatore spostava l'aria umida e pesante che entrava dalla finestra spalancata su un cortile interno spoglio e desolato. La stanza in cui mi trovavo era piena zeppa di fascicoli dall'aspetto polveroso e confuso, appoggiati qua e là su schedari di ferro che parevano vecchi, decrepiti e stantii quanto l'intero stabile.

«Sara, mi vuole raccontare come si sono svolti i fatti?» mi chiese il commissario ammorbidendo il tono della voce e passandosi una mano tra i capelli brizzolati. Indossava una camicia con le maniche lunghe che aveva arrotolato fino al gomito e il cui colletto aperto era macchiato di sudore. Era evidentemente provato dal caldo soffocante di quella giornata, eppure era lucido e deciso più che mai: voleva la mia confessione.

Seduta su una traballante sedia di ferro, io abbassai lo sguardo e osservai inorridita le mie mani sporche di sangue oramai rappreso. Con un dolore che mi trafiggeva nel profondo tentai di pulirmele nei pantaloni di lino, sudici quanto le mani. Mi sentivo svuotata, arida e sprovvista di una qualsiasi giustificazione che potesse alleggerire la grave posizione in cui mi trovavo. Il fatto che fossi avvocato, anche se divorzista, non mi stava aiutando. Anzi, credevo che nulla di quello che avevo studiato potesse favorirmi in alcun modo. Niente deponeva a mio favore.

«Sara, mi sente?» insistette lui alzando leggermente il tono della voce e osservando il mio sguardo assente. Ero sotto shock e faticavo a capire le domande che mi venivano poste.

D'istinto, come se qualcuno mi avesse buttato in faccia un secchio d'acqua gelida, mi pulii il naso con il dorso della mano. I pensieri mi attanagliavano e arrovellavano la mente rendendo vano ogni tentativo di riacquistare un minimo di lucidità. *Cosa potrò mai dire in mia difesa?*, mi domandavo. *Non ho più niente da perdere... né da salvare.*

«Come vuole» sottolineò serio, prendendo atto del mio silenzio. «Aspetteremo il suo avvocato» mi disse sempre più cupo in viso mentre tentava con lo sguardo arguto di estorcermi la confessione che aspettava da quando era entrato in quella stanza.

«No!» gridai strabuzzando gli occhi. «Non servirebbe. Ho sbagliato e nessun legale al mondo potrà salvarmi!» esclamai con enfasi. Stavo sudando e i capelli mi si erano appiccicati al collo. Quell'esclamazione concitata mi era costata un enorme sforzo fisico e mentale, che mi accaldò ancora di più.

«Bene. Ne è sicura?» si accertò accendendo il registratore che aveva posato sul tavolo.

Con la bocca asciutta e messa così alle strette, non ricordavo nemmeno più da quanto tempo fossi lì dentro. Accennai un leggero segno di assenso con il capo e presi fiato e coraggio. A quel punto la verità non poteva altro che venire a galla attraverso le mie parole, il mio racconto, la mia confessione, *la mia versione dei fatti*. Nessuno poteva riavvolgere il nastro e tornare indietro nel tempo per cambiare gli eventi accaduti. Nessuno poteva difendermi. Nessuno sarebbe venuto in mio aiuto. Ero completamente sola, con la verità che non poteva più attendere nemmeno un secondo e che sembrava sempre più impaziente di emergere dal buio dell'oblio in cui l'avevo nascosta per tanto tempo.

«Vuole davvero conoscere la mia storia? Perché è cominciato tutto molti anni fa» gli feci presente mentre cercavo di ripulirmi le mani ancora una volta nei pantaloni.

«Certo che voglio conoscere la sua storia» mi disse lui accondiscendente appoggiando i gomiti sulla scrivania che ci divideva, dall'aspetto assai anonimo e triste.

Ero consapevole che voleva avere la mia piena confessione, quindi non lo feci attendere oltre e lo accontentai. Anche per me, però, quel momento fu liberatorio, perché ebbi finalmente l'occasione di liberarmi del fardello che mi portavo appresso da un'intera vita. Naturalmente lo feci a modo mio...

«Tutto è cominciato molti anni fa, negli anni '80...» iniziai a raccontare titubante.

«Ricordo che una sera di settembre del 1989 Giorgia piangeva in silenzio sotto le coperte. Era triste per qualcosa che le era accaduto e di cui non riusciva a capacitarsi. Turbata, confusa e incerta, si asciugava le lacrime con il polsino della camicia da notte. Per lei era un momento davvero difficile. Sentivo ogni suo movimento, visto che dormivo nel letto accanto al suo: si girava e rigirava tra le lenzuola, poi si rannicchiava su se stessa e stringeva forte il cuscino. Io, che ero la sorella maggiore, sentendola singhiozzare scostai piano le coperte e mi infilai nel letto accanto a lei, la mia sorellina... Giorgia si rifugiò subito tra le mie braccia e io la strinsi forte con la voglia di toglierle quel dolore che le lacerava il petto. "Mi dispiace vederti così triste, *bambolina*" le sussurrai all'orecchio mentre le accarezzavo piano i capelli neri. Lei sussultò, mugugnò e affondò il viso nel mio pigiama. Desiderava solo essere capita, consolata, abbracciata. Avrebbe tanto voluto sfogarsi e raccontarmi *il suo segreto...* Ne ero certa. E oggi ne ho avuto la conferma» dissi debolmente smorzando la voce e perdendomi nei ricordi.

In quei giorni di settembre del 1989 e negli anni successivi percepii più volte la fragilità della *mia bambolina*. Giorgia infatti *aveva paura* e da quando le era successo qualcosa, *qualcosa di tremendo*, faceva incubi orribili. Tutto però *era celato* sotto un pesante manto di omertà.

Purtroppo, lì in commissariato, conoscevo oramai fin troppo bene il motivo per cui mia sorella non aveva mai parlato...

Dopo essere ricaduta in quel pantano melmoso di ricordi così dolorosi, ritornai vigile e proseguii. «Quella sera mi trattenni dal piangere. Se non lo avessi fatto, molto probabilmente anch'io sarei crollata sotto il peso delle mie emozioni. Perché anch'io mi sentivo distrutta nel profondo... proprio come Giorgia. Ma se io ero molto più grande di lei ed ero oramai una ragazza di diciotto anni, lei aveva appena otto anni. Era soltanto una bambina...».

Sospirai e abbassai lo sguardo sulla mia camicia bianca sudicia e chiazzata di sangue. Poi ripresi a parlare. «Feci un grande respiro e cominciai ad accarezzarle la schiena. "Giorgia", le dissi con un filo di voce tremolante, "ti conosco bene e so che hai qualcosa. Sono settimane che sei pensierosa e non parli con nessuno, cosa ti succede *bambolina*?" le chiesi dolcemente. Mi piaceva chiamarla in quel modo» spiegai commossa al commissario. «Giorgia all'improvviso smise di piangere e si strinse a me ancora di più. "Io, io..." cominciò tentennante. Al buio e con il cuore che mi martellava nelle orecchie aspettavo una risposta che potesse chiarire la situazione e magari portare a una soluzione. "Tu cosa?" insistetti ansiosa. Giorgia tirò su con il naso e si scostò brusca da me, girandomi le spalle con uno scatto veloce e chiudendosi definitivamente in se stessa. Sapevo che quello era il suo modo per farmi capire che non avrebbe più parlato. Rassegnata scesi dal letto, le rimboccai le coperte e le diedi un bacio sulla fronte. "Quando vorrai parlare, io sarò qui, piccola" le ricordai rimettendomi a letto. "Sara" mi chiamò subito dopo. "Sì, dimmi" la incitai speranzosa. "Ti voglio bene" mi disse all'improvviso infilando la testa sotto il cuscino. Io tremai ascoltando quelle parole tanto sincere e mi passai nervosamente una mano tra i capelli. "Anch'io" cercai di rincuorarla e confortarla. "La mamma non mi crede quando dico *le cose*" precisò poi la piccola. Io sospirai e mandai giù un boccone amaro. Adesso le lacrime mi rigavano le guance. "Lo so Giorgia, la mamma è fatta così". "Già..." confermò lei "allora starò zitta. Non dirò più niente a nessuno" decise lapidaria. Io mi girai sul fianco e mi smarrii nei miei pensieri. Quella sera Giorgia decise che *mai* nessuno avrebbe saputo *quello che aveva visto*... E così fu. Non riferì nulla ad anima viva. Si è tenuta tutto dentro fino al momento del...» precisai senza riuscire a terminare la frase. Mi sembrava ancora assurdo quello che era successo solo poche ore prima, proprio davanti ai miei occhi.

Il commissario mi osservava increspando le labbra. «Sara, io la comprendo» mi disse sospirando. «Però ho bisogno che lei mi spieghi nel dettaglio cosa è successo oggi, non nel 1989. Ha capito?» mi domandò spazientito dalla situazione, incalzandomi senza tregua.

Alzai un sopracciglio e mi sporsi verso di lui. Mi davano fastidio le mani appiccicose di sangue e volevo solo lavarmi, ripulirmi. «È lei che non capisce...» gli esplicitai sentendo gli occhi bruciare di lacrime. «Se non parto dalla nostra infanzia, non potrà comprendere appieno le dinamiche di quello che è successo oggi!» gridai sull'orlo di una crisi di nervi strofinandomi con violenza le mani sui pantaloni. «Per Dio fatemi lavare le mani! Non posso più vedere il suo sangue!».

2

Famiglia Beltrami, novembre 1988

Giorgia

Giorgia era in ritardo e sua madre continuava a chiamarla dicendole di sbrigarsi.

«Arrivo mamma!» gridò infilandosi le scarpe.

«Dai che facciamo tardi! Ti vuoi muovere per favore?».

Giorgia sbuffò, era stanca e non aveva alcuna voglia di uscire. Scese le scale di malavoglia e si diresse in cucina, affacciandosi sulla porta e appoggiandosi allo stipite. «Eccomi, sono qui» disse poco convinta.

Marta si girò di scatto e per poco non le scivolò di mano il piatto che stava asciugando. «Giorgia! Vuoi farmi venire un infarto? Sei silenziosa come un gatto, mi hai spaventata» la rimproverò portandosi una mano sul petto e sgranando i suoi profondi occhi neri.

«Scusa mamma» le disse la bambina giocando con una ciocca di capelli.

«Va bene, ti scuso, adesso però dobbiamo andare. Siamo in ritardo come al solito. Mettiti il giubbotto, forza» la spronò riponendo il piatto e andandole incontro. La prese per mano, tirandola verso la porta, ma Giorgia fece resistenza e puntò i piedi.

Sua madre sospirò. «Cosa c'è adesso? Ti ho detto che dobbiamo andare».

«Ma io non ho voglia. Posso stare a casa? Sono stanca».

Marta si rabbuiò. «Non se ne parla, devi andare a catechismo come tutti gli altri bambini. Basta discutere, copriti bene che usciamo».

Giorgia si arrese allo sguardo scuro e perentorio della madre e la seguì di malavoglia trascinando faticosamente i piedi.

Arrivata in città, Giorgia scese dalla macchina e seguì la madre come un cagnolino obbediente. Se ne stava a testa bassa, con il broncio.

Marta la portò verso il gruppo di bambini che accerchiavano don Paolo, il nuovo parroco arrivato da poche settimane. Un altro gruppetto si era radunato nell'ampio spazio recintato sotto il campanile della chiesa di Sant'Angelo che svettava alto verso il cielo.

Quando vide tutti quei bambini, che gridavano gioiosi nei loro giacconi pesanti e con le mani protette da soffici manopole, Giorgia si convinse che non era poi così male essere venuta lì. E non appena si accorse che c'era anche il suo migliore amico, Andrea, un bambino con i capelli biondi e gli occhi color cenere, corse verso di lui senza pensarci due volte.

«Ciao Andrea!» lo salutò contenta.

Lui le sorrise, uno dei suoi bei sorrisi sdentati, spontanei e sinceri. Portava un berretto di lana con un paffuto pompon blu. «Ciao, finalmente sei arrivata. Io non volevo venire, oggi fa freddo, però mamma mi ha sgridato».

«Anche la mia si è arrabbiata» gli precisò Giorgia con una smorfia.

«Giorgia ci vediamo più tardi!» le gridò Marta, sbrigativa come sempre, salutandola con la mano.

Giorgia ricambiò il saluto e poi si voltò, mentre la madre rimase a parlare con altri genitori, coperti fino alle orecchie con pesanti sciarpe di lana. Il freddo umido e pesante dell'autunno inoltrato cominciava a farsi sentire.

Don Paolo, un uomo sulla cinquantina con i capelli neri e gli occhi chiari screziati di un bianco gelido, quasi spettrale, radunò i bambini attorno a sé. «Forza, andiamo tutti in oratorio, Lorella ci sta aspettando!» e andò ad aprire una pesante porta di legno nello stabile vicino al campanile. I bambini entrarono festosi in una stanza lunga e stretta, al centro della quale stava un grande tavolo con tutta una serie di sedie massicce. Sul lato opposto, una stufa a legna riscaldava l'ambiente di un calore ovattato e sulla parete, appena sotto il soffitto a botte, era appeso un semplice ma imponente crocifisso di ferro.

Lorella, la nuova catechista, una donna con gli occhi verdi e una capigliatura riccia e crespa, li accolse entusiasta. «Ben arrivati ragazzi! Svelti, entrate e andate a sedervi, che poi chiudiamo la porta. Fuori fa un freddo!».

Giorgia diede la mano ad Andrea e lo portò verso due posti poco distanti dalla stufa. «Queste sedie sono dure!» esclamò guardando Andrea dritto negli occhi.

«Sì» rispose lui togliendosi il berretto per poi infilarlo nella manica del giubbotto che aveva appena appeso allo schienale della sedia. «Quanto dobbiamo stare qui?» le domandò tirando su con il naso.

Lei scrollò le spalle e fece una smorfia con la bocca. «Non lo so» gli rispose sconsolata.

«Tu come ti chiami?» le chiese Lorella andandole incontro.

Vedendosela arrivare vicino, Giorgia si ritrasse leggermente.

«Non avere paura, voglio solo fare amicizia».

«Io... io mi chiamo Giorgia Beltrami, ho sette anni e abito a...».

«Sei la figlia di Marta?» le chiese con gli occhi lucidi, interrompendola.

Giorgia, titubante, fece un segno di assenso con la testa.

«Sai, io e la tua mamma eravamo amiche da piccole. Le assomigli così tanto».

«La mamma è fuori, se vuoi salutarla» le disse la bambina dubbiosa.

«Adesso no, ma più tardi sicuramente. Togliti il giubbotto anche tu, da brava» e le fece un grande sorriso.

Giorgia obbedì, poi si mise a osservare gli altri bambini. Li conosceva quasi tutti, ma preferiva di gran lunga la compagnia di Andrea e così gli diede la mano.

«Giorgia ha il fidanzato!» sghignazzò Federica ad alta voce in mezzo alla confusione generale.

«Smettila, non è vero!» gridò lei alzandosi di colpo. «Lui è mio amico, stupida che non sei altro!» sbraitò rabbiosa. Non sopportava quella bambina impicciona e arcigna che pareva avercela sempre e solo con lei.

«Sei una cretina!» inveì Giorgia ancora di più, avvicinandosi a lei.

«Guarda che non mi fai paura. Sei solo una poveraccia» la schernì malignamente Federica.

Furibonda e rossa in viso, Giorgia le tirò i capelli, spostandola dalla sedia. Nel frattempo, tutti gli altri bambini si erano ammutoliti e guardavano la scena senza fiatare.

«Adesso basta! Queste parole non si dicono» urlò don Paolo avvicinandosi a Giorgia.

«Lei è cattiva con me!» si ribellò sentendo le mani forti del prete che la tiravano indietro.

«Lasciale i capelli, queste cose non si fanno. Dovete essere tutti amici...».

Giorgia aveva una gran voglia di piangere ma si trattenne e lasciò i capelli di Federica, che paonazza in viso le fece una smorfia soddisfatta.

Anche Lorella si avvicinò e la riaccompagnò al suo posto. «Stai tranquilla, sono cose che succedono. Però d'ora in poi non voglio più sentirti dire parolacce, sono stata chiara?» si raccomandò accarezzandole i capelli.

Giorgia si calmò e abbassò la testa.

«Perché Federica si comporta così? Vuole sempre litigare con te...» le sussurrò Andrea.

«Non lo so, ma non la sopporto» gli rispose stizzita grattandosi la testa.

Andrea le accarezzò una spalla. «Non importa. Tu sei buona e io non parlerò mai più con lei. Promesso».

Giorgia si perse nei suoi occhi color cenere, le piaceva il modo carino e affettuoso con cui Andrea la trattava. Lui aveva un ruolo importante nella sua vita, era un amico fidato che le voleva bene e non la prendeva in giro per come si vestiva o si pettinava. Non si comportava come le ragazzine e i ragazzini che abitavano in città (tra i quali Federica) che denigravano i bambini che venivano dai paesi circostanti chiamandoli "i campagnoli rozzi".

«Grazie» gli disse Giorgia rincuorata.

Nell'ora successiva, don Paolo e Lorella spiegarono ai piccoli il programma che avrebbero svolto durante l'inverno: giochi, disegni, letture del Vangelo, l'organizzazione dei mercatini di Natale e di Pasqua. E, cosa importante, si sarebbero preparati per la Prima Comunione che sarebbe avvenuta l'anno seguente.

Alla fine di quel primo incontro, don Paolo salutò tutti e andò in chiesa per celebrare la Messa delle cinque del pomeriggio, mentre Lorella fece recitare un Padre Nostro ai bambini, si accertò che fossero coperti per bene e li accompagnò fuori. Le mamme stavano chiacchierando del più e del meno per ingannare l'attesa.

Giorgia prese per mano Andrea e lo accompagnò da sua madre. «Noi abbiamo finito!» le disse orgogliosa per averlo portato da lei.

«Grazie Giorgia, sei sempre così carina» le rispose Rafaella, abbassandosi per sistemarle una ciocca di capelli che le era finita davanti agli occhi.

Giorgia ricambiò quel gesto gentile e affettuoso con un sorriso aperto e sincero. Le piaceva la madre di Andrea, era una donna che sprizzava bontà e disponibilità da tutti i pori. Durante la stagione della raccolta dei pomodori, in estate, andava sempre a dare una mano ai suoi genitori. Si ricordò che l'anno prima, alla fine di una giornata di lavoro estenuante, aveva anche trovato il tempo di giocare a campana sull'aia con lei e Andrea.

«Eccoti! Non ti vedevo» esclamò Marta arrivandole alle spalle.

«Mamma, oggi Federica mi ha fatto arrabbiare...».

«Ancora? Poi mi racconti cos'è successo, però adesso dobbiamo andare» la zittì mettendole le mani sulle spalle.

«Ciao Raffaella, come stai?» chiese alla madre di Andrea.

E in quel momento Giorgia capì di aver perso l'attenzione della madre. *Ogni volta mi dice così, ma alla fine non mi ascolta mai...*

Le due donne chiacchierarono ancora un po', finché si avvicinò anche Lorella.

«Oh, ma allora ci siete tutte e due!» e fece per abbracciarle.

Marta e Raffaella, evidentemente sorprese, ricambiarono il gesto e cominciarono a parlare dei vecchi tempi, quando frequentavano insieme le scuole elementari.

«Ma cosa ci fai qui? Non abitavi a Milano?» le chiese Marta confusa.

«Sono tornata... mio padre si è ammalato e non ho avuto scelta. Non volevo che la mamma si occupasse di tutto da sola, quindi eccomi qua!» rispose alzando le mani in aria.

«Chi l'avrebbe mai detto, dopo tanti anni ti occupi dei nostri bambini... Come passa veloce il tempo» le disse Raffaella incredula.

«Già...» assentì Lorella. «Tra l'altro ho notato che sono molto amici i vostri "pargoli"» continuò guardando entrambi i bambini ma facendo l'occhiolino a Giorgia.

Raffaella intervenne prontamente. «Siamo amiche e vicine di casa e ci diamo una mano quando possiamo».

«Eh sì, se non ci si aiuta tra di noi...» confermò contenta Marta.

Mentre le tre donne continuavano a parlare e ridere ricordando gli anni della loro infanzia, Andrea e Giorgia si defilarono silenziosamente.

«Andiamo sul campanile?» le chiese Andrea cercando di scansare gli altri bambini che giocavano e correvano per il piazzale.

«No! Ho paura, è troppo alto» le rispose Giorgia con il batticuore. «Io lassù non ci vengo. E poi la mamma si arrabbierebbe!» precisò tirandogli una manica per farlo venire via da lì.

All'improvviso arrivò di corsa Federica, che la urtò forte e la fece cadere pesantemente sul cemento umido e scivoloso. «Oh, scusa, non volevo...» si giustificò con un'espressione arcigna stampata sulla faccia paffuta e arrossata.

Giorgia sentì montare dentro di sé una rabbia incontenibile, ma non le fece vedere che le aveva fatto male, anzi si alzò in piedi in meno di un secondo, si guardò attorno per accertarsi che la madre non la vedesse e spinse Federica con la precisa intenzione di farla cascare. Quando la bambina cadde in malo modo, Giorgia sorrise soddisfatta e con quella reazione così istintiva spaventò e fece scappare vie anche le due amichette di Federica che la seguivano come cani da guardia pronti ad attaccare.

«Basta! Devi lasciarmi stare! Hai capito?» la minacciò poi spingendole le spalle per terra.

«Smettila, altrimenti la mamma si arrabbierà!» la supplicò Andrea controllando le rispettive madri. Quando si accertò che stavano ancora conversando tranquillamente ignorando quanto stava accadendo, fece un timido sospiro di sollievo. «Dai, andiamo!» insistette. Aveva paura di essere sgridato dai suoi genitori.

Percependo il disagio dell'amico, Giorgia si alzò e si allontanò da Federica, che indispettita e con le lacrime agli occhi si rimise in piedi in fretta e furia e se ne andò di corsa come un cane bastonato.

In quel preciso momento, le madri dei bambini li richiamarono e tutti si sparpagliarono per fare ritorno a casa. Nessuno degli adulti si era accorto di nulla.

3

Giorgia si svegliò di soprassalto, spalancò gli occhi e si mise a sedere. Era tutta sudata e aveva una gran voglia di piangere. Sara invece stava dormendo tranquilla nel letto a fianco al suo, rannicchiata e coperta fino alle orecchie.

Voglio la mamma..., pensò, e dopo essersi tolta di dosso la pesante coperta e il lenzuolo di flanella che le impediva quasi di muoversi, cauta e guardinga controllò per bene sotto il letto. Poi, sempre timorosa, mise i piedi per terra e uscì dalla camera facendo attenzione a non svegliare la sorella. Sentiva un nodo alla gola e voleva solo le coccole della madre per riprendersi dal brutto sogno che l'aveva tanto scossa.

La casa era fredda e buia e la stanza dei genitori si trovava alla fine del corridoio. Intimorita dall'atmosfera cupa che regnava sovrana in tutta l'abitazione, fece un bel respiro e prese coraggio. *Adesso corro e non mi fermo... non devo guardare indietro...*, pensò trattenendo a stento il bisogno di fare pipì.

Corse più veloce che poté, con la sensazione di essere seguita dall'uomo nero della notte: un'entità oscura e maligna che non aveva mai visto ma che la madre le menzionava spesso quando prendeva l'iniziativa di allontanarsi da sola. Le diceva che se ne stava appostato in qualche angolo buio e nascosto della casa e anche fuori, nel fienile, che papà utilizzava come magazzino degli attrezzi agricoli. Giorgia credeva davvero che quell'essere ambiguo e strisciante abitasse lì con loro, solo che di giorno non ci pensava, mentre nel cuore della notte sentiva la sua invisibile presenza, soprattutto quando doveva andare in bagno.

Raggiunta la camera dei genitori, spinse il battente della porta verso l'interno e si avvicinò al letto, dalla parte dove dormiva la madre. Poi si coricò in fretta vicino a lei affrettandosi a portare i piedi al sicuro sul materasso, visto che sotto il letto poteva essersi appostato l'uomo nero della notte con le sue ossute dita lunghe e gelide pronte a rapirla e a portarla chissà dove.

«Mamma, sei sveglia?» le chiese scuotendole una spalla.

Ancora intontita dal sonno, Marta aprì a fatica le palpebre. «Cosa c'è Giorgia?».

«Ho fatto un brutto sogno e devo fare pipì».

Marta si stropicciò gli occhi. «Dai, andiamo. Ti accompagno in bagno, così mi racconti il tuo sogno» le disse facendole segno di spostarsi.

Giorgia non era sicura di voler mettere di nuovo i piedi per terra. «Mi prendi in braccio?» le chiese speranzosa.

«Va bene. Facciamo in fretta però» le rispose Marta spazientita. «Lo sai che domani sarà una giornata pesante per me e papà».

Giorgia annuì.

«Quante storie per un brutto sogno» si lamentò poi Marta prendendola in braccio.

Giorgia si sentì ferita da quelle parole. *Forse se le racconto il sogno cambierà idea...*, pensò percorrendo il corridoio e le scale che portavano al piano inferiore. Si sentiva al sicuro, in alto tra le braccia di sua madre e lontana da eventuali pericoli.

Arrivate in bagno, che si trovava poco distante dalla porta d'entrata dell'abitazione, Marta la mise in terra. «Dai, fai pipì e poi ritorniamo tutte e due a letto» la spronò sbadigliando.

Il pavimento era freddo, nonostante i grossi calzettoni di lana che indossava, e Giorgia d'istinto ritrasse le dita dei piedi. «Ho sognato Federica che mi strappava i capelli. Era cattiva e tutta viola in faccia, con i denti gialli e storti e gli occhi rossi...» le raccontò.

«Queste sono solo sciocchezze. I brutti sogni li facciamo tutti ma poi passano».

«Abbiamo litigato... Dice che io e Andrea siamo fidanzati... è stata cattiva!».

Dopo aver fatto pipì, Giorgia si sistemò le mutandine, mentre sua madre tirò lo sciacquone commentando: «Queste sono cose da bambini. Stupidaggini».

«Mi dà fastidio! Dice sempre che io e Andrea siamo vestiti male perché abitiamo in campagna. E che puzziamo!» urlò Giorgia rabbiosa.

Marta sospirò e con uno strattone la prese in braccio. «Adesso basta gridare. È notte, vuoi svegliare tutti? Non devi ascoltarla, basta far finta che lei non esista. Tutto qui» concluse sbrigativa uscendo dal bagno.

«Mamma, posso venire nel lettone?» le domandò fiduciosa mentre salivano le scale.

Marta la squadrò per un attimo, alla fioca luce dei lampioni che filtrava attraverso le imposte. «Non se ne parla, mi sveglierei con il mal di schiena» le rispose categorica. «Adesso fai la brava e torna a dormire. Domani mattina devi andare a scuola e se andiamo avanti così sarai talmente stanca che non riuscirai nemmeno ad aprire gli occhi. Quindi calmati... e basta con questi capricci».

Marta la fece coricare a letto e le rimboccò le coperte. «Buonanotte, a domani» le augurò asciutta.

Amareggiata e delusa, Giorgia si portò la coperta fin sopra la testa e pianse in silenzio. Le dispiaceva che sua madre sminuisse così drasticamente le sue paure e che giudicasse i suoi comportamenti come capricci infantili. Triste serrò le palpebre e senza accorgersene scivolò in un sonno profondo.

Sara scuoteva forte Giorgia che sembrava non volersi proprio svegliare. «Dai, muoviti!» gridò per l'ennesima volta. «Lo scuolabus passa tra poco e tu sei ancora a letto!».

Proprio in quel momento, Marta irruppe nella stanza come una pallottola fuori controllo, disse a Sara di scendere in cucina a far colazione e poi scoprì Giorgia. «Su, bella addormentata, è ora di svegliarsi» la prese in giro alzandola di peso.

Giorgia aprì gli occhi con grande fatica, sbadigliò e si stiracchiò. «Non voglio andare a scuola. Posso stare a letto?» mugugnò assonnata, ributtandosi tra le calde coperte. «Mi copri mamma?» le chiese con una dolce smorfia del naso.

«Alzati subito!» gridò invece Marta nervosa. «Ho un mare di cose da fare, papà è fuori già da un pezzo e devo aiutarlo. Dai, muoviti!» la spronò tirando fuori dall'armadio un pesante paio di pantaloni di velluto blu e un maglione di lana rosso con elaborate trecce in rilievo. Glielo aveva fatto lei stessa l'inverno precedente nel periodo natalizio.

Giorgia si alzò di malavoglia e si fece spingere giù in bagno dalla madre. Si lavò il viso e si pettinò i capelli.

Marta le lasciò gli abiti sul divano, andò in cucina e le mise sul tavolo una tazza di latte caldo e dei golosi biscotti di pasta frolla.

Dopo essersi vestita, Giorgia la raggiunse in cucina sempre più stanca. «Mamma, dov'è Sara?» le chiese grattandosi la testa.

«È uscita, lei deve prendere l'autobus» le ricordò mettendosi gli stivali di gomma. «Sbrigati a far colazione, che ti accompagno fuori. Tra pochi minuti arriverà lo scuolabus».

Giorgia mangiò più in fretta che poté, si infilò la giacca a vento dai colori sgargianti, il berretto e i guanti, poi uscì di casa con la madre. Restarono tutte e due infreddolite e tremanti sul ciglio della strada ad aspettare lo scuolabus, che arrivò pochi minuti dopo. Marta salutò l'autista che conosceva e si allontanò svelta.

La bambina si sedette e appoggiò il naso sul finestrino sporco, umido e freddo, osservando la madre camminare verso l'aia che dava sui campi: era imbacuccata in un giaccone lungo fino a metà coscia e calzava due stivali di gomma sporchi di fango. Se la immaginava spargere il granturco e granaglie di vario genere per le numerose galline che se ne stavano protette nel loro pollaio a razzolare.

Si staccò dal vetro e si guardò attorno. Come tutte le mattine, la maggior parte dei bambini avevano ancora gli occhi lucidi, pieni di sonno, e il silenzio la faceva da padrone. Lei invece, al pensiero che alla fermata successiva sarebbe salito Andrea, sorrise e cominciò ad agitarsi. Non vedeva l'ora di raccontargli l'incubo della notte precedente.

L'autista, un uomo sulla sessantina con la barba incolta e spessi occhiali da vista, controllò nello specchietto retrovisore che la macchina dietro lo scuolabus non fosse troppo vicina, poi mise la freccia, accostò a destra, schiacciò un pulsante e la porta si aprì. Ecco Andrea!

«Ti devo dire una cosa!» gli disse subito, prendendo lo zainetto che aveva appoggiato sul sedile di fianco e mettendoselo sulle gambe.

Andrea a sua volta si sfilò lo zaino e si sedette accanto a lei. «Cosa devi dirmi?» le chiese sbadigliando.

«Ho sognato Federica, sembrava un mostro e aveva gli occhi brutti... assomigliava al diavolo e voleva farmi male...» gli spiegò.

Andrea non disse nulla, sembrava pensieroso.

«Cosa c'è?». Giorgia era stranita dal comportamento dell'amico.

«È una stupida. Ecco» sentenziò lui stringendole una mano.

Giorgia sentì un vuoto nello stomaco, le piaceva la sua gentilezza. «Come sarebbe bello se tu fossi mio fratello... sai quante cose potremmo fare?» gli confessò a voce bassa.

«Be', non siamo fratelli ma è come se lo fossimo, visto che abitiamo vicini» le disse serio.

Giorgia guardò fuori dal finestrino. «Sì, è vero» e cominciò a disegnare sul vetro appannato una casa con un comignolo fumante e un'altalena nel giardino.

Le fermate successive furono tre e poi piano piano lo scuolabus con il suo inconfondibile rumore, che a Giorgia sembrava assomigliare al trattore del padre, imboccò la strada che portava in città. La luce grigia di novembre rendeva l'atmosfera ancora più sonnacchiosa e cupa, e Giorgia non vedeva l'ora di tornare a casa. Il pensiero di stare seduta al banco per ore e dover sopportare la maestra che le ripeteva di stare ferma e composta le dava un senso d'ansia. Non le piaceva nemmeno la ricreazione perché i bambini non li chiamavano per giocare insieme ma prendevano deliberatamente le distanze da *loro* lanciando occhiatacce e ridacchiando alle loro spalle.

4

Sara

Quel giorno di novembre del 1988 era quasi l'una del pomeriggio e stavo tornando da scuola su un autobus semivuoto. Prima di arrivare alla mia fermata, che si trovava a un centinaio di metri da casa, presi un fazzoletto di carta e mi tolsi il rossetto color rosa tenue che tenevo nascosto nell'astuccio. Poi raccolsi i capelli facendo una treccia e controllai nel mio specchietto che non fosse rimasta nemmeno la più piccola traccia di colore sulle labbra. Se mia madre mi avesse scoperta, mi avrebbe fatto una ramanzina senza fine. Mi sembrava già di sentire le sue parole di rimprovero e dissenso.

La conoscevo bene ed ero consapevole delle sue idee antiquate. Nonostante avessi già diciassette anni e frequentassi la quarta superiore, mi diceva spesso che ero ancora piccola e che le ragazze per bene non si dovevano assolutamente truccare, se non volevano apparire superficiali.

Io invece mi sentivo grande e desideravo davvero tanto farmi accettare dalle mie compagne di scuola che vivevano in città. Rispetto a me, loro mi sembravano molto più libere e indipendenti: andavano al liceo in bicicletta, indossavano vestiti firmati, si truccavano gli occhi con la matita nera e il rimmel, avevano i capelli lunghi e sciolti. Io invece, per quieto vivere, dovevo farmi la treccia tutte le mattine per poi infilarmi in testa un berretto pesante e fare un sorriso di circostanza per rendere felice mia madre. Lei mi vedeva sempre come un'eterna bimba indifesa, nonostante il mio aspetto fisico dimostrasse il contrario: non ero più una bambina, ma una ragazza sbocciata in tutto il suo splendore.

Quando l'autobus si avvicinò alla fermata, mi misi lo zaino su una spalla e mi alzai, tenendomi salda al poggiatesta di un sedile per non cadere mentre l'autista rallentava e si accostava al ciglio della strada. Una volta scesa, mi diressi verso casa stando attenta a non scivolare sull'asfalto bagnato. Dall'altra parte della via, davanti al *Bar della sosta*, l'unico del paese, tre muratori parlavano ad alta voce vicino al loro furgone e facevano battute stupide ridendo sonoramente. Io abbassai lo sguardo e coprendomi fino al naso con la sciarpa cominciai a camminare a passo spedito. Non volevo farmi notare in nessun modo.

Quando girai a destra e mi trovai davanti le lunghe serre che mio padre aveva installato nei campi per tenere al caldo le verdure, mi venne un brivido alla schiena. Quegli infiniti tunnel bianchi mi ricordavano la neve. E io non amavo l'inverno e nemmeno le nevicate. Il freddo non mi piaceva affatto.

Giunta a casa, suonai il campanello e aspettai pestando i piedi. *Dio che gelo. Non vedo l'ora che torni l'estate*, pensai infilandomi le mani in tasca. Proprio allora arrivò da me come un fulmine, abbaiando e scodinzolando, il segugio Segi, che mio padre portava con sé quando andava a caccia. Mi abbassai per fargli una carezza e lui si prese la sua dose di coccole. Poi, come se niente fosse, se ne ritornò nella sua cuccia di legno, al margine dell'aia.

Finalmente la porta di casa si aprì e apparve mia madre. «E le chiavi?» mi chiese senza nemmeno salutarmi.

Mi chiusi la porta alle spalle, buttai in terra lo zaino che pesava quanto un macigno e sbuffai. «Le ho dimenticate in camera. Stamattina avevo sonno».

«Cosa?!» gridò lei dalla cucina. Mi sembrava più indaffarata del solito.

«Niente mamma!» le urlai scocciata per i suoi modi bruschi e distaccati. Intanto mi ero tolta giubbotto, sciarpa e berretto e li avevo appesi all'attaccapanni a muro che si trovava vicino alla porta d'entrata.

«È pronto! Muoviti che si raffredda...».

«Arrivo. Dammi un attimo di tempo, sono appena entrata!» ribattei infastidita dalla sua fretta.

Tolte le scarpe, mi infilai le pantofole e andai in cucina. «Ciao *bambolina*! Cosa mangi di buono?» domandai a mia sorella sedendomi accanto a lei.

Giorgia mi squadrò. «Pasta con il pomodoro. Ancora...» mi rispose sconsolata.

«Oh, capisco...» le dissi comprensiva.

«Qualcosa da dire?» chiese mamma, indispettita.

«No, è buonissima...» rettificò subito Giorgia.

Alzandomi presi il mio piatto e andai verso la stufa sulla quale mia madre aveva messo al caldo la pentola con la pasta. Con un guanto da cucina tolsi il coperchio e rovesciai nel piatto la pasta oramai scotta. Poi tornai a sedermi vicino a Giorgia.

Mia madre invece era indaffarata a preparare l'impasto di una torta in una capiente ciotola di ceramica.

Misi in bocca la prima forchettata e feci una smorfia: non mi piaceva la pasta scotta. Non volli però sollevare polemiche, qualsiasi cosa poteva innescare le ire di mamma. Mi limitai a fare l'occhiolino a Giorgia, che era in attesa del mio silenzioso giudizio, e scoppiammo entrambe a ridere fragorosamente.

Nostra madre smise di mescolare con il cucchiaio di legno il denso impasto che profumava di limone e si girò verso di noi con uno sguardo interrogativo, come a chiederci cosa stesse succedendo. Tuttavia non proferì parola ma buttò gli occhi al cielo scuotendo la testa e poi riprese a cucinare.

«Come è andata oggi a scuola?» chiesi poi a Giorgia.

«Normale...» disse titubante.

Aggrottai le sopracciglia. Sapevo che quando dava quella risposta così evasiva mi stava nascondendo qualcosa. «Forza, sputa il rospo... Cosa succede?» la spronai continuando a mangiare.

Lei posò la forchetta, si pulì la bocca con il tovagliolo bianco e abbassò lo sguardo. «Non mi piace andare a scuola. Mi prendono sempre in giro, dicono che sono una campagnola. Sono antipatici con me e Andrea».

Dispiaciuta le presi una mano. «Sono solo degli stupidi, non ascoltarli. Cosa vuoi che sappiano di te e Andrea? Lasciali perdere, poveri sciocchi».

Mi fece un timido sorriso e riprese a mangiare. Io le feci l'occhiolino ma mi ammutolii all'improvviso, perdendomi nei miei pensieri e ricordando quante difficoltà avessi dovuto affrontare i primi tempi nella nuova scuola: il liceo classico. Io però, che oramai ero grande e avevo dieci anni in più di Giorgia, con il tempo mi ero fatta "le spalle grosse" e avevo imparato a raggirare gli ostacoli, soprattutto quelli che mi poneva mia madre...

Avevo trovato il modo di truccarmi quel tanto che bastava per uniformarmi a qualsiasi altra ragazza della mia età, e quando salivo sull'autobus per andare a scuola mi scioglievo i lunghi capelli biondi. Mi era anche capitato più volte che la mia amica Manuela mi prestasse qualche maglietta e dei pantaloni da donna che rendevano sicuramente più giustizia al mio fisico asciutto e snello. *Se mamma mi vedesse al di fuori di questa casa, con tutta probabilità non mi farebbe più uscire per i prossimi vent'anni...*, pensai mordendomi un labbro.

Mia madre, che nel frattempo aveva infornato la torta, senza volere sbatté lo sportello del forno e io sussultai dallo spavento. «Lasciali perdere, credimi» consigliai a mia sorella.

«Adesso basta con queste sciocchezze! Finite di mangiare e poi andate a fare i compiti» ci ordinò nostra madre.

Possibile che per lei siano sempre sciocchezze?, mi domandai amareggiata. In quel momento feci anche un'altra riflessione: erano giorni che aspettavo l'occasione giusta per chiederle una cosa, una cosa per me importante ma che quasi sicuramente lei avrebbe considerato l'ennesima stupidaggine. Probabilmente l'occasione giusta che attendevo da giorni non sarebbe mai arrivata, e allora decisi di non perdere altro tempo. Feci un profondo respiro, presi tutto il coraggio che avevo e con una disinvoltura che non mi apparteneva quando avevo a che fare con lei le chiesi tutto d'un fiato, con il cuore che mi martellava all'impazzata: «Mamma, sabato sera posso andare alla festa di una mia compagna di classe?».

Nel tentativo di giustificare per bene la richiesta, subito dopo aggiunsi: «È il suo compleanno...».

Lei stava lavando le stoviglie nel lavello sotto la finestra e si fermò di colpo, sospirò e asciugandosi le mani nel grembiule che portava legato alla vita mi venne vicino. «E come si chiama questa tua amica?» mi domandò con una strana espressione sul volto.

Io, che avevo perso improvvisamente l'appetito, spostai appena la sedia indietro. «Si chiama Manuela, abita in città» risposi speranzosa, con un sorriso tirato.

«Quanti anni ha?» indagò ulteriormente, piazzandosi dritta e statuaria davanti a me.

«Ha un anno in più di me... è stata bocciata...» balbettai improvvisamente sfiduciata, vedendo la sua scontata reazione.

«Non se ne parla. Tu non andrai da nessuna parte» decise categorica. «Men che meno alla festa di una che è stata bocciata».

Avvilita abbassai il capo.

«Mamma, perché Sara non può mai uscire? Lei è grande» intervenne Giorgia in mia difesa.

«Questi non sono affari tuoi. Ho detto no. E basta con questa storia!» gridò paonazza prendendo il mio piatto quasi intatto e ritornando al lavello.

Alzai lo sguardo e lo posai tristemente su Giorgia che con la bocca sporca di sugo stava ripulendo il piatto con l'ultima forchettata di pasta. «Vado su. Devo fare i compiti... visto che in questa casa sono considerata una bambina!» sbraitai alzandomi di scatto.

Giorgia smise di masticare e mi osservò.

Mia madre si girò di colpo e sempre più accaldata in viso cominciò a gridare. «Sara torna subito qui! Non permetterti mai più! Hai capito?» sottolineò alzando ancora di più la voce.

A quel punto non mi importava più che sbraitasse, ero stanca di essere trattata in quel modo. Feci gli scalini che portavano al piano superiore due alla volta per salire più in fretta che potevo e rintanarmi in camera, a piangere.

Fuori era oramai buio, nonostante fossero solo le quattro e mezza del pomeriggio, e dalla mia scrivania sentivo papà armeggiare con ascia e legna sotto il grande portico del fienile che si trovava di fianco alla casa. Chiusi il libro di letteratura italiana e lo misi da parte. Ero esausta. *Ma perché mamma è così cocciuta?*, pensai portandomi le mani sulla testa.

Giorgia spalancò di colpo la porta e si precipitò da me saltandomi in braccio. «Sorellona mi fai le coccole?» e si raggomitolò tra le mie braccia.

Io sorrisi. «Okay, *bambolina*» e la strinsi forte accarezzandole i capelli neri e lucenti. «Hai fatto i compiti?» le chiesi poi.

«Sì e sono stata davvero brava!» disse entusiasta.

«Sei proprio sicura? Secondo me è meglio dare un'occhiata… ti va di portarmi i quaderni più tardi? Così controlliamo che sia tutto a posto» le domandai dandole un bacio sulla fronte.

«Va bene…».

«Ti ho mai detto che sei la mia *bambolina*?» e cominciai a farle il solletico.

Giorgia si dimenò come un serpente nel tentativo di sfuggirmi ma io l'abbracciai ancora più forte. «Ti voglio bene, lo sai?».

Lei mi strinse a sua volta. «Sei ancora arrabbiata con la mamma?».

«Un po', ma sono abituata oramai…».

Giorgia si sciolse dall'abbraccio e mi fissò dritta negli occhi. «La mamma mi dice sempre che le cose che le racconto sono sciocchezze. Non mi ascolta mai…».

Deglutii e le cinsi la vita, poi le feci un grande sorriso. «E allora tu vieni da me e vedrai che ti aiuterò io, *bambolina*».

5

Giorgia

La settimana trascorse tra alti e bassi e finalmente arrivò il sabato. Giorgia era riuscita a ignorare i bambini che l'avevano presa di mira e per questo suo successo doveva ringraziare Sara, che le aveva insegnato qualche trucchetto per tenerli a distanza.

Appena tornata da scuola si precipitò in cucina entusiasta come non mai. Il sabato sua madre preparava la focaccia con il formaggio filante e lei ne andava pazza. Anche Sara era già rientrata dal liceo e stava apparecchiando la tavola, ascoltando in silenzio le lamentele della madre riguardo il comportamento del padre che a suo dire non le dava mai retta.

«Sono arrivata!» esclamò Giorgia tutta contenta, annusando il buon profumo che si sentiva nell'aria.

Proprio in quel momento sopraggiunse alle sue spalle il papà, Filippo, e la prese in braccio schioccandole un bacio sulla guancia. «Ecco la mia bambina! Come è andata oggi a scuola?».

Lei lo abbracciò ma si ritrasse subito, massaggiandosi la guancia. «Pungi papà!» esclamò toccandogli la barba lunga.

«Brava, diglielo tu di radersi, sembra un barbone. E digli anche di togliersi quei pantaloni da lavoro tutti sporchi e quella camicia di flanella così sbiadita» intervenne Marta evidentemente arrabbiata per tutt'altro motivo.

«La mamma è antipatica oggi...» le sussurrò il padre all'orecchio.

Sara lo sentì e approfittando del fatto che sua madre era indaffarata a togliere la focaccia dal forno, gli chiese prontamente, rossa in viso: «Papà, stasera posso andare a una festa?».

Marta appoggiò la teglia sulla stufa e la squadrò dalla testa ai piedi.

«Dove?» le chiese lui con espressione meravigliata.

«In città».

«Ne hai parlato con la mamma?».

«Sì. E non vuole che ci vada...».

«Sara è grande, può andarci papà?» si intromise Giorgia spalleggiandola.

«Va bene. Però vengo a prenderti al massimo a mezzanotte» le rispose mettendo a terra Giorgia. «E vedi di non sgarrare, altrimenti questa è l'ultima volta che metti piede fuori da questa casa» l'avvertì serio in volto. Sara abbassò lo sguardo senza più parlare.

Giorgia si accorse dell'espressione stupita e irata della madre e si sedette in fretta sperando che non cominciassero a discutere. Questo per fortuna non accadde, perché lui si avvicinò a sua moglie e le sussurrò qualcosa all'orecchio. Giorgia non riuscì a capire nulla ma vide che la madre si rasserenò subito, quel tanto che bastava per non innescare la miccia del suo dissenso.

Erano le tre del pomeriggio e Giorgia, seduta sul sedile posteriore dell'auto, osservava la campagna stretta nella morsa del gelo e della nebbia che saliva dal terreno. «Mamma, quando arriviamo?» chiese a Marta che guidava seria con lo sguardo fisso sulla strada.

Sara era seduta davanti e non aveva pronunciato una sola parola. La questione dell'uscita serale non era ancora chiusa tra loro due.

«Mamma siamo arrivate?» domandò di nuovo, nella speranza di scalfire almeno in parte l'atmosfera tesa che si respirava.

Marta la guardò per un attimo dallo specchietto retrovisore e poi, senza rispondere, riportò l'attenzione sulla carreggiata.

«Non c'era bisogno di chiedere il permesso a tuo padre... Mi sembrava di essere stata abbastanza chiara» buttò fuori all'improvviso girandosi verso Sara.

Giorgia sbuffò e incrociò le braccia risentita. Sapeva che quelle parole sarebbero state l'inizio di un altro litigio.

«Sono grande mamma, non voglio starmene a casa il sabato sera. E poi è solo una festa a casa di un'amica... tutto qui. Cosa faccio di male?» le disse fredda, stringendosi nel giaccone e spostandosi una ciocca di capelli dietro l'orecchio.

«Fai come ti pare, tanto tuo padre te le dà tutte vinte... E io sono sempre quella che fa la parte della cattiva» controbatté Marta scura in volto. «Allora quando arriviamo vai in piazza?» la interrogò nervosa.

«Sì. Mi devo trovare con Sabrina, andiamo a comperare un regalo per stasera».

«Già... e vedi di farti bastare i soldi che ti ha dato papà».

«Lo so. Non c'è bisogno che me lo ricordi ogni volta che devo prendere qualcosa!».

Marta rimpicciolì gli occhi e si morse le labbra. «Ci ritroviamo al parcheggio per le sei. Mi raccomando, non fare tardi».

Sara non disse nulla e sbuffò.

Giorgia avrebbe voluto farsi piccola fino a scomparire e non essere lì con loro. *Sara è così buona con me, perché litiga sempre con la mamma?*, si chiese grattandosi la fronte nel punto in cui il berretto di lana le provocava un prurito insopportabile.

Marta parcheggiò fuori dalle mura, poco distante dalla chiesa di Sant'Angelo, ma non fece nemmeno in tempo a spegnere l'auto che Sara vi si catapultò fuori salutando frettolosamente tutte e due e dirigendosi di corsa verso il centro città.

«A dopo...» disse Marta sarcastica.

Giorgia osservò la sorella allontanarsi spedita come non mai: assomigliava a un animale in fuga da un cacciatore.

Marta la prese per mano e in silenzio si avviarono verso la chiesa.

Arrivata nel cortile e accortasi che i bambini erano già tutti entrati nella stanza in cui facevano catechismo, Giorgia lasciò svelta la mano della madre e si precipitò dentro. Per fortuna, la lezione non era cominciata: alcuni bambini non si erano ancora seduti mentre altri si stavano togliendo guanti, sciarpe e cappelli.

Non appena la vide, Andrea la chiamò e le fece segno che le aveva tenuto il posto. Lei gli sorrise e andò di corsa da lui.

Su un lato della stanza c'era una porta che conduceva in sagrestia: uno spazio sormontato da una grande croce e arredato da una serie di armadi scuri e cassoni intagliati con ricche decorazioni a motivi vegetali dove venivano conservati gli oggetti liturgici, le vesti, la biancheria, i paramenti per l'altare. Proprio da quella porta sbucò tutta rossa in viso Lorella, che teneva per mano un bambino.

Giorgia lo conosceva di vista, sapeva che si chiamava Stefano e nonostante non avesse mai parlato con lui per più di qualche minuto, si accorse che era a disagio.

«Ben arrivati a tutti!» salutò la catechista indicando a Stefano l'unico posto libero. «E ricordati che non ti voglio più vedere sgattaiolare là dentro. È vietato entrare. Può andarci solo don Paolo» lo rimproverò arrabbiata.

Vedendo la collera di Lorella, Giorgia ipotizzò che Stefano si vergognasse della marachella che aveva combinato.

Pochi minuti dopo arrivò il parroco con un ampio sorriso stampato sulle labbra. «Ben arrivati bambini» li accolse sistemandosi il rigido colletto bianco.

Giorgia lo osservò a lungo: in quegli occhi così chiari e freddi c'era qualcosa che le sembrava stridere con il suo tono di voce affettuoso e accogliente.

I bambini salutarono don Paolo e recitarono una preghiera, tutti in piedi e con le mani giunte, poi si sedettero. Il parroco si accomodò a capotavola e Lorella cominciò a distribuire un libricino a ognuno di loro.

Giorgia lo sfogliò e quando vide che c'erano tantissime immagini colorate e poche pagine scritte si risollevò. *Meno male, pensavo fosse come quelli di scuola*

Lorella lesse le prime pagine e passò la parola al parroco che si alzò e iniziò a spiegare la morale della parabola che era appena stata letta. Camminava attorno al tavolo tenendo le mani dietro la schiena. La testa alta e i capelli lisci e pesanti gli davano un'aria dura, quasi impenetrabile.

Giorgia cercava di stare attenta, mentre altri bambini ridacchiavano sottovoce facendo battute sciocche.

Federica, che era dall'altra parte del tavolo, la guardava di sottecchi con una smorfia antipatica, tipica di chi vuole sembrare superiore a tutti. Giorgia la ignorò e prese la mano di Andrea, che gli sembrava affascinato e rapito dal carisma di don Paolo.

Andrea si girò verso di lei. «Che c'è?».

Giorgia scosse la testa. «Niente» gli rispose incerta.

Lui volse di nuovo lo sguardo su don Paolo. Ascoltava le sue parole come se fossero molto più importanti di qualsiasi altra cosa. Tutto d'un tratto, il parroco alzò il tono della voce e cambiò registro, dando ancora più enfasi alla spiegazione che stava esponendo.

Com'è noioso stare qui, pensò Giorgia osservando l'orlo dell'abito nero del prete muoversi a ogni passo.

Il parroco, che si prodigava e si infervorava sempre di più, si fermò dietro loro due e con un gesto veloce e leggero separò la mano di Giorgia da quella di Andrea.

Lei, atterrita da quel gesto inaspettato, non si mosse più e ascoltò con il cuore che le martellava forte nel petto.

Seduta in macchina insieme ad Andrea, a cui dovevano dare un passaggio fino a casa, Giorgia si torceva le mani dal freddo. Sua madre, palesemente nervosa, era in piedi sul ciglio della strada ad aspettare Sara, in ritardo di dieci minuti. Giorgia sperava solo che non litigassero, non voleva che si azzuffassero davanti ad Andrea.

«Ti piace don Paolo?» chiese al suo amico per non pensarci.

«Sì, è bravo a spiegare» e si tolse il berretto. «Sai, anch'io voglio fare il prete da grande! Potrei insegnare ai bambini, come un maestro!».

Giorgia arricciò il naso freddo. «Non ci credo. Tu vorresti davvero fare il prete?».

Lui le sorrise. «Sì!».

«Va bene, fai come vuoi» gli disse stranita. Dopo una pausa di silenzio aggiunse: «Puoi fermarti un po' a casa mia a giocare?».

«No. La mamma vuole che torni subito».

«Peccato» commentò Giorgia sconsolata.

La portiera della macchina si aprì all'improvviso e Marta e Sara, rabbiose in volto, si sedettero ai loro posti.

L'aria si era fatta irrespirabile e Giorgia non sapeva se fosse meglio stare zitta o continuare a parlare con Andrea. «Mamma, sai che Andrea da grande vuole fare il prete?» esclamò in un tentativo traballante di spezzare quell'atmosfera così tesa.

«Oh, davvero Andrea?» gli chiese Marta accendendo l'auto e ingranando la prima.

«Sì. Forse...» rispose lui incerto.

Sara se ne stava con la testa china e si mangiava nervosamente le unghie.

«Come mai questa scelta?» si interessò Marta uscendo dal parcheggio per imboccare la strada del ritorno.

Andrea ci pensò un attimo. «Non lo so. Mi piace e basta».

Marta abbozzò un sorriso debole e disinteressato alla questione, scuotendo appena la testa. «A che ora devi uscire stasera?» chiese poi a Sara distogliendo l'attenzione da Andrea.

«Alle otto» rispose secca la ragazza.

«Non fare cretinate, mi raccomando».

«Lo so... Me l'hai già detto» commentò Sara svogliatamente sfregandosi gli occhi con i guanti che teneva in mano.

Il dialogo tra madre e figlia terminò lì e Giorgia si mise a parlare con Andrea di scuola, compiti e maestra.

Arrivati davanti alla casa di Andrea, Marta entrò nel vialetto d'accesso e si fermò, aspettando che la sua mamma aprisse la porta. L'attesa durò pochissimo e Raffaella andò loro incontro indossando un pesante giaccone rosso gonfio e paffuto. «Grazie Marta per avermelo riportato a casa, se non ci fossi tu...».

«Figurati. Lo sai che se hai bisogno basta chiamarmi!».

Andrea salutò Giorgia e filò in casa di corsa.

Le due donne parlarono ancora qualche minuto, poi si salutarono e Marta riprese la strada verso casa.

Parcheggiata la macchina vicino al fienile, Sara entrò in casa in fretta e si rifugiò in bagno mentre Giorgia, stanca dell'atteggiamento di tutte e due, si precipitò in cucina a prepararsi un panino con la crema di nocciole. Marta seguì la figlia e in silenzio cominciò a cucinare il pollo per la cena.

Con il suo goloso panino, Giorgia andò in salotto e sprofondò nel divano di fronte alla televisione. Mentre lo addentava, cercò dei cartoni animati che le piacessero e si fermò su *Tom e Jerry*, i suoi preferiti in assoluto. Fuori Segi abbaiava.

Filippo rientrò in casa e salutò Giorgia, che oramai era lontana da tutto e da tutti, persa nella storia spassosa del gatto e del topo che scorreva veloce sullo schermo.

«E Sara dov'è?» chiese entrando in cucina.

Marta scrollò appena le spalle, senza proferire parola.

«Cosa c'è?» le chiese avvicinandosi a lei.

«Niente» rispose indaffarata a infarinare le cosce di pollo.

Filippo si mise le mani sui fianchi e corrucciò le sopracciglia. «Oramai è grande, non vedo il problema» le disse serio.

Giorgia adesso li ascoltava.

Marta alzò lo sguardo verso di lui. «Fai come ti pare. Se succede qualcosa, sarà colpa tua...» gli ringhiò contro.

«Adesso basta! Stai esagerando, non c'è bisogno di fare tutte queste scenate!» gridò lui, irritato dall'atteggiamento della moglie.

Marta abbassò lo sguardo e continuò a cucinare.

Filippo si allontanò, indossò il giaccone che era appeso all'entrata e andò fuori a prendere della legna con una capiente cesta che tenevano a portata di mano vicino alla porta.

Giorgia si mise in ginocchio sul divano a osservare suo padre che, evidentemente infuriato, usciva di casa. E sussultò quando la porta sbatté forte dietro di lui.

Proprio in quel momento, Sara uscì dal bagno avvolta in un accappatoio azzurro e in un asciugamano con cui si tamponava i capelli appena lavati e profumati.

Giorgia si rimise seduta e con un filo di voce riferì alla sorella del litigio dei genitori. «Fai la brava stasera... altrimenti mamma chi la sente» si raccomandò con un nodo in gola.

«Okay. Tu non preoccuparti, sai che è sempre esagerata» le disse Sara sorridendo e poi corse di sopra a finire di prepararsi.

Filippo

Irritato dal pessimismo della moglie, Filippo riempiva la cesta di ciocchi di legna. Non capiva perché Marta trattasse Sara in quel modo così infantile. Lui si era accorto da un pezzo che era cresciuta e che da bambina quale era stata era diventata una giovane donna con le proprie idee e opinioni. Gli piaceva quando lei gli raccontava che da grande avrebbe voluto fare l'avvocato e guadagnare un sacco di soldi, come precisava con l'espressione decisa e irremovibile di chi ha già le idee chiare sulla propria vita.

Filippo voleva che sua figlia studiasse e facesse tutt'altro percorso rispetto al suo. Non voleva vederla faticare in campagna a spezzarsi la schiena. Desiderava che diventasse una persona colta e affermata, qualsiasi ambito le piacesse.

Costernato e afflitto dalle liti con Marta che purtroppo erano sempre più frequenti, finì di infilare l'ultimo ciocco nella cesta e rientrò in casa ripromettendosi di non discutere. Se c'era una cosa che detestava, era litigare davanti a Giorgia.

Sara

Quella sera scesi con i capelli sciolti, un paio di pantaloni grigi attillati e una camicia bianca sfiancata che mi sottolineava la vita sottile. Calzavo un paio di stivaletti con il tacco e avevo messo anche un filo di mascara. «Papà sono pronta!» gridai infilandomi in fretta il montgomery e attorcigliandomi una sciarpa attorno al collo.

«Non sono ancora sordo...» disse lui uscendo dal sottoscala con un barattolo di marmellata di fragole in mano. «Porto questo alla mamma e andiamo» mi disse studiandomi dalla testa ai piedi. «Sei bellissima stasera» si complimentò.

Io arrossii e mi girai dall'altra parte.

Giorgia scese dal divano e venne da me. «Mi fai provare le tue scarpe quando torni?» mi chiese con gli occhi che le brillavano.

45

«Va bene. Però credo proprio che starai dormendo... Facciamo domani, *bambolina*» le promisi dandole un bacio sulla guancia.

Mio padre, seguito da mia madre, si coprì bene e prese le chiavi della macchina.

Io non guardai mamma di proposito, temevo il suo brutale giudizio e odiavo profondamente quella sensazione di disagio che mi procurava il suo sguardo inquisitore.

«Perché non ti sei fatta la treccia?» mi chiese tagliente. L'ultima e spietata stoccata appena prima di mettere i piedi fuori dalla porta.

Furibonda mi precipitai in macchina. «Perché non sono più una bambina!» gridai con tutto il fiato che avevo in gola.

Giorgia

Prima di uscire di casa per accompagnare Sara alla festa, Filippo fece un cenno con le mani a sua moglie per farle capire che doveva piantarla con quelle provocazioni. Marta si rifugiò in cucina mentre Giorgia, rimasta sola e confusa con la televisione accesa, decise di andare in bagno a lavarsi, si infilò il suo pigiama rosa con due teneri orsetti che sorridevano e raggiunse la madre che stava apparecchiando la tavola.

«Mamma, sei ancora arrabbiata?» le chiese prendendo i bicchieri sopra il lavello e mettendoli davanti ai piatti.

Marta, seria come al solito, mise a bollire sulla stufa una pentola colma di brodo di verdure. «No» le rispose appoggiando il coperchio.

«Cosa prepari di buono stasera?» le domandò ancora, prendendo una pagnotta dal cesto in mezzo al tavolo e spezzandola in due.

Proprio in quel momento rientrò Filippo, portando con sé una folata di freddo gelido.

Giorgia lasciò andare il pane e gli corse incontro, voleva che la prendesse in braccio. Suo padre appese il giaccone e l'assecondò stringendola forte. «Cosa stai mangiando?» le chiese baciandola su una guancia.

«Un pezzo di pane».

«Dai, andiamo» le disse portandola in cucina e facendola sedere sulle proprie gambe.

Mentre Marta girava il pollo nella padella e il brodo oramai bolliva e gorgogliava, Filippo cominciò a raccontare alla figlia qualche storia che a sua volta gli raccontava suo nonno.

«Papà, il nonno andava a caccia come te?» gli domandò interrompendolo.

«Sì, e mi portava con lui. Sai, ho sparato per la prima volta a una lepre quando avevo otto anni».

Giorgia fece una smorfia di dispiacere. «Poverina...» esclamò con la bocca piena di pane. «Io da grande non ucciderò mai gli animali» lo informò seria, addolorata per il fatto che il padre aveva ucciso a sangue freddo quel povero animale.

Filippo le accarezzò una guancia e sorrise. E Giorgia si chiese come un uomo così buono potesse sparare e uccidere.

Marta servì la cena e si sedette insieme a loro. Muta come un pesce lanciava occhiatacce a suo marito.

Giorgia soffiò sulla minestra per raffreddarla, e intanto pensava se fosse il caso di dire quello che le stava passando per la testa.

«Don Paolo non mi piace» dichiarò alla fine, decisa.

Marta impallidì. «Cosa stai dicendo Giorgia? Ti sembrano cose da dire?» la rimproverò.

«Oggi ho dato la mano ad Andrea e lui ci ha divisi» replicò avvilita vedendo la reazione smisurata della madre. Adesso non poteva dire nemmeno quello che pensava?

«Lo so che siete amici, però quando siete in parrocchia certe cose non si possono fare... E tu devi imparare che a don Paolo alcuni comportamenti non piacciono. Direi proprio che è giusto così» la rimbrottò la madre stringendo gli occhi e riducendoli a due impenetrabili linee nere.

Giorgia sentì lo stomaco stringersi per il senso di colpa che sua madre le aveva fatto improvvisamente affiorare, anche se una parte di lei era convinta di non aver fatto niente di male.

Notando che la figlia aveva cambiato espressione, Filippo si fece paonazzo in viso e batté così forte i pugni sul tavolo da far uscire un po' di minestra dai piatti. «Non dire stupidaggini Marta. I preti dovrebbero lasciare che i bambini facciano quello che vogliono. Non dargli sempre ragione... Mi dici che male c'è se si danno la mano?» gridò sgranando gli occhi.

Marta sussultò e si appoggiò allo schienale. «E va bene, come vuoi tu» gli disse abbassando lo sguardo, evidentemente indispettita dalla reazione del marito che reputava eccessiva e fuori luogo.

Sentendosi avvampare, Giorgia si pentì di aver sollevato quell'argomento e con un nodo alla gola e lo stomaco chiuso si sforzò di finire la cena.

6

Sara

Arrivata a casa di Manuela, suonai il campanello e nell'attesa che qualcuno venisse ad aprire il cancello, mi guardai attorno. La mia amica abitava in una grande villa a due piani con ampi balconi che ne percorrevano tutto il perimetro. Nel giardino c'erano vasi di terracotta di tutte le misure, sparsi qua e là pieni di terra e piante secche, mentre sotto il portico, vicino alla porta d'entrata, c'era la statua di un doberman nero dallo sguardo minaccioso. Era così realistico che chiunque in lontananza lo avrebbe scambiato per un cane vero, in carne e ossa. Dall'interno della casa si sentiva risuonare la musica a tutto volume che presupposi arrivasse dalla taverna.

Quando Manuela mi venne incontro con un pesante mazzo di chiavi per aprire il cancello, restai imbambolata a osservarla: indossava un abitino attillato cortissimo con delle calze a rete nere e ai piedi aveva un paio di scarpe rosse con il tacco a spillo. Era truccata pesantemente e avvolta da una nuvola di profumo intenso, quasi pungente. «Sei arrivata!» gridò visibilmente alticcia.

La sua naturalezza nel mostrarsi molto più grande dei suoi diciotto anni mi fece provare un breve ma forte attimo di invidia. Anche a me sarebbe piaciuto trasgredire alle regole ferree di mia madre.

«Buon compleanno maggiorenne!» le augurai con un sorriso.

«Grazie quasi maggiorenne... dai che tra qualche mese tocca a te...» mi disse abbracciandomi e baciandomi sulle guance. «Entra, dai, ci sono già tutti!».

Facendomi strada mi prese il montgomery e lo gettò senza troppe cerimonie su una sedia piena di giubbotti e cappotti vicino alla scala in marmo lucida e brillante che portava ai piani superiori. Mi trascinò giù in taverna e alzandomi un braccio urlò: «Eccola, è arrivata!».

Io sorrisi imbarazzata e salutai con l'altra mano. I suoi amici gridarono di gioia e fecero un brindisi sollevando in alto i bicchieri colmi di bevande alcoliche.

In fondo alla stanza, vicino al grande caminetto acceso, c'era un lungo tavolo imbandito con vassoi pieni di tartine, pizzette, salatini e patatine. Manuela vi si diresse subito, riempì un bicchiere con dello spumante e me lo portò. «Tieni e divertiti ragazza!» gridò andando poi verso l'imponente impianto stereo per alzare ancora di più il volume della musica.

Io sorrisi e con disinvoltura feci finta di berne un goccio. Mi addentrai quindi tra la folla di invitati, la maggior parte dei quali sembravano già brilli. Molti mi salutarono e si fermarono per fare due chiacchiere. Alcuni ragazzi che conoscevo solo di vista e che erano visibilmente ubriachi mi si avvicinarono per provarci, ma riuscii ad allontanarli con le buone maniere.

Ebbi invece un tuffo al cuore quando intravidi Francesco, l'unico per cui avevo occhi... Aveva un anno più di me e frequentava il mio stesso liceo, nella classe accanto alla mia. Tra noi c'erano stati solo sguardi furtivi e qualche imbarazzato sorriso ma Manuela e Sabrina, tramite le loro mille amicizie, erano venute a sapere che a lui avrebbe fatto piacere conoscermi e avevano approfittato della festa di compleanno per tendermi "un agguato".

Francesco indossava una camicia nera con dei pantaloni chiari, i capelli lunghi gli sfioravano appena il collo e aveva un atteggiamento da ragazzo sicuro e intraprendente. Al pensiero di parlargli, feci dondolare lo spumante nel bicchiere e sperai che fosse lui a fare la prima mossa. Io ero troppo timida per prendere l'iniziativa.

Se ne stava in un angolo a chiacchierare con una ragazza bionda e appariscente con delle gambe slanciate e affusolate da fare invidia alle modelle immortalate sulle riviste di moda. Davanti alla realtà sospirai e sconsolata andai a ingozzarmi di patatine.

Mentre mi consolavo con ogni tipo di cibo che c'era sul tavolo, Sabrina mi arrivò alle spalle e mi abbracciò.

«Finalmente sei qui» mi disse contenta.

«Ma dov'eri? Non ti avevo vista» mi interruppi battendomi un pugno sul petto e tossendo per la pizzetta che mi era andata di traverso. Feci segno a Sabrina di darmi dell'acqua, la bevvi d'un fiato e mi ricomposi.

«Tutto a posto? Non vorrai mica strozzarti» mi disse battendomi una mano sulla schiena.

«Sì, grazie, è passato» risposi bevendo un altro sorso d'acqua e lanciando un'occhiata furtiva a Francesco.

«Perché non bevi lo spumante che hai nel bicchiere?».

«Non mi conviene... Se i miei si accorgessero che puzzo anche solo lontanamente d'alcol, mi rinchiuderebbero in casa per i prossimi cinquant'anni» le dissi con un sorriso tirato.

«Hai ragione. E io non voglio certo perdere la mia migliore amica!» gridò. «Senti, cosa ne dici di ballare?».

Non ebbi nemmeno il tempo di pensarci che venni tirata in mezzo agli altri. Tutti erano su di giri e anch'io, in un primo momento riluttante, riuscii a rilassarmi e a farmi trasportare dalla musica incalzante e coinvolgente degli U2. Nonostante non avessi bevuto nemmeno una goccia d'alcol, l'adrenalina che mi scorreva dentro mi faceva sentire felice, totalmente libera di esprimermi e con la testa sgombra da qualsiasi preoccupazione.

Poco dopo ci raggiunse Manuela, scatenata a più non posso. All'improvviso la vidi posare lo sguardo dietro di me e poi mi rivolse un sorriso malizioso. «Vado a prendere qualcosa da bere con Sabrina, tu nel frattempo divertiti...» e sgattaiolarono via entrambe tra i ragazzi che in un inglese maccheronico cantavano a squarciagola la canzone in sottofondo.

Intuii all'istante e mi voltai: Francesco stava puntando dritto verso di me. Il cuore mi batteva all'impazzata e le gambe tremavano a tal punto che non mi mossi per paura di perdere l'equilibrio. I tacchi erano alti e non mi ero ancora abituata a portarli, visto che erano praticamente nuovi. Non sapevo nemmeno io come avessi fatto a ballarci sopra.

Quando mi fu vicino, proprio davanti a me, il respiro mi si bloccò in gola e non riuscii a fare altro che sorridergli scioccamente. *Che stupida. Si può essere più imbranata?*, pensai provando a sistemarmi i capelli sudati.

«Sei brava a ballare» si complimentò lui allungandomi una mano. «Io sono Francesco. E tu dovresti essere Sara, giusto? O le mie fonti mi hanno detto una bugia?» mi chiese con quel suo sguardo serio e sicuro.

Imbarazzata e impacciata gli strinsi la mano. «No... cioè... volevo dire che le tue fonti sono esatte» balbettai.

Mi fece un largo e rassicurante sorriso, mi prese per mano e mi tirò verso le scale. «Ti va di andare di sopra? Qui c'è troppa confusione per i miei gusti».

Al colmo dell'emozione e faticando a credere alle mie orecchie, ricambiai il sorriso e lo seguii. La sua mano era calda e la presa salda con cui mi stringeva era più che convincente. Non mi sembrava vero che stesse capitando sul serio. Avevo sognato quell'incontro così tante volte negli ultimi mesi che adesso che stava accadendo davvero mi pareva surreale, impossibile.

Arrivati in cima alle scale, si chiuse la porta alle spalle e ispezionò le stanze del pian terreno. «Vieni, andiamo sul divano, lì staremo comodi».

Lo seguii senza riuscire a dire una parola, finché ci sedemmo. Sulla parete di fronte era appeso un grande quadro che raffigurava una natura morta, mentre dalla finestra affacciata sul giardino entravano fasci di luce provenienti dai piccoli lampioni disseminati qua e là nel prato.

«Ti spiace se stiamo così... con la luce spenta?» mi chiese premendo l'interruttore.

«No, figurati».

Scorsi nella penombra il suo sorriso.

«Sei silenziosa. È tutto a posto?».

«Oh, sì. È che non mi aspettavo...» mi interruppi incerta ed esitante se proseguire il discorso.

«Cosa... che mi facessi avanti?».

«Già. Ti ho visto prima... e pensavo che stessi con quella ragazza» gli confessai senza troppi giri di parole. «La bionda» precisai schiarendomi la voce.

«Ma no, lei è solo un'amica» chiarì prontamente.

Al sentirlo parlare così, feci un gran respiro di sollievo... e la speranza si riaccese. *Se è qui con me, allora è perché gli piaccio*, pensai rannicchiando le gambe sul divano. Volevo apparire disinvolta il più possibile.

Lui mi sembrava ben più che a suo agio e cominciò a farmi domande su di me e sulla mia famiglia, chiedendomi dove abitassi e che lavoro facessero i miei genitori.

Io gli raccontai che i miei possedevano un bel po' di terra fuori città, poi gli descrissi la casa e la stanza che condividevo con Giorgia.

«Davvero?» esclamò lui sorpreso. «Sai che i miei nonni abitavano poco distante da te?».

«Sul serio? E non ci siamo mai visti, nemmeno in estate? Io di solito aiuto i miei durante la raccolta dei pomodori».

«È strano, vero? Che coincidenza...» mi disse prendendomi una mano.

Il contatto con la sua pelle mi provocò un tuffo al cuore e d'istinto abbassai lo sguardo.

Filippo

Filippo parcheggiò davanti alla casa dell'amica della figlia e aspettò che Sara uscisse. Controllò l'ora e sospirò: era mezzanotte in punto e faceva davvero freddo. L'aria era gelida e tutto sembrava cristallizzato dal luccichio dello strato sottile di ghiaccio che ricopriva alberi, prati, tetti e cancelli.

Si sfregò le mani e alzò il riscaldamento, poi mise in folle e cominciò a canticchiare.

Sara uscì dal cancello accompagnata da una ragazza, che lui immaginò fosse la festeggiata, e da un ragazzo. Lei li salutò calorosamente e poi si precipitò in macchina.

«Oh mio Dio, che freddo!» esclamò mettendo le mani intirizzite vicino al bocchettone dell'aria calda.

Suo padre ridacchiò e poi le rivolse uno sguardo sarcastico.

Lei se ne accorse e improvvisamente arrossì.

«Cosa c'è?» gli chiese recitando la parte dell'ingenua.

«E quel ragazzo chi è? Non ti ha tolto gli occhi di dosso mentre salivi...» le domandò imboccando la strada di casa.

Sara si irrigidì. «È un amico, perché?» e si sedette per bene incrociando le braccia.

Filippo rise di gusto.

«Cosa c'è da ridere?».

«Sono stato giovane prima di te... e sei una pessima bugiarda, lo sai?».

Sara mise il broncio e guardò fuori dal finestrino. Poi, trattenendo una risata, esclamò: «Sì, forse hai ragione...».

Sara

Mentre tornavamo a casa parlai a lungo con mio padre, adoravo il rapporto aperto che avevo con lui. Era sempre pronto ad ascoltarmi, aiutarmi e rassicurarmi, ma conoscevo bene anche i limiti entro i quali dovevo stare. I ragazzi che mi piacevano erano una faccenda troppo privata per poterne parlare con lui, quindi non toccammo più l'argomento.

Appena entrati in casa gli diedi un bacio e mi diressi in camera. «Grazie papà per avermi accompagnata» gli dissi sottovoce sul primo gradino della scala.

Lui mi sorrise e mi fece segno di salire.

Corsi su con le scarpe in mano. Giorgia dormiva beatamente, rannicchiata sotto le coperte. Mi tolsi i vestiti, li appoggiai sulla sedia vicino alla scrivania, mi misi il pigiama e mi infilai a letto. Ancora elettrizzata dalla festa, ripensai a ogni singola parola che io e Francesco ci eravamo detti, all'approccio che aveva usato con me, al suo modo di fare, ai nostri sguardi immersi nella penombra.

Oh mamma, sono proprio cotta..., conclusi rifugiandomi completamente sotto le coperte.

Il mattino seguente sentii in lontananza un rumore strano, come se un qualcosa di pesante venisse trascinato sul pavimento. Non capivo cosa fosse ma volevo solo che smettesse per poter dormire ancora un po'. Mi coprii la testa con il cuscino e mi assopii, finché uno strattone mi fece sussultare. «Cosa c'è? Che ore sono?» biascicai con la bocca impastata mettendomi seduta.

«Sono belle le tue scarpe, guarda come mi stanno bene» mi disse entusiasta Giorgia pavoneggiandosi con le mani sui fianchi.

«Oh, ma perché mi hai svegliata? È domenica *bambolina...*» la rimproverai poco convinta ributtandomi tra le lenzuola.

«Ti sei divertita ieri sera? Dai, mi racconti?» insistette sfilandosi le scarpe e sdraiandosi vicino a me.

Io sbuffai ma la strinsi forte. «Ti ha mai detto nessuno che sei una rompiscatole? Anzi, un'autentica guastafeste!».

«Sì, me lo dici sempre tu!» gridò liberandosi dall'abbraccio.

«Piccola impertinente» scherzai cercando di acchiapparla.

Giorgia sgattaiolò veloce giù dal letto e scoppiò a ridere a crepapelle. A quel punto mi alzai anch'io e la rincorsi per la stanza. «Vieni qui, pulce che non sei altro! Se ti prendo, vedi cosa ti faccio!».

In realtà non mi importava che mi avesse svegliata, mi piaceva vederla così allegra e spensierata.

Mentre ridevamo prendendoci a cuscinate, la porta si aprì di colpo e nostra madre irruppe veemente senza troppe cerimonie. «Cos'è tutto questo baccano? Finitela e preparatevi, dobbiamo andare a Messa» ci ammonì andando verso la finestra.

Io e Giorgia ci scambiammo un'occhiata pregna di significato: l'allegria se ne era andata da quella stanza nello stesso momento in cui era entrata nostra madre. E non potevamo fare altro che obbedire ai suoi ordini. «Mamma, non sto molto bene questa mattina, posso stare a casa?» provai a domandarle incerta sedendomi sul bordo del letto sfatto.

Lei si girò verso di me e Giorgia, non appena vide l'espressione seria e dura che le si dipinse sul volto, si affrettò a scendere al piano di sotto. Sapevo già ciò che mi avrebbe detto e abbassai la testa ancora prima di sentire la risposta.

«Se hai avuto la forza di uscire ieri sera...» affilò le armi rancorosa fino alla punta dei capelli «puoi anche venire a Messa con me» mi rinfacciò acida quanto un frutto acerbo.

Rimasi qualche istante in silenzio, poi presi tutto il coraggio che possedevo e buttai fuori quello che mi faceva bruciare così tanto il petto dalla rabbia. «Lo sapevo» le dissi a voce bassa.

«Cosa?» inveì sempre più alterata piazzandosi dritta davanti a me sul piede di guerra.

«Che mi avresti rinfacciato ogni cosa... che sto crescendo, che voglio uscire e mille altre cose!» gridai fuori di me.

«Io cosa? Ma ti rendi conto di quello che stai dicendo? Hai chiesto il permesso a tuo padre pur sapendo che io non ero d'accordo. Santo cielo, tu non puoi fare quello che ti pare! Finché sei sotto il mio tetto, starai alle mie regole, è chiaro?» sbraitò paonazza in volto mentre spalancava la finestra per cambiare l'aria.

«Be', le regole non sono solo tue, ci sono anche quelle di papà!» protestai correndo giù per le scale.

Mi infilai gli stivali di gomma sopra i pantaloni del pigiama, mi misi il giaccone e andai fuori all'aria aperta. Furiosa e tremante, cominciai a passeggiare tra i campi finché in lontananza vidi mio padre chino a controllare il raccolto invernale sotto quei lunghi tunnel bianchi che sembravano interminabili serpenti.

Girai da un'altra parte. Ero troppo arrabbiata e non volevo parlare con nessuno, nemmeno con lui. Sull'onda del risentimento decisi che se anche mi fosse costata una severa punizione, non sarei mai andata con mia madre a quella inutile Messa.

Filippo

Filippo vide Sara in mezzo a quella distesa di bianco che sconfinava nel cielo grigio e plumbeo. Le fece un cenno con la mano, ma quando notò la sua andatura veloce, le braccia conserte e il capo abbassato capì che aveva avuto un'altra discussione con Marta.

Negli ultimi mesi, pur senza accorgersene, era diventato l'ago della bilancia nel difficile rapporto madre-figlia, ma ora non sapeva più cosa fare, né come marito né come padre.

Marta non voleva proprio accettare che quella dolce bambina che un tempo era stata Sara non esisteva più. E l'evidente astio che oramai le divideva lo stava mettendo a dura prova. Lui desiderava solo rientrare a casa di sera e godersi un po' di tranquillità famigliare, invece si doveva continuamente scontrare con una realtà tutt'altro che serena e pacifica.

Speriamo solo che questo periodo passi in fretta..., pensò rimettendosi al lavoro.

7

Giorgia

Giorgia non vedeva l'ora che la Messa terminasse, era stanca di sentire cantare tutte quelle signore agghindate e fieramente ritte con il mento all'insù. Le loro voci risuonavano forti, squillanti e determinate tra le navate della chiesa fin sopra la cupola più alta che svettava sulla testa di don Paolo. Sovrastavano qualsiasi altro rumore e le penetravano nelle orecchie come il ronzio fastidioso di una zanzara. Lei sedeva nel banco davanti insieme a tutti gli altri bambini e dopo l'ennesimo canto strattonò la manica di Andrea che stava giocherellando con un filo che gli penzolava dall'orlo del giubbotto. «Oggi pomeriggio puoi venire a casa mia?» gli chiese sottovoce.

Andrea alzò la testa e fece una strana smorfia con la bocca. «Oggi vengono a trovarci i nonni e non credo che la mamma mi farà uscire. Io però vorrei venire... Glielo chiederesti tu dopo la Messa? Magari con te cambia idea» le domandò speranzoso.

Giorgia gli sorrise e impaziente cominciò a dondolare i piedi sotto il banco.

Quando don Paolo concluse la Messa, Giorgia uscì in fretta dalla chiesa e si mise a giocare sul sagrato correndo da una parte all'altra insieme ad Andrea.

Nel frattempo si accalcarono fuori tante altre persone, tra le quali alcuni uomini che fumavano sigarette e parlavano di politica ad alta voce. Ognuno di loro voleva far valere a tutti i costi le proprie ragioni.

Quando Andrea vide sua madre, disse a Giorgia: «Vado a chiamarti la mamma, così le chiedi se posso venire da te!». Giorgia intanto si appoggiò al muro della chiesa con la schiena. Aveva il fiatone e cercava di respirare. Con quel pesante cappotto che le impediva di muoversi come voleva, non era facile giocare.

Tirata a più non posso dal figlio, Raffaella la salutò con un caloroso sorriso. «Dimmi Giorgia, cosa volevi chiedermi?» le domandò abbassandosi alla sua altezza.

La bambina le fece segno con una mano indicando Andrea e le domandò: «Può venire a casa mia oggi pomeriggio?».

Raffaella ci pensò su un attimo. Un attimo che a Giorgia sembrò un'eternità. Voleva solo giocare con lui, visto che dall'inizio della scuola non avevano avuto molte occasioni per stare insieme.

«Facciamo così...» le disse facendole una carezza «te lo porto verso le quattro, così prima starà un pochino con i nonni, ti va bene?».

«Sì, sì, va bene, che bello!» le rispose felice più che mai.

Marta si avvicinò a loro e dopo aver salutato Raffaella e Andrea fece un cenno con il capo a Giorgia che, afferrando al volo il significato, andò da lei in silenzio.

«Tutti i bambini sono da don Paolo, perché sei ancora qui? Vai a salutarlo anche tu, sbrigati» la rimproverò tagliente.

Raffaella sorrise e spronò i piccoli ad andare da lui. Giorgia e Andrea corsero verso il prete che, gioioso e disponibile, stava raccontando una barzelletta.

«Oggi è una giornataccia...» si lamentò Marta girandosi verso l'amica. «Ho litigato ancora con Sara. Dio, com'è difficile l'età dell'adolescenza».

Raffaella socchiuse gli occhi e fece una risata strozzata. «Non voglio nemmeno pensarci, chissà quando toccherà a me».

Marta

Quando rientrarono a casa, Marta si accorse subito che l'atmosfera non era delle migliori. Durante il tragitto in macchina aveva pensato a una giusta punizione per Sara. *Visto che non è venuta a Messa con noi, avrà quello che si merita: non uscirà fino a Natale!*, decise risoluta e ferma appena prima di parcheggiare l'auto nel cortile.

Dopo aver aiutato Giorgia a togliersi il cappotto e il berretto, andò dritta in cucina, dove Filippo stava apparecchiando la tavola. Di Sara non c'era traccia.

«Dove si è cacciata? È ancora in giro per i campi?» chiese al marito sentendo dentro di sé una rabbia irrefrenabile.

Filippo sospirò e si girò verso di lei. «No, è in camera sua. Non vuole pranzare con noi» le disse andando a lavarsi le mani e prendendo un canovaccio per asciugarsi.

Furente, Marta si precipitò in camera di Sara e spalancò di colpo la porta. «Finché abiti in questa casa, mangerai con noi. Non sei venuta a Messa e va bene, però non ti permetto di saltare il pranzo. Scendi immediatamente, è un ordine!».

Sara era intenta a scrivere su un quaderno ma, vedendo l'espressione più che stravolta di sua madre, si interruppe e, pur storcendo il naso, andò al piano di sotto.

Giorgia stava parlando con il padre e quando la vide arrivare le saltò in braccio. «Hai fatto bene a non venire a Messa» le bisbigliò all'orecchio. «Le vecchie cantavano tutte troppo forte e mi davano fastidio, erano stonate».

«Okay *bambolina*, se lo dici tu» le disse Sara baciandola sulla guancia.

Vedendo la complicità che correva tra le sue figlie, Marta si chiese come avrebbe potuto arrivare a un accordo con Sara. Non le piaceva che tra loro ci fossero degli screzi così profondi e a volte desiderava che tornasse la bambina di un tempo, gentile, educata e obbediente.

Si sedettero a tavola e consumarono il pranzo conversando pochissimo. Il minimo indispensabile. Alla fine, davanti al dolce, una torta alta e morbida, Marta comunicò a Sara la sua punizione.

«Okay, comunque questa casa è una prigione» affermò lei sull'orlo della rassegnazione.

Giorgia

Andrea arrivò puntuale e Giorgia si precipitò al piano superiore insieme a lui. Si chiusero nella stanza di fianco alla sua camera da letto, un ampio locale con due vecchi armadi colmi di biancheria, coperte, lenzuola e asciugamani. Appoggiato alla parete c'era un letto matrimoniale con due comodini dall'aspetto datato che sua madre teneva come ricordo dei genitori, cioè i suoi nonni. Lei non li aveva mai conosciuti, visto che erano morti tutti e due poco prima della sua nascita, in un tragico incidente con il trattore.

Giorgia andò verso il baule che si trovava sotto una delle due finestre e lo aprì. Tirò fuori vecchi abiti, cappelli di paglia, bambole rotte e delle macchinine che aveva trovato nell'uovo di Pasqua l'anno prima.

Buttò tutto per terra e invitò Andrea a scegliere quello che voleva.

Lui contento prese le macchinine e cominciò a farle scivolare sul pavimento, sulla pediera del letto e sulle ante dell'armadio.

«Io invece mi vesto da grande!» gli disse Giorgia infilandosi un abito verde.

I due bambini trascorsero il pomeriggio giocando e lasciandosi trasportare dalla fantasia.

Sara

Sedevo corrucciata alla scrivania e guardavo la campagna fuori dalla finestra, mentre la pioggia fine e silenziosa scivolava sui vetri. Sentivo Giorgia e Andrea ridere e giocare nella stanza accanto. *Proprio adesso... Come farò a rivedere Francesco se non potrò più uscire?*, pensai tamburellando le dita.

Un toc toc alla porta mi fece sobbalzare.

Era mio padre, che entrò e mi si avvicinò. Io lo guardai. Avevo una gran voglia di piangere, ma mi trattenni.

«Io e mamma dobbiamo uscire. Dai un'occhiata tu a tua sorella e ad Andrea?» mi chiese accarezzandomi dolcemente i capelli.

Quel gesto affettuoso e comprensivo mi fece salire un nodo alla gola e d'istinto mi alzai tuffandomi tra le sue braccia. «La mamma non mi capisce» biascicai tra i singhiozzi.

Lui mi strinse forte a sé. «Ci penso io, non preoccuparti. Vedrai, sistemerò tutto» mi consolò baciandomi la testa.

Restammo così finché non mi calmai. Quando mi slegai dal suo caldo abbraccio, mi accarezzò una guancia e fece per allontanarsi.

«Grazie papà» gli dissi poco prima che uscisse dalla stanza.

Lui mi fece un segno con la mano e mi sorrise un'altra volta. Uno di quei sorrisi che mi risollevavano sempre il morale. Sapevo che potevo contare su di lui.

Mi spiaceva che mi avesse vista piangere, ma ero talmente stremata dal comportamento oppressivo di mia madre che nonostante tutta la mia buona volontà non sarei mai riuscita a trattenermi.

Appena vidi la macchina dei miei genitori allontanarsi, sgattaiolai al piano di sotto, mi sedetti sul divano, presi la cornetta del telefono e composi il numero di casa di Francesco. Me lo aveva dato lui stesso la sera precedente, poco prima che me ne andassi dalla festa di Manuela. Lo aveva appuntato su un foglietto e mentre mi baciava sulle guance mi aveva sfiorato la mano passandomelo con delicatezza. Io svelta lo avevo preso e imbarazzata me l'ero infilato in tasca.

Adesso, mentre aspettavo che qualcuno rispondesse al telefono, mi sentivo avvampare dalla vergogna. I dubbi mi assalirono all'improvviso, d'un tratto non ero più sicura di dover essere io a fare la prima mossa... In fondo, essendo una ragazza, forse avrei dovuto aspettare che mi chiamasse lui.

Adesso riaggancio..., pensai rannicchiandomi sul divano. *Sì, sì, adesso metto giù. È lui che deve chiamarmi. Ma se poi mi chiama e risponde la mamma? Cosa faccio adesso? Riattacco?*

Feci per rimettere il ricevitore al suo posto ma una voce dall'altra parte mi prese alla sprovvista e d'istinto rialzai la cornetta.

«Pronto?» dissi incerta.

«Sara, sei tu?».

Riconobbi subito la voce calda di Francesco.

«Sì, sono io. Ciao, come stai?» gli chiesi nervosa torcendomi una ciocca di capelli.

«Bene! Sono contento che tu mi abbia chiamato». Percepivo il suo sorriso dall'altra parte del filo.

Mi sentii avvampare le guance dall'agitazione. Avevo le mani sudate e il cuore che mi batteva all'impazzata perché era la prima volta che prendevo l'iniziativa con un ragazzo.

8

Filippo

Il periodo che portava verso il Natale del 1988 trascorse abbastanza tranquillamente e le festività arrivarono in fretta. Sara sembrava più serena e Filippo, dopo l'episodio della Messa a cui lei non aveva partecipato, aveva messo in chiaro con la moglie che non avrebbe più tollerato nessun tipo di punizione così drastica e restrittiva nei suoi confronti.

Marta, presa alla sprovvista dalla sua reazione che non ammetteva repliche, inizialmente gli aveva messo il muso ed era rimasta sulle sue per un bel po' di giorni, poi a poco a poco si era rassegnata e aveva ripreso il dialogo quel tanto che bastava per il quieto vivere famigliare.

L'uomo era contento di vedere Sara fare le cose che facevano tutti i ragazzi della sua età. L'unica cosa che le aveva raccomandato quando le aveva comunicato che la punizione era sospesa, era di rispettare sempre gli orari di rientro a cui lui stesso andava a prenderla. Su quel punto era più intransigente della moglie. Sara aveva accettato e non si era mai fatta attendere. Filippo sapeva che era una brava ragazza e voleva solo darle modo di dimostrarlo.

Come padre pensava che le punizioni che era solita dare Marta portassero in realtà a ottenere l'effetto contrario. E lui voleva soltanto che Sara avesse una vita migliore della sua.

Sara

Negli ultimi giorni di scuola prima delle vacanze di Natale mi trascinavo fuori dal letto come una lumaca lenta e indolente. Ero esausta di fare verifiche e interrogazioni. Non vedevo l'ora di poltrire un po' di più a letto al mattino, poi scendere a fare colazione e accendere la televisione per guardare insieme a Giorgia qualche film natalizio con tanto di elfi e renne.

Adoravo l'atmosfera festosa che il mese di dicembre riusciva a regalare alle persone e alle strade. Era l'unico periodo invernale che mi piaceva nonostante odiassi profondamente il freddo. Le strade illuminate da infinite luci colorate che si spegnevano e accendevano a intermittenza creando splendidi giochi luminosi rapivano il mio sguardo e mi mettevano allegria. In città, ogni anno la piazza principale si riempiva di bancarelle colme di dolci a forma di Babbo Natale, caramelle, liquirizie e grandi fragole di zucchero. In disparte sotto i portici c'era sempre un signore che indossava un lungo giaccone sbiadito, un berretto di lana calato sulle folte sopracciglia bianche e un paio di guanti senza dita. Se la cantava allegro mentre rigirava con maestria le caldarroste sulla piastra di ferro per non farle bruciare. Io mi ricordavo bene di lui perché un sabato, quando ci ero andata con Francesco per comprarne un sacchetto, "l'anziano signore delle caldarroste", come l'avevo soprannominato io, aveva fatto l'occhiolino a tutti e due. Con quel semplice gesto mi sembrava che avesse fatto gli auguri non solo a noi ma anche al nostro giovane sentimento.

Proposi a Giorgia di fare il presepe insieme dopo la fine della scuola. Sapevo che era il momento che lei preferiva, quindi il pomeriggio del ventitré dicembre con l'aiuto della mia *bambolina* andai a prendere i due ingombranti scatoloni che stavano sopra un armadio e ci mettemmo al lavoro.

«Mi piace il Natale!» esultò mentre faceva camminare una pecorella sul primo gradino della scala.

Io sorrisi e sistemai un po' di muschio intorno alla capanna che avevo messo in un angolo del presepe. «Ci prepariamo una cioccolata quando abbiamo finito?» le chiesi posizionando la statuina di un ubriaco con un otre di vino in mano.

«Sì!».

«Adesso pensi di darmi quella pecorella? Dai, il suo posto è qui...» ma davanti alla sua espressione di disappunto mi arresi. «Okay, fai come vuoi. Tanto so già che disperderai per tutta casa anche le altre». E risi di gusto.

La vigilia arrivò, come il Natale e Santo Stefano. Questa volta, mia madre mi obbligò senza troppe remore a partecipare a tutte e tre le messe. Con mia grande gioia, ma anche terrore, in chiesa intravidi Francesco e mi sembrava annoiato quanto me. All'uscita provò ad avvicinarsi, ma io gli scoccai uno sguardo fulminante e feci un leggero gesto con la testa in direzione di mia madre che si trovava proprio di fianco a me. Lui in un primo momento si acciglò ma poi mi sorrise facendomi capire che aveva ricevuto il messaggio.

Gli infiniti pranzi mi misero a dura prova, visto che avevo sempre lo stomaco aggrovigliato per la cotta che mi ero presa per Francesco. Mia madre si era accorta che avevo poco appetito e con fare indagatore, davanti a un'abbondante fetta di panettone, mi chiese che cosa avessi.

Io, che in quel preciso momento stavo pensando ai sabati pomeriggio trascorsi con il mio ragazzo, alle nostre tenere strette di mano, agli abbracci e baci furtivi sulle panchine dei giardini pubblici in centro città, mi misi subito sull'attenti e mi difesi accampando l'unica scusa che mi venne in mente. «Forse sarà per qualche virus che c'è in giro» mi giustificai seria distogliendo subito gli occhi dal suo sguardo marmoreo.

Nei pomeriggi dei giorni di festa trascorsi molte ore con mia sorella: la facevo divertire a Monopoli, le pettinavo i capelli e giocavo con le Barbie, cambiando i vestiti e le scarpe a quelle perfette icone di stile e bellezza su ordini precisi di Giorgia che mi diceva esattamente come dovevo agghindarle. Prima di dormire le leggevo anche il libro di fiabe che le avevo regalato. La mia *bambolina* mi sembrava così piccola e indifesa quando si accoccolava nel letto insieme a me e mi esortava a leggere. Quando poi si addormentava a bocca aperta con quelle guance rosse e morbide, in silenzio le auguravo una volta cresciuta di non avere gli stessi problemi di comunicazione che stavo avendo io con nostra madre.

Il Capodanno si avvicinava e una mattina, mentre mia sorella dormiva profondamente, scesi di sotto, controllai che mamma non fosse nei paraggi, mi misi gli stivali di gomma sopra il pigiama e dopo essermi infilata svelta il primo giaccone che trovai appeso all'entrata, uscii e raggiunsi mio padre nel fienile. Vedendo la nebbia sbuffai e battei i denti. Il pigiama non era in grado di proteggermi e sentivo il freddo insinuarsi tra la trama e l'ordito del tessuto.

Quando mi accorsi che papà era chiuso nella stanzetta che aveva ricavato e costruito lui stesso tempo prima nell'ampio spazio del fienile, ne fui felice. Quel piccolo locale mi piaceva, c'era una bella atmosfera tra i fucili da caccia, le anatre di plastica e le damigiane di vino rosso. Ciò che dovevo chiedergli era meglio domandarlo al coperto, lontano dal gelido clima esterno.

Entrai senza pensarci due volte e lui alzò lo sguardo di scatto. Indossava semplicemente una camicia di flanella, dei pantaloni e un paio di scarponi e stava pulendo uno dei suoi tre fucili da caccia, un semiautomatico calibro 12, con il calcio di legno scuro. Su un piccolo tavolo appoggiato alla parete c'era una pila di scatole contenenti proiettili, mentre vicino alla porta se ne stava raggomitolato Segi, che alzò un attimo le orecchie, mi guardò e poi si rimise a sonnecchiare.

«Ciao cucciolone» lo salutai facendogli due carezze sulla testa. Poi mi rivolsi a mio padre. «Papà, ma non hai freddo senza maglione?» gli domandai rabbrividendo nonostante fossi al chiuso.

Lui alzò le spalle e fece una smorfia con la bocca. «Direi di no. Io sono temprato. Sei tu che sei una femminuccia» mi prese in giro sogghignando.

«Non è vero!».

«Stavo scherzando, lo giuro» si difese facendomi un caldo sorriso.

Io mi scioglievo quando mi rassicurava con i suoi gesti affettuosi e i suoi sguardi di complicità. Molte volte a scuola avevo sentito le mie amiche dire che spesso andavano dalla parrucchiera o a fare compere con la propria madre. Ascoltando i loro discorsi, io mi sentivo esclusa da quel "circolo privato femminile", visto che con mia madre non riuscivo a instaurare il pur minimo contatto. Avevo l'impressione di essere diversa... ma nello stesso tempo privilegiata: inconsciamente mio padre era diventato il mio idolo e ogni ragazzo che avevo conosciuto fino a quel momento, lo avevo sempre paragonato a lui. Era per quello che Francesco mi piaceva così tanto: mi trattava bene, come faceva papà, mi rispettava e mi aveva fatto capire che avremmo avuto tutto il tempo del mondo davanti a noi.

Feci un respiro profondo e mi misi le mani in tasca.

«Cosa mi devi chiedere?» mi precedette.

Mi schiarii la voce. «Manuela sta organizzando una festa di Capodanno a casa sua. Mi dai il permesso di andarci?» domandai tutto d'un fiato.

Lui ci pensò un attimo e poi rispose: «Direi di sì. Però mi sa che a questo giro non ti posso venire a prendere a mezzanotte. Verrei alle due, che mi sembra un buon orario. Va bene?» mi chiese ritornando al suo lavoro.

Il suo consenso mi rese euforica, sapevo che lui mi avrebbe capita. Purtroppo, memore delle scenate di mia madre quando le avevo chiesto di uscire quel sabato sera di novembre, la tensione e la paura di un rifiuto non smettevano mai di perseguitarmi.

Segi sbadigliò, si alzò e mi venne vicino.

«E con la mamma come faccio?» chiesi titubante con il cuore che mi batteva forte per l'ansia.

«Ci penso io. Tu per il momento non dirle niente».

«Grazie... se non ci fossi tu...».

Posando il fucile sul tavolo, mio padre mi venne vicino e mi abbracciò. «La mamma ti vuole bene, solo che non è brava a dimostrartelo. Tu però ricordalo sempre».

Le sue parole mi sorpresero e anch'io lo strinsi forte. Con quel suo modo di proteggermi, papà riusciva a trasmettermi una profonda sensazione di incrollabile stabilità.

Quella sera, poco dopo le undici, ero a letto e Giorgia si era addormentata vicino a me oramai da mezz'ora. Con delicatezza la spostai nel suo letto, la coprii per bene e le diedi un bacio sulla fronte.

Prima di tornare al mio posto, sfilai da sotto il materasso un diario che tenevo chiuso con un piccolo lucchetto dorato e presi la chiave dal nascondiglio segreto in cui l'avevo infilata con maestria: una minuscola fessura tra il battiscopa e il muro appena dietro il comodino. Lo aprii e trovai la matita che vi avevo lasciato dentro l'ultima volta che mi ero sfogata su quelle pagine bianche. La mia calligrafia era stretta e piccola, sembrava quasi che non volessi mettere troppo in evidenza i miei pensieri più intimi. Scrissi la data sulla parte destra del foglio e dopo le prime tentennanti parole cominciai a esprimere tutto quello che mi passava per la testa: i concetti scorrevano più veloci della mano, come se la mano non riuscisse a stare al passo con la mente. I miei sentimenti per Francesco riempivano ogni punto della pagina come un fiume in piena.

Sono combattuta, mi piacerebbe, però forse è meglio aspettare ancora un po'. Non sono sicura di essere pronta per questo passo che... ma non riuscii a concludere la frase perché un forte tonfo e la voce alta di mia madre mi fecero sussultare arrivandomi dritti sottopelle nonostante la porta fosse chiusa. Capii subito che papà l'aveva informata della festa di Capodanno.

Lo stomaco mi si serrò all'improvviso e un dolore pungente iniziò ad attanagliarmi le tempie. D'istinto chiusi il diario, rimisi tutto a posto e mi infilai sotto le coperte. Carpii solo alcune parole, che mamma, con tono ferreo e rancoroso, stava scagliando contro di lui. Non mi piaceva sentirli litigare e mi sentivo profondamente in colpa per quell'ennesimo confronto tra loro, se così si poteva definire. *Io voglio solo uscire...*, pensai sentendo le lacrime scorrermi lungo le guance.

L'ultimo giorno dell'anno fui svegliata alle otto di mattina da mia madre, che irruppe nella stanza con passo ostile. Io mi stropicciai gli occhi per il sonno e sbuffando mi lamentai: «Mamma, ma è presto...».

«E allora? Alzati che ho bisogno di una mano. Stasera abbiamo gente a cena e la casa va pulita da cima a fondo!» gridò nervosa gettandomi in faccia una tuta e andando a spalancare i vetri e le imposte della finestra.

D'istinto mi portai le mani sugli occhi e poi sospirando guardai il letto di mia sorella. «E Giorgia dov'è?» chiesi abbattuta per quell'imboscata mattutina.

«È in camera nostra e sta dormendo. Lei è piccola e deve riposare...» sottolineò tagliente uscendo dalla stanza e sbattendo la porta.

Di fronte a quel modo di fare così avverso serrai forte i pugni, mi misi il cuscino sulla faccia e ci soffocai dentro un grido di rabbia. Immaginavo che prima o poi avrebbe trovato il modo di farmela pagare, ma non pensavo che scegliesse proprio quel giorno... Mi aspettavo altre punizioni, ma quella di svegliarmi presto e farmi fare le pulizie mi sembrava davvero una vigliaccata bieca e senza senso.

Non è giusto..., mi dissi spostando le coperte. Ero arrabbiata e delusa, ma non volevo dargliela vinta né rinunciare a quella serata per me così importante. Presi quindi una decisione e pensai: *Se il tuo intento è farmi stancare e ridurmi uno straccio, non ci riuscirai...*

Una volta cambiata e sistemata, scesi a fare colazione. Inviperita inzuppai qualche biscotto in una tazza di latte caldo senza sentirne nemmeno il sapore e poi cominciai a pulire il bagno eseguendo gli ordini di mia madre.

Papà era fuori come sempre e l'atmosfera in casa era irrespirabile. Mia madre mi ronzava attorno come un insetto fastidioso e tediante rimproverandomi per ogni cosa: «Non vedi che lo specchio è pieno di aloni? Che cos'è tutta quell'acqua fuori dalla doccia? Dai su, datti una mossa o faremo notte. Immagino che tu non voglia stare qui fino a tardi, visto che devi uscire...».

Arrivata a quel punto, cominciavo a sopportare a stento le coltellate gratuite che mi lanciava senza preavviso. Era tagliente e velenosa allo stesso tempo e, schiacciata dalla situazione, mi misi a ripassare lo specchio con un altro straccio di cotone. Lei invece continuava inesorabile a provocarmi.

All'ennesimo rimprovero, esasperata e meravigliata da quel comportamento così infantile, mi voltai furiosa verso di lei. «Ma cosa ti ho fatto di male? Perché non mi lasci in pace? Sei davvero una vipera! Adesso basta, arrangiati!» e le gettai addosso lo straccio e il recipiente di plastica con il detergente per i vetri.

Quelle parole e quei gesti mi erano usciti così, senza un freno, diretti e sinceri. La mia rabbia era oramai incontenibile, dovevo in qualche modo sfogare tutto il risentimento e il dolore che sentivo dentro e che mi stavano facendo salire un mal di testa insopportabile.

Con un'espressione attonita dipinta sul volto, lei si spostò appena in tempo per non essere colpita in faccia dallo straccio e dal detergente, che finirono contro la porta e le caddero vicino ai piedi. I suoi occhi neri e profondi si rimpicciolirono, come se non volessero prendere coscienza della mia reazione istintiva. D'un tratto mi resi conto di quanto fosse spaesata dalla mia improvvisa mancanza di rispetto e con il fiato corto si appoggiò allo stipite, fissando per un lungo istante ciò che le avevo lanciato.

Quando realizzai in che situazione mi trovavo, digrignai i denti: mi ero messa seriamente nei guai, con l'aggravante che mia madre era davanti all'unica via d'uscita della stanza. Nervosa e con la paura che mi picchiasse, mi portai le mani alle tempie, mi sentivo in trappola come un topo e volevo solo andarmene via da lì.

Non appena mi accorsi che lei si stava chinando per raccogliere da terra lo straccio e il contenitore, feci un balzo in avanti e veloce come un gatto le scivolai di fianco e corsi in camera mia chiudendo a chiave la porta.

Respirai profondamente per alcuni secondi, mi girava la testa. Mi sedetti sul letto e cercai di calmarmi. Il cuore mi batteva così forte che mi sembrava di svenire. Aspettavo di sentire i suoi passi salire gli scalini. Temevo che in qualche modo avrebbe sfondato la porta e me le avrebbe date di santa ragione. Invece i minuti passavano e le scale e la casa mi sembravano silenziose come non mai. Allora cominciai a immaginarmi mia madre seduta sul divano a pensare. *Forse si sta facendo un esame di coscienza?*, mi chiesi sfregandomi le ginocchia con le mani sudaticce.

Dopo una buona mezz'ora di completo silenzio, cominciai a sentire il rumore di sedie trascinate sul pavimento, di pentole e piatti che venivano spostati. Mi alzai, mi avvicinai alla porta e titubante vi appoggiai l'orecchio. Percepivo i rumori della casa in modo diverso, mi parevano movimenti spossati, privi di rabbia ma colmi di rassegnazione. Forse delusione. *Chissà cosa sta succedendo di sotto... ma non posso certo saperlo rimanendo chiusa qui dentro*, pensai. Sapevo che la cosa migliore sarebbe stata quella di uscire e affrontare la realtà, però ero incerta sul da farsi, dubbiosa se scendere subito o far passare ancora un po' di tempo. Alla fine mi allontanai dalla porta, presi il diario, mi sedetti a gambe incrociate sul letto sfatto e sfogai tutta la frustrazione che mi lacerava la mente e l'anima.

Oggi 31 dicembre non è esattamente la giornata gioiosa e allegra che mi ero immaginata. Oramai la situazione con la mamma è insostenibile: questa mattina mi ha svegliata presto con l'intento di provocarmi e umiliarmi. Non la sopporto più, la sua continua ed estenuante ostilità mi sta mettendo a dura prova.

Cosa devo fare adesso? Se mi confido con papà raccontandogli quello che è successo poco fa, è molto probabile che lei si vendicherà in altri modi. E se poi litigassero ancora per colpa mia, per il modo in cui ho reagito? Se le loro grida si trasformassero in qualche cosa di più grave... magari in un divorzio?

E se invece mi tenessi tutto dentro e non dicessi niente? Ah, papà si accorgerebbe sicuramente che qualcosa non va. Non riuscirei mai a nascondergli tutto e a far finta che non sia accaduto nulla.

Non vedo l'ora di andarmene da questa casa, di sposarmi e creare una famiglia. Però non posso farlo subito, prima devo studiare, questo è l'unico modo per andarmene. Un ultimo anno di liceo e poi me ne andrò a Milano all'università. Sì, lontano da qui. Lontano da lei.

9

Quando udii i passi leggeri di Giorgia in corridoio e sugli scalini, d'istinto chiusi il diario mentre le lacrime mi rigavano le guance. Mi asciugai gli occhi con il polsino della felpa, poi rimisi tutto a posto e feci un respiro profondo per prendere coraggio... il coraggio di uscire dalla camera e scendere al piano di sotto.

Raccolti i capelli in una treccia veloce per sembrare più presentabile, mi avvicinai alla porta ma girando la chiave nella serratura fui di nuovo assalita dall'incertezza. *Cosa le dico? Come devo comportarmi? Devo scusarmi con lei?*, mi chiesi con le mani che mi sudavano e il cuore che batteva all'impazzata. *Basta, adesso scendo e mi comporto come se non fosse successo niente. Sì, farò così!*, decisi con le gambe che mi tremavano.

Dopo aver aperto la porta cominciai a scendere uno scalino alla volta, piano, senza fretta... e intanto cercavo di interpretare l'atmosfera sospesa nell'aria, tra le crepe sottili dei muri, tra le pareti della cucina dove mia madre stava dicendo a Giorgia di prendere i biscotti nella credenza per fare colazione. Sull'ultimo gradino mi fermai e allungai l'orecchio per cogliere qualsiasi sfumatura nella sua voce, nelle sue parole, ma ero troppo irrequieta per capire il suo stato d'animo. La confusione e l'incertezza sembravano farsi beffa di me. Mi sentivo come un cerbiatto spaventato dalla presenza dell'uomo.

«Ciao!» mi gridò Giorgia sbucando all'improvviso dalla cucina.

Io sussultai. «Oh mio Dio, mi hai spaventata!» e mi portai una mano sul petto.

«Sei bianchissima».

«Come scusa?».

«In faccia... Stai bene?» mi chiese con un'espressione preoccupata.

«Ho solo freddo, non è niente» e per tranquillizzarla le sorrisi dandomi due leggeri schiaffi sulle guance.

«Forse hai la febbre» rincarò la dose.

«No, non ho niente, davvero».

Con la sua spontaneità alzò le spalle e andò di corsa verso il bagno.

«Non fai colazione? Ti faccio compagnia se vuoi!» le proposi nella speranza di entrare in cucina insieme a lei.

«Arrivo tra un attimo, prima vado a lavarmi» e sparì saltellando.

Mi guardai attorno: tra me e mia madre c'era solo una parete a dividerci... ma mi sembrava assomigliare a un alto e inespugnabile muro di difesa di un antico castello. *Forse è meglio che aspetti Giorgia...*, pensai torcendomi le mani.

Mi sedetti sull'ultimo scalino e osservai il salotto: era già stato pulito e i cuscini sopra i due morbidi divani erano tutti in ordine vicino ai braccioli. Le luci del presepe erano accese e illuminavano quel piccolo mondo fatto di quiete e serenità. Le pecorelle che Giorgia amava tanto far pascolare in giro per casa erano state riposte tra il muschio dall'odore intenso che io stessa avevo sistemato con cura.

All'improvviso, un grido e un rumore metallico mi distolsero dai miei pensieri.

«Ahi! Quanto scotta!» urlò mia madre.

Mi alzai d'istinto e la raggiunsi. Aveva rovesciato il pentolino del latte sulla piastra della stufa e si stava precipitando verso il rubinetto per mettere la mano sotto il getto dell'acqua fredda.

«Cosa hai fatto?» le chiesi spaventata allungandole un canovaccio pulito.

Lei strizzò gli occhi dal dolore. «Ho preso la pentola senza il guanto da cucina. Stavo pensando... e mi sono scottata» mi spiegò aprendo gli occhi e prendendo il canovaccio.

Per una frazione di secondo le nostre dita si sfiorarono. Un lampo di tenerezza affiorò sul suo sguardo e mi domandai da quanto tempo non avessi un contatto fisico con lei, come un abbraccio, un bacio sulla fronte oppure una mano sulla spalla. Quando era stata l'ultima volta che mi aveva coccolata e compresa? Con mio grande rammarico mi resi conto che non lo ricordavo.

La realtà era che tra noi due si era aperta una voragine di pensieri inespressi, punti di vista differenti, incomprensioni oramai insanabili e, cosa ancor più grave, un'inspiegabile competizione femminile affiorata senza che io me ne accorgessi. Avevo la sensazione che mia madre guardandomi si sentisse vecchia, come se la vita le avesse in qualche modo impedito di realizzare i propri sogni.

Confusa e impaurita feci un passo indietro. «Vado a prenderti la crema per le scottature, torno subito» e uscii dalla stanza.

Marta

Marta restò ferma vicino al lavandino e abbassò lo sguardo, osservando l'acqua fredda scorrerle sulla mano. Avrebbe tanto voluto dire a Sara che le dispiaceva, che non voleva provocarla e farla arrabbiare in quel modo, ma le parole si erano assottigliate appena al di sotto delle corde vocali e l'orgoglio del suo ruolo di madre le aveva impedito di far emergere i suoi veri sentimenti.

Avrebbe tanto voluto piangere, il dolore della scottatura si aggrovigliava alla frustrazione che oramai l'accompagnava da quando Sara era diventata una ragazza. Non riusciva ad accettare la sua femminilità né l'eventualità che un giorno un uomo si innamorasse di lei. Il pensiero che un ragazzo potesse toccarla, sfiorarla o baciarla le faceva salire una rabbia incontrollabile, indicibile. *Lei è la mia bambina, non è giusto che cresca così in fretta!*, si disse trattenendo le lacrime dietro le palpebre socchiuse.

Non poteva permettersi di farsi vedere fragile, perché pensava che se la figlia avesse intravisto in lei un briciolo di umanità, se ne sarebbe approfittata, arrivando a ottenere più libertà e più uscite. Se si fosse mostrata debole, le richieste sarebbero aumentate e lei avrebbe perso ogni controllo su Sara...

Tutto questo era inaccettabile, improponibile. *Devo tenere duro a qualunque costo*, si convinse chiudendo il rubinetto dell'acqua.

Sara

Aprii gli sportelli del mobile che si trovava sotto la scala e sfilai una vecchia scatola di latta azzurra. Tolsi in fretta il coperchio decorato con una serie di rose in fiore e tutta tremante cominciai a rovistare tra le confezioni di medicinali che c'erano dentro: aspirine, antidolorifici, vitamine e svariati farmaci che erano lì da troppo tempo, a giudicare dal loro aspetto malandato. «Ma dove sei?» esclamai in preda all'agitazione.

Giorgia mi si catapultò sulla schiena senza preavviso. «Vieni con me allora?» mi domandò.

Io cercai di mantenere l'equilibrio. «*Bambolina*, la mamma si è scottata. Adesso scendi che vado a medicarla».

Giorgia si fece seria e staccandosi da me si precipitò in cucina.

Finalmente trovai il vasetto che stavo cercando. Veloce misi tutto a posto e andai da mia madre che seduta su una sedia si asciugava con delicatezza le vesciche che le erano comparse sulle dita.

«Faccio io, grazie» mi disse allungando la mano verso di me.

«No, tu stendi la mano sul tavolo, ci penso io» le risposi intimorita dai suoi occhi cerchiati di rosso.

Giorgia ci fissava, visibilmente perplessa.

«Dammi qui» si impuntò lei strappandomi maleducatamente il vasetto. «Mi arrangio da sola, non ho bisogno di niente» concluse poi spalmando l'unguento sulle scottature.

Fissai per un lungo attimo mia madre che a sua volta mi guardava senza proferire parola. Non sapendo cos'altro fare, presi tutti i prodotti che mi servivano per spolverare e andai di sopra per cominciare dalle camere da letto.

Alle sette di sera, dopo una giornata passata a pulire, mi feci una doccia, mi truccai e mi infilai un abitino nero a manica lunga che mi arrivava appena sopra il ginocchio. I collant neri velati mi facevano sentire una donna, non più una ragazzina in jeans e maglietta.

Quando fu il momento di pettinarmi, inizialmente pensai di tenere i capelli sciolti ma alla fine, per non irritare ulteriormente mia madre dopo quello che era successo, decisi di raccoglierli in una coda alta. Sicuramente lei avrebbe preferito la solita treccia, che però non avevo nessuna intenzione di fare, e mi sembrava che la coda fosse un buon compromesso. Come tocco finale mi passai sulla bocca un leggero lucidalabbra al sapore di ciliegia.

Mio padre mi stava aspettando di sotto. Nel pomeriggio era andato a caccia con alcuni amici e rientrando a casa si era subito accorto che qualcosa non andava. Vedendo poi la mano fasciata di mamma, preoccupato le aveva chiesto spiegazioni, accertandosi che stesse bene.

In quel momento c'ero anch'io... con il fiato sospeso. Per un attimo lei aveva posato lo sguardo nei miei occhi, poi con una disinvoltura che mi aveva spiazzata tanto da dovermi appoggiare allo schienale del divano aveva esordito dicendo che era stata una disattenzione dovuta alla stanchezza. Ne rimasi sorpresa, perché ero convinta che mi avrebbe incolpata dell'accaduto. Per la prima volta dopo mesi sembravamo essere dalla stessa parte della barricata. Eravamo forse diventate complici alle spalle di papà?

Non sapevo bene come interpretare il suo comportamento: stanchezza, sfinimento, complicità o asso nella manica per ferirmi in un'altra occasione? In ogni caso, tutto ciò che desideravo era lasciarmi alle spalle quel pessimo giorno e trascorrere una piacevole serata con Francesco e i miei amici.

Presi le scarpe con il tacco che avevo preparato vicino al letto, scesi di sotto e le calzai sedendomi sul divano. Non appena mi misi in piedi, per un attimo barcollai... Forse erano troppo alte per me, ma quando le avevo viste in vetrina, in sconto, avevo fatto la pazzia di comprarle con i soldi che mi ero messa da parte. In seguito, l'espressione stupita di Francesco mi aveva dato la certezza che era stato l'acquisto perfetto per festeggiare il Capodanno.

Quando mia madre scese le scale, mi osservò per un momento che mi sembrò un'eternità. «Da dove vengono quelle?» mi chiese indicando le scarpe per poi sistemarsi il colletto della camicia a fiori che indossava sopra un paio di pantaloni a sigaretta.

«Le ho comprate sabato scorso con i miei soldi» le risposi tirandomi giù l'orlo dell'abito.

Lei inspirò e le narici si dilatarono appena, quel tanto che bastava per intimorirmi. Da un momento all'altro, ne ero certa, sarebbe scoppiata.

«Potevi almeno farmele vedere, non capisco perché in questa casa io debba essere sempre l'ultima a sapere le cose» si lamentò andando in cucina. «E chissà perché hai deciso di pettinarti così, con la treccia staresti molto meglio» concluse pungente.

Che stupida sono stata a rinunciare ai capelli sciolti, mi dissi. *Pensavo servisse a qualcosa e invece...*

Papà mi fece scendere davanti alla casa di Manuela. «Eccoci arrivati» mi disse sorridendo. «Vengo a prenderti alle due. Buona serata e mi raccomando, non bere».

Scesi dall'auto e prima di chiudere la portiera mi fermai un momento e lo guardai. «Buon anno papà e grazie di tutto».

Manuela mi accolse con il suo solito brio. Indossava una minigonna nera al limite della decenza, dei collant con i brillantini, un top rosso fuoco che le lasciava scoperto l'ombelico e due vistosi orecchini dorati. Il fard fucsia sulle guance sottolineava ancora di più i suoi zigomi importanti. Paragonandomi a lei, mi dissi che io sembravo una suora di clausura e mi guardai alle spalle per controllare se mio padre fosse già andato via. Non credo che vedere Manuela conciata in quel modo avrebbe giocato a mio favore, anzi molto probabilmente anche lui avrebbe cominciato a dubitare delle mie amicizie.

«Sei in anticipo per fortuna! Gli altri non sono ancora arrivati e ho bisogno di una mano. Entra, dai» mi incitò stringendosi le braccia attorno alle spalle. «Che freddo stasera. Non vedo l'ora che l'inverno finisca».

Entrai e chiusi la porta. «I tuoi non ci sono?».

«No, sono fuori fino a domani sera. Hanno prenotato da qualche parte in montagna, non so bene dove... ma chi se ne frega. L'importante è che abbiamo la casa tutta per noi!» esultò facendomi piroettare su me stessa.

Io risi e mi tolsi le scarpe. «Le metto più tardi, altrimenti rischio di ammazzarmi».

«Andiamo in cucina, così mi aiuti a prendere i vassoi da portare giù in taverna».

La cucina, arredata con mobili moderni e dai colori tenui, era davvero grande e sopra il piano cottura spiccava un'enorme cappa in acciaio piena di variopinte calamite che molto probabilmente i genitori di Manuela avevano portato a casa come ricordi dei loro viaggi.

«Sei elegante stasera, sembri più grande della tua età» mi fece notare dirigendosi verso il frigorifero e prendendo una bottiglia di vino bianco. «Ti va di berne un bicchiere insieme a me, tanto per cominciare?».

Indugiai per un lungo istante, ricordando ciò che papà mi aveva appena detto, e Manuela intuì i miei pensieri. «Capisco, comunque se bevi dell'alcol adesso, poi avrai tutto il tempo di smaltirlo. Fidati, sono un'esperta in materia... I miei non si sono mai accorti di niente. Bevi tesoro e divertiti, che la vita è breve! Un'oretta prima di andare via, ti preparo due o tre tazze di caffè, quello è il rimedio migliore dopo una sbornia».

Declinai l'offerta con un semplice cenno del capo e Manuela non insistette oltre. «Come preferisci, vorrà dire che berrò da sola» e dopo aver preso un bicchiere di plastica aprì la bottiglia con un cavatappi, si versò il vino fino all'orlo e lo bevve tutto d'un fiato, chiudendo poi gli occhi soddisfatta. «Questo è decisamente il paradiso, non sai cosa ti perdi!».

Di fronte a quell'atteggiamento così artificioso aggrottai la fronte e mi chiesi come riuscisse a fare con tanta semplicità e determinazione *certe cose.* Sabrina mi aveva raccontato che Manuela aveva già fatto sesso con un ragazzo della scuola, un tipo che a quanto pareva se ne andava in giro vantandosi delle sue conquiste "facili". Io sapevo chi era il ragazzo in questione e non mi era mai piaciuto: mi sembrava altezzoso, arrogante, pieno di sé, e il suo comportamento per me era fuori da ogni limite.

«Che ne dici se portiamo giù un po' di cibarie?» mi riscosse Manuela dai pensieri che mi frullavano in testa.

«Sì, scusa» e feci per andare verso il tavolo a prendere un vassoio pieno di pizzette.

«A cosa pensi? Al tuo Francesco?».

«No, figurati» e mi abbassai l'abito. «Oggi non è stata una giornata, come dire, semplice».

«Come mai?».

«Le solite cose. Io e mia madre non andiamo d'accordo in questo periodo, non so, vedremo» le dissi tagliando corto. Non ero sicura che confidarmi con lei fosse una buona idea.

Manuela si versò un altro bicchiere di vino e lo tracannò così velocemente che rimasi senza fiato.

«Io litigo con mia madre da quando ne ho memoria!» sbraitò ridendo. «E ti dirò che non vedo l'ora di andarmene da qui» mi confidò gesticolando teatralmente con le mani. «Dai, abbiamo del lavoro da fare. Sorridiamo e freghiamoci di tutto e di tutti! Ah, dimenticavo, se vuoi... stasera la mia camera è libera...» mi sussurrò all'orecchio.

Ciò che voleva sottintendere era talmente chiaro e cristallino che io come una sciocca arrossii. Manuela si comportava sempre in modo audace e disinibito, ma io ero troppo riservata per parlare con lei della mia vita privata o addirittura di sesso. Certe cose le sapeva solo Sabrina e comunque, nonostante la conoscessi da una vita, ciò che le avevo confidato era solo una piccola parte di quello che pensavo. Il mio carattere chiuso era uno scudo protettivo che mi impediva di aprirmi del tutto anche con le persone che mi erano più vicine.

E se non volevo assolutamente parlare di sesso con Manuela, non mi sfiorava nemmeno l'anticamera del cervello l'intenzione di fare l'amore per la prima volta lì, in casa sua, nel suo letto. Le volevo bene e sapevo che con il suo carattere spumeggiante riusciva a trascinare le persone al limite, spingendole a fare cose che non avrebbero mai immaginato. E sapevo anche che non era capace di mantenere i segreti. Quando si trattava di discrezione, non era la persona più affidabile del mondo e, pur senza cattiveria o intenzione, spifferava tutto quello che le veniva confidato.

«Capito?» insistette lei strizzandomi un occhio.

Le sorrisi ironica. «Sì, non sono stupida...».

«Mai pensato. E adesso aiutami!» mi disse ridendo sonoramente.

La casa era affollata di ragazze e ragazzi che bevevano, mangiavano e ballavano come forsennati. Francesco arrivò praticamente insieme a Sabrina e quando lo vidi mi sentii serrare la gola da quanto era bello, con quella giacca nera e i pantaloni eleganti che gli davano un'aria seducente, intrigante.

Sabrina indossava un frizzante abito color ciclamino e quando mi salutò baciandomi sulla guancia, mi strinse la mano, quasi a volermi svegliare da quell'intontimento. «Riprenditi, dai» mi disse ridacchiando e si allontanò per andare a salutare gli altri.

«Sei bellissima stasera, un vero spettacolo» si complimentò lui dandomi un leggero bacio sulla bocca e stringendomi i fianchi. «Ciliegia. Mi piace, sei dolcissima...».

Avvolta nel suo profumo forte e sensuale, mi sentii girare la testa e appoggiai la fronte sulla sua spalla.

Mentre eravamo così abbracciati, qualcuno mi urtò violentemente. «Scusa!» esclamò un ragazzo con la camicia aperta, i capelli spettinati e, in mano, due bicchieri colmi di vino. «C'è una che mi sta aspettando...» disse barcollando e indicando il piano superiore con un gesto del capo.

Francesco, infastidito, mi spostò di lato e fece una smorfia di disappunto. Poi guardò l'orologio e dando a quel giovane una pacca sulle spalle gli domandò ridendo: «Non ti sembra presto per essere già ubriaco?».

«Oh, be', meglio così. La tipa che mi sta aspettando non è bellissima... almeno domani non mi ricorderò la sua faccia».

Feci una smorfia disgustata e mentre lui si allontanava, il campanello suonò ancora.

«Dio mio, non ho invitato tutta questa gente. La situazione mi sta sfuggendo di mano e se andiamo avanti così mi distruggeranno casa!» imprecò Manuela correndo verso la porta.

Un'orda di "amici" si riversò all'interno e lei, tirata in viso, li accolse dando strette di mano a gente che non aveva mai visto in vita sua ma che in qualche modo si era imbucata alla festa.

«Ragazzi, mi aiutate? Non so cosa fare. Se succede qualcosa, i miei mi ammazzano!».

«Facciamo così» le proposi. «Io e Francesco prepariamo un cartello con su scritto che non può più entrare nessuno e poi lo appendiamo al cancello. Okay?».

«Va bene, grazie, io intanto vado a controllare che non rompano nulla» mi rispose per poi precipitarsi giù in taverna.

La musica che veniva dal piano di sotto sembrava crepare le pareti, da quanto era alta, mentre i bassi facevano vibrare i vetri delle finestre.

«È la prima volta che la vedo in difficoltà» mi feci sfuggire senza nemmeno accorgermene. «Di solito è sempre padrona di se stessa e non si preoccupa mai della reazione dei suoi. Allora anche lei è umana!».

Francesco mi osservò e mi diede un bacio. «Dai, prepariamo il cartello e poi troviamo un angolino tutto per noi...».

L'ultima frase mi colse impreparata e mi innervosì, ma nonostante quella sensazione opaca lo seguii in salotto. Trovammo un foglio di carta nel cassetto di una piccola scrivania di mogano e dopo aver preso un pennarello dal portapenne di metallo, Francesco scrisse che Manuela non poteva più far entrare nessuno.

«Dai, mettiti qualcosa che andiamo fuori ad appenderlo».

Cominciai a frugare tra i mille cappotti che occupavano tutto il divano e quando intravidi il mio montgomery lo sfilai con attenzione perché non volevo far sgretolare quella montagna di capi spalla.

Francesco, invece, in fretta e furia pescò un cappotto color cammello che lo faceva sembrare molto più grande della sua età.

Uscimmo di casa e mi accorsi che faceva ancora più freddo rispetto a quando ero arrivata. Con del nastro adesivo che avevamo trovato sulla scrivania fissammo il cartello proprio sopra il campanello. «Dici che lo capiranno?».

Francesco alzò le spalle e poi prendendomi per mano mi condusse sul retro dell'abitazione. Quando vidi la piccola dépendance rivestita di edera e affacciata sulla piscina che occupava buona parte del giardino, rimasi senza fiato. Avevo sentito parlare della piscina e delle feste che Manuela organizzava durante il periodo estivo, ma non l'avevo mai vista perché mia madre non mi aveva dato il permesso di andare da lei. «Che bella! Non immaginavo che fosse così grande...» dissi sbalordita.

«In estate è uno spasso. Manuela è l'unica ad avere una piscina e ti posso assicurare che le feste che si fanno qui sono strepitose».

Abbassai lo sguardo e ripensai a tutte le volte che ero rimasta in camera mia a sbollire i permessi di uscita negati e a immaginare quanto fossero divertenti le feste a cui non potevo andare. Sapevo che Sabrina vi aveva partecipato spesso e le erano piaciute davvero tanto, ma per rispetto non aveva mai infierito raccontandomi i particolari.

Francesco si fermò davanti a me e mi alzò il mento con due dita. «Cosa c'è? Ho detto qualcosa che non va?».

Avevo le guance fredde e gli occhi lucidi di lacrime. «No, è tutto a posto. Dove mi vuoi portare?» gli domandai cercando di sorridergli.

Lui fece il giro della piscina e poi entrammo nella dépendance. «Finalmente soli...» mi sussurrò.

Presa alla sprovvista lo strinsi per un attimo ma poi lo allontanai con delicatezza e studiai l'ambiente: proprio all'entrata c'erano due divani in tessuto a strisce bianche e blu e, poco lontano, un mobile bar e un paio di sedie di vimini impilate una sopra l'altra. Su alcune mensole di vetro erano state sistemate svariate bottiglie di alcolici mentre in fondo alla stanza, vicino a una porta chiusa, c'era un letto matrimoniale.

Sentii crescere il sospetto e mi voltai verso Francesco per capire se fosse in buona fede. «Hai preparato tutto?» chiesi dubbiosa.

Lui impallidì nella penombra creata dall'illuminazione del giardino e mi accorsi di aver esagerato. *Ma come ho potuto pensarlo? No, lui non farebbe mai una cosa simile*, mi dissi nervosa. «Scusa, non volevo... Io, io sono una stupida...» mi giustificai mettendomi le mani in tasca e sentendo le guance bruciare.

Lui si avvicinò piano, silenzioso come un gatto, mi strinse tra le braccia e mi baciò dolcemente. Capii che non era stato programmato nulla e che ci trovavamo lì, da soli, per caso o per fortuna...

«Non c'è problema. Non devi scusarti» mi disse mordicchiandomi il lobo dell'orecchio.

«Okay, però se fai così non so se riuscirò a fermarmi» lo avvertii sentendo un brivido percorrermi tutta la schiena.

Lui era sempre più caldo, nonostante la stanza fosse gelida, e le sue mani cercavano il mio corpo sotto il montgomery. Mi accarezzò il collo, le spalle, i fianchi, poi passò accanto ai seni, dolce e leggero. Mi baciò con sempre più impeto e il suo respiro si fece ansimante, eccitato. Confusa ed estasiata mi sfilai il giaccone che finì a terra, lui si tolse a sua volta il cappotto e io mi aggrappai al suo collo, lasciandomi trasportare dall'ardore di quel ragazzo che mi faceva sentire bella, apprezzata e corteggiata.

Per un attimo tutte le mie paure si allontanarono. Lui mi mise le mani sui fianchi e mi baciò... ancora e ancora, finché sentii le sue dita lunghe e affusolate alzarmi lentamente l'abito. *Sì, voglio farlo*, pensai.

Mi prese in braccio e mi portò su uno dei divani, mi guardò e mi sorrise. Impacciata e ansiosa lo tirai verso di me e lo baciai. Lui alzò l'abito fino alla vita e cominciò ad abbassarmi i collant.

Mi sembrava di vivere un sogno... ma come poco prima i miei timori erano svaniti in un istante, ecco che con la stessa rapidità si ripresentarono. Il mio sogno si infranse di colpo e stranita gli bloccai la mano.

«No, non posso. Mi dispiace» gli dissi sospirando.

Francesco si fermò, si ricompose e si sedette accanto a me. «Okay, come vuoi, forse hai ragione. E poi questo non è il posto ideale» rifletté ad alta voce passandosi una mano tra i capelli e guardandosi attorno.

Io mi rimisi in ordine e mi accoccolai di fianco a lui. «Non posso, non ora, è troppo presto» gli dissi sentendo il senso di colpa riempirmi vorticosamente il petto.

«Stai tranquilla, abbiamo tutto il tempo» e mi abbracciò forte.

Quella notte, tornata a casa, piansi lacrime amare rannicchiata sotto le coperte, con quello strano senso di colpa che non mi voleva lasciare andare per nessun motivo. Ripensai ai brindisi con i miei amici, a come Francesco mi era stato appiccicato per tutta la serata e a come aveva cercato di alleggerirmi da quel peso che mi scavava dentro dopo avergli detto di no.

Più volte mi aveva sussurrato che ero la ragazza più bella della festa, che non era cambiato nulla tra noi e che mi avrebbe aspettata tutto il tempo necessario.

Io invece, nonostante mi rendessi conto di quanto lui fosse stato gentile e rispettoso nei miei confronti, ero arrabbiata con me stessa come non mai. Se avessi potuto, mi sarei picchiata da sola. *Sono una povera cretina, una stupida che non è capace di fare ciò che vuole. Ero lì con lui e invece di far tesoro di ogni istante, da imbecille pensavo solo che fosse sbagliato. Ma perché non sono capace di mettere da parte i miei freni e le mie paure?*, mi rimproverai singhiozzando e rintanandomi ancora di più sotto le coperte. *Perché non sono come Manuela?*

In pratica, mi facevano da zavorra tutti gli insegnamenti che mi erano stati inculcati da mia madre. Avevo la sensazione di vivere in una gabbia dorata, una gabbia dalla quale non ero in grado di volare via. Il pensiero di aver rinunciato al mio primo rapporto sessuale mi fece riaffiorare così tante insicurezze che piansi ancora più forte. Pensai a tutti quelli che erano rimasti alla festa e che avevano la fortuna di non dover rientrare a casa a un orario prestabilito, a chi beveva alcolici, fumava e andava a letto liberamente con chi più gli piaceva.

In un certo senso invidiavo il modo leggero e senza restrizioni con cui gli altri vivevano la propria vita. Mi sembrava che fossero tutti molto più tranquilli e sereni di me, senza preoccuparsi affatto delle opinioni altrui. Io, invece, vivevo perennemente ancorata al *giudizio* delle persone. Mia madre mi aveva ripetuto così tante volte che la reputazione è tutto, che immaginavo mille scenari umilianti che in qualche modo avrebbero potuto rovinarmi. *Se qualcuno ci avesse scoperto, cosa sarebbe successo? Se le persone che conosco lo sapessero, mi prenderebbero per una poco di buono? Sembrerei una ragazza leggera, poco seria? Per fortuna gli ho detto di no. Ma se non mi fossi fermata? Se avessi continuato?*, mi chiesi sempre più confusa e disorientata, soffocando i singhiozzi nel cuscino, finché sprofondai nel sonno.

10

Gennaio 1989

Sara

Dopo il periodo delle festività natalizie, la scuola ricominciò. Dalla sera di Capodanno avevo sentito Francesco solo telefonicamente. Tra i compiti e il fatto che mia madre non mi dava il permesso di uscire, avevo approfittato dei momenti in cui ero sola in casa per parlare con lui... appiccicando la cornetta all'orecchio e cercando di leggere tra le sue parole qualche ripensamento. Temevo che da un momento all'altro potesse lasciarmi, anche se lui continuava a ripetere che non vedeva l'ora di rivedermi, che aveva una gran voglia di baciarmi e coccolarmi. «Mi manchi così tanto» mi ripeteva come un mantra.

La mattina che arrivai alla stazione degli autobus, quando scesi me lo ritrovai davanti e in un attimo mi prese tra le braccia e mi baciò. Un bacio che sapeva di nostalgia e gioia. «Che bello rivederti, mi sei mancata» mi disse sollevandomi da terra.

«Mettimi giù!» gli ordinai arrossendo come un pagliaccio. «Ci stanno guardando tutti!».

«Chi se ne frega» disse lui ridendo.

«Se mi vede qualcuno, finisco nei casini».

«Okay, come vuoi».

Quando mi rimise a terra, ci avviammo verso la scuola. Il marciapiede, per quanto ampio, era occupato da un fiume di ragazzi con lo zaino in spalla e lo sguardo assonnato. Il cielo grigio rendeva l'atmosfera ancora più fredda e gelida.

Raccontai a Francesco la settimana lunga e noiosa trascorsa tra compiti e doveri famigliari. Mentre mi ascoltava in silenzio stringendomi la mano, mi dissi che era davvero sensibile, premuroso e attento. E soprattutto comprendeva i miei timori e le mie paure, capendomi con un solo sguardo. Non potevo avere dubbi: Francesco era il ragazzo giusto per me.

Giorgia

Giorgia entrò a scuola assonnata ma felice. Camminando vicino a lei, Andrea si sfilò il berretto e grattandosi la testa le chiese: «Vieni a catechismo sabato?».

«Sì, anche se non ne ho voglia» gli rispose lei ripensando agli occhi freddi di don Paolo e al gesto che qualche tempo prima aveva fatto per dividerli. L'accaduto la infastidiva ancora. Quell'uomo che predicava la parola di Dio in un modo che a lei sfuggiva non le ispirava fiducia, anzi la rendeva irrequieta e sospettosa, a differenza di tanti altri bambini che partecipavano con entusiasmo alla vita della parrocchia.

«Io sì!» esclamò tutto contento Andrea abbassando la cerniera della giacca a vento e varcando la soglia dell'aula.

«Be', a me don Paolo sta antipatico» si fece sfuggire Giorgia dirigendosi verso il proprio banco e mettendo il broncio.

Andrea, che sedeva poco distante da lei, la guardò storto. «Non è vero, è simpatico e dice un sacco di cose interessanti. Da grande voglio diventare come lui» le ricordò sedendosi.

Giorgia lo fissò per qualche secondo e, preoccupata dalla reazione dell'amico, gli domandò: «Ti sei arrabbiato?».

Lui rifletté un istante e poi le regalò uno dei suoi grandi sorrisi sdentati. «No! Però per me è simpatico» e sistemò il giubbotto allo schienale della sedia.

Incerta su come prendere quel rimprovero mascherato da un sorriso sincero, Giorgia alzò timidamente gli angoli della bocca e capì che il fatto di non essere d'accordo con lui la faceva sentire a disagio. Era la prima volta che si trovavano su due fronti opposti e quel loro disaccordo la faceva stare male. Dispiaciuta e senza sapere come comportarsi, aspettò in silenzio l'arrivo della maestra.

Il sabato arrivò e Giorgia, obbligata dalla madre, venne accompagnata in parrocchia. Prima di uscire di casa, le aveva detto di non stare bene ma era stata puntualmente rimproverata, sentendosi dire che era solo una scusa per non fare il suo dovere. E così, di fronte alla cecità e alla sordità della mamma, si era arresa e in silenzio aveva accettato la situazione.

Arrivata alla chiesa di Sant'Angelo cercò Andrea ma, non vedendolo, entrò nell'oratorio e, frastornata dalla confusione che i bambini facevano, si sedette al suo solito posto. Proprio in quel momento arrivò don Paolo, che si accomodò vicino a lei, sulla sedia in cui avrebbe dovuto mettersi Andrea. Lei lo fissò intensamente e abbassando lo sguardo, intimorita dall'espressione seria e fredda del parroco, gli chiese: «Dov'è Andrea?».

«È in sagrestia» le rispose secco. «È andato a prendermi la Bibbia. Ben arrivata anche a te,

Giorgia...» le sibilò facendole pesare il fatto che non l'avesse salutato prima di porgli la domanda.

Giorgia deglutì e all'improvviso la stanza cominciò a girarle attorno. Quell'uomo la infastidiva, la irritava. *Perché sto tanto male?*, si chiese passandosi una mano sulla fronte. Aveva i brividi e le voci dei bambini le arrivavano attutite, lontane e ovattate.

«Lorella si sbrighi, venga qui!» gridò all'improvviso il religioso.

La catechista, che stava aiutando un bambino a togliersi il giubbotto, si voltò di scatto e subito dopo andò dal prete.

«Credo che non si senta bene» le disse don Paolo osservando Giorgia che ciondolava la testa, pallida in viso e con due profonde occhiaie scure.

Quando la donna si chinò su di lei per toccarle la fronte, la sentì venire meno e riuscì a prenderla appena in tempo prima che svenisse. «Oh mamma! Silenzio bambini, non gridate, Giorgia non sta bene!» e tenendola in braccio la stese per terra.

Tutti ammutolirono e concentrarono gli sguardi su ciò che stava succedendo.

«Don Paolo mi aiuti, per favore prenda un po' d'acqua. Mi sembra che scotti, credo abbia la febbre».

Con aria seria e preoccupata, il prete andò in sagrestia e poco dopo ritornò con Andrea che teneva la Bibbia in una mano e un bicchiere d'acqua nell'altra.

Sdraiata sul pavimento, Giorgia percepiva ogni rumore come se fosse a chilometri di distanza. Ricordava il parroco che la fissava e la sua mente era come inceppata nel ricordo dei suoi gelidi occhi chiari e di quando si era seduto accanto a lei. Qualcosa di freddo la colpì dritta in faccia e piano piano i rumori si fecero più vividi. Percepì il tocco di una mano sul viso, mentre una voce stava ripetendo in continuazione il suo nome.

«Giorgia mi senti?» chiedeva Lorella spruzzandole qualche schizzo d'acqua in viso e accarezzandole le guance bollenti.

«Sì» rispose lei con voce flebile e la bocca impastata. Quando aprì gli occhi, si rese conto di essere distesa per terra, mentre Lorella le sorrideva e le sollevava la testa per farle bere un po' d'acqua.

«Voglio la mamma» piagnucolò sconsolata allontanando il bicchiere.

Lorella l'aiutò a sedersi e Giorgia si rese conto che tutti gli occhi erano puntati su di lei: i bambini la guardavano pieni di curiosità e Andrea se ne stava di fianco a don Paolo con un'espressione confusa. «Stai male?» le domandò sinceramente preoccupato.

«Sì» rispose appoggiandosi al petto di Lorella.

«Tesoro, adesso ti faccio stendere sulla panca e chiamo la mamma» le disse accarezzandole i capelli. «Andrea, prendi il giubbotto della tua amica e portalo là» gli disse indicando con un cenno della testa una lunga panca in legno scuro che era appoggiata al muro.

Andrea si alzò e obbedì subito.

«Andrea è il fidanzato di Giorgia!» esclamò un bambino e, a quelle parole, tanti altri scoppiarono a ridere.

Mentre veniva fatta sdraiare sulla panca, Giorgia si mise a piangere. Si sentiva stanca e non riusciva a difendersi.

«Ora basta!» tuonò all'improvviso don Paolo. «Questi sono discorsi stupidi e senza senso. Per punizione direte un Padre Nostro. Adesso!».

Tutti ammutolirono e cominciarono a pregare a voce bassa con la testa china. Giorgia si asciugò le lacrime che le rigavano le guance, non vedendo l'ora di andare a casa. *La mamma sapeva che stavo male*, pensò ascoltando le parole di Lorella che cercava di consolarla dicendole che era tutto a posto.

«Vieni anche tu Andrea» gli disse don Paolo. «Qui, vicino a me» e gli fece segno di raggiungerlo.

«Giorgia, vado a telefonare alla mamma, d'accordo? Tu stai qui tranquilla, torno subito» e, prima di allontanarsi, Lorella le sistemò la sciarpa per bene intorno al collo.

Giorgia si asciugò le lacrime e acconsentì con la testa. Aspettando che la catechista tornasse, si mise a osservare i bambini in quella stanza: tutti stavano pregando e di tanto in tanto le lanciavano occhiate curiose. Alcuni di quelli che poco prima avevano sghignazzato stentavano a rimanere seri e si facevano sfuggire qualche risata tra una parola e l'altra.

Giorgia era confusa. *Adesso mi prenderanno in giro*, pensò stropicciandosi gli occhi. Proprio in quel momento, Andrea si girò verso di lei e le domandò sottovoce: «Come stai adesso?».

Lei gli fece capire con un gesto della mano che stava così così. Era contenta dell'interesse che lui mostrava nei suoi confronti e gli sorrise. Un particolare però le smorzò la contentezza: il parroco con un gesto silenzioso e pacato appoggiò la mano sulla spalla dell'amico e con una carezza gli girò la testa dall'altra parte. «Prega Andrea...» gli sussurrò.

Giorgia rabbrividì e il freddo le si insinuò profondamente sottopelle, nei muscoli e nelle ossa... fino ad arrivare dritto in mezzo al petto.

Stesa nel suo letto, Giorgia si stava facendo leggere le favole da Sara. Sua sorella si era prodigata ad aiutarla e non appena aveva saputo che non si era sentita bene, si era precipitata con la madre a prenderla. L'avevano portata a casa e coricata subito a letto sotto le coperte. Marta le aveva provato la febbre e le aveva somministrato un antipiretico per abbassare la temperatura.

Giorgia era contenta di essere tornata a casa e mentre ascoltava la sorella si chiese dubbiosa se fosse il caso di parlare di *certe cose* con lei.

«Cosa c'è *bambolina*?» si preoccupò Sara. «Ti senti male?» insistette vedendola pensierosa.

Incerta su cosa dire, Giorgia si girò su un fianco e si rannicchiò. «No, sono stanca. Cioè, non lo so...».

«Senti Giorgia, io ti conosco, tu hai qualcosa, ne sono certa. Non mi freghi! Sei davvero fortunata ad essere malata, altrimenti ti farei tanto di quel solletico che confesseresti subito» esclamò Sara ridendo e accarezzandole i capelli.

Giorgia sorrise e Sara commentò: «Ah, ma allora la febbre non ti ha tolto il sorriso! Mi hai fatta preoccupare, sai?».

A Giorgia piaceva l'ironia della sorella, che aveva la capacità di alleggerire ogni situazione. «Tu mi vuoi bene Sara?» le chiese all'improvviso.

Stranita dall'espressione incerta della sorella, Sara corrucciò le sopracciglia. «Certo che ti voglio bene, più di quanto credi» le confermò sistemandole una ciocca di capelli dietro l'orecchio. «Ma è successo qualcosa?».

«Non voglio più andare a catechismo! Mi hanno presa in giro oggi. Non ho fatto apposta a stare male» e scoppiò in un pianto disperato. «La mamma non mi ascolta mai» si sfogò «e io mi vergogno».

Sara si stese vicino a lei e cercò di confortarla spiegandole che non c'era nulla di cui vergognarsi e che poteva capitare anche ai grandi di non sentirsi bene. Seppure lentamente, quelle parole dolci le risollevarono l'umore.

«Sara?».

«Dimmi».

«Il prete nuovo non mi piace».

«Oh, e perché?» cercò di capire Sara baciandola sulla fronte ancora calda.

«È strano. È sempre serio e non sorride mai» esclamò grattandosi la punta del naso. «Ho mal di gola» affermò subito dopo.

Sara ironizzò. «Be', per il parroco non so cosa dirti. Magari sotto sotto è un simpaticone e non lo dà a vedere. Chi lo sa? Per il mal di gola invece credo sia meglio dirlo alla mamma. Aspettami qui» e si alzò per scendere in cucina.

«Sara» la chiamò prendendole la mano. «Non dirle che te l'ho detto. La mamma si arrabbia sempre».

«Va bene, non le dirò niente, rimarrà il nostro segreto» la rassicurò portandosi un dito sulle labbra in segno di silenzio.

Sollevata, Giorgia chiuse gli occhi e si lasciò trasportare dal sonno inquieto che la febbre porta con sé.

Sara

«Mamma, Giorgia ha mal di gola» riferii a mia madre appena entrata in cucina.

«Ci mancava solo questa. La febbre e il mal di gola!» esclamò lei agitata mettendo un pentolino d'acqua a bollire sulla stufa. «Chissà cosa penserà la gente? Diranno che sono una madre snaturata per non essermi accorta che non stava bene» si preoccupò ad alta voce.

Nell'udire quel discorso, mi sentii montare una rabbia irrefrenabile. La donna che mi aveva messa al mondo era l'unica persona a farmi perdere letteralmente le staffe con poche e mirate parole. «Ma cosa stai dicendo? Ti interessa davvero l'opinione degli altri? Io giuro che non ti capisco».

Lei alzò lo sguardo e mi fissò dritta negli occhi. I suoi lineamenti si fecero duri e severi. «Sì, mi interessa. E vedi di comportarti bene anche tu, visto che quando si è giovani si possono commettere parecchi errori. Non voglio che mia figlia venga considerata una facile, ricordalo sempre!» gridò alterata.

Mi si mozzò il fiato in gola e rimasi senza parole. *Avrà saputo di Capodanno? Ma come è possibile?*, pensai istantaneamente, in preda al nervosismo.

«Perché non parli più, hai la coda di paglia?» mi domandò provocatoria come sempre, soffermandosi sulla mia espressione disorientata.

Con la sensazione che mia madre mi avesse saccheggiata dei miei pensieri più intimi e riservati, mi parai dietro un alto muro di difesa... e i suoi occhi si fecero imperscrutabili. «Non ho fatto un bel niente e non capisco perché tu te la debba sempre prendere con me, anche senza motivo!» esclamai rancorosa con un peso che sembrava schiacciarmi il petto.

«Sara non alzare la voce» mi avvertì avvicinandosi e mettendosi le mani sui fianchi. «Non ti permettere mai più. Hai capito bene quello che ti ho detto?».

Deglutii e incrociai le braccia con l'intento di mettere una certa distanza tra noi. «Volevo solo dire che non mi interessa quello che pensano gli altri. Giorgia non sta bene ed è questa la cosa più importante. Tutto qui».

Lei continuava a fissarmi con i suoi occhi neri e profondi, senza pronunciare nemmeno una parola. Avevo l'impressione che volesse entrare nella mia testa per scoprire i miei pensieri e, infastidita da quel comportamento, desideravo solo togliermi velocemente dall'impiccio in cui mi trovavo.

Per fortuna, la porta di casa si aprì all'improvviso facendo entrare una ventata fredda e umida. «Sono qui, come sta Giorgia?» chiese papà togliendosi il giaccone da lavoro.

Io ne approfittai subito per rifugiarmi in camera mia, mentre mia madre si ricompose e accolse suo marito con un bel sorriso sulle labbra.

11

Giorgia

7 luglio 2016

Era una giornata particolarmente afosa e Giorgia camminava con passo lento lungo il sentiero tra i campi coltivati a granturco. A differenza di Sara, l'estate non le piaceva per niente, era la stagione che più detestava in assoluto. Il caldo le rammentava *troppi ricordi dolorosi*, mentre il freddo dell'inverno la rigenerava e l'aiutava a meditare, pianificando il da farsi.

Aveva oramai 35 anni e, mentre passeggiava, guardava in lontananza la casa in cui viveva da sempre, un vecchio edificio di quasi cento anni con due comignoli e le finestre che davano sull'aia di fronte all'entrata. Il fedele Segi era morto da tempo e al suo posto c'era il gatto Morfeo, che la stava aspettando raggomitolato sotto un grande salice piangente poco distante dal fienile... il vecchio fienile in cui suo padre, quando lei era piccola, andava a rintanarsi dopo le frequenti discussioni con la moglie.

Quando l'aveva ereditata dopo la morte dei genitori, quattro anni prima, aveva deciso di lasciarla così com'era, grigia e anonima. Avrebbe potuto apportare delle modifiche per migliorarne l'aspetto e il valore, ma lei desiderava rimanere nell'ombra, confondersi e mimetizzarsi con l'ambiente circostante.

Quella casa così solitaria, attorniata da un'immensa campagna altrettanto deserta dove le cicale cantavano instancabili tutto il giorno e i grilli davano loro il cambio di notte, era il luogo ideale per mettere in atto ciò che si era prefissata da tempo. *Tanto tempo...*

Quando arrivò a casa, Morfeo le si avvicinò e le si strofinò tra le gambe miagolando e facendo le fusa.

«Ruffiano che non sei altro» gli disse accarezzandolo con affetto. «Vuoi i tuoi croccantini, vero? Sei proprio un piccolo mascalzone» e mentre lei parlava, il gatto dal manto nero come la pece le leccò una caviglia.

Giorgia prese le chiavi da una tasca dei pantaloni e aprì la porta. «Che caldo che fa, senti che bel fresco che c'è qui dentro» esclamò respirando a pieni polmoni. «Amo l'aria condizionata!».

Morfeo corse veloce in cucina, dove ai piedi del lavandino c'erano le sue due ciotole, una per l'acqua e una per il cibo, e miagolando reclamò la colazione.

«Arrivo piccolo diavolo, quanto sei impaziente» gli disse chiudendosi la porta alle spalle e andando a prendere su un alto scaffale la scatola di croccantini.

I mobili della cucina non erano più quelli di quando Giorgia era una bambina, perché dopo la morte dei suoi genitori si era liberata del vecchio mobilio e lo aveva sostituito con un arredamento nuovo, pratico e funzionale. Aveva mantenuto solo la madia per il pane, un tavolo da falegname ristrutturato che usava come piano di lavoro e un altro tavolo da osteria su cui si appoggiava per pranzare e cenare. L'unico tocco di colore era quello di una pianta con grandi foglie verdi che dall'alto di una mensola ricadevano rigogliose e lucide verso il basso.

Mentre Giorgia era intenta a versare un po' di croccantini nella ciotola di Morfeo, il telefono appeso alla parete del salotto squillò.

«Pronto, chi parla?».

Dall'altra parte del filo, una voce maschile roca e cupa le disse qualche cosa.

«Davvero?» rispose lei con un largo sorriso. «Non so come ringraziarla, aspettavo questa notizia da molto tempo. Provvederò immediatamente al pagamento della sua parcella. Troverà tutto al solito posto e, visto che ha lavorato davvero in fretta, le darò un extra. Ah, un'ultima cosa, io e lei non ci siamo mai visti né sentiti, d'accordo?».

Titubante, la voce dall'altra parte del filo acconsentì con un sì incerto e riattaccò.

Giorgia era soddisfatta. Era da più di vent'anni che aspettava questo momento e adesso finalmente poteva mettere in atto il suo piano. *Non mi sfuggirai questa volta*, pensò sciogliendosi i capelli dalla coda. *Adesso pagherai.*

Corse al piano superiore, in camera, la stanza che si affacciava sull'aia e che durante l'infanzia aveva condiviso con la sorella. Ora c'era un solo letto di legno chiaro, mentre i due comodini che si chiudevano con una chiave in argento si abbinavano ancora perfettamente all'armadio massiccio, intagliato con rose e foglie di edera.

Mentre si spogliava buttando gli indumenti nel cesto della biancheria sporca, si mise a canticchiare *Il corvo*, la sua canzone preferita. Adorava Mina e tutti i suoi brani, ma quello in particolare aveva la capacità di trascinarla con l'immaginazione verso la risoluzione del suo *problema*. Con quelle note incalzanti vedeva già l'evolversi dei fatti proprio come desiderava.

Aprì la porta del bagno, che era stato ricavato dalla stanza per gli ospiti dove da piccola giocava spesso con Andrea, spostò il miscelatore della doccia sul freddo e vi si buttò sotto. L'acqua gelata la temprava e la rilassava. *Devo avere le idee chiare... ma senza fretta*, si disse. *Ho tutto il tempo del mondo...*

Dopo una lunga doccia, si asciugò con un morbido accappatoio che le aveva regalato Sara per Natale. *Il suo lavoro da manager la porta sempre in giro per il mondo*, pensò mordendosi le labbra rabbiosa. *Sono almeno tre mesi che non ci vediamo e di certo i fusi orari non favoriscono le nostre comunicazioni.*

«È molto meglio fare la scrittrice come me, che ho già pubblicato diversi libri di successo...» sussurrò con aria di sfida «anche se nessuno sa che l'autrice sono proprio io».

Giorgia, infatti, aveva deciso di usare uno pseudonimo perché non voleva assolutamente essere riconosciuta. Ci teneva a mantenere l'anonimato, anzi la sua privacy veniva prima di qualsiasi altra cosa. Per questo motivo, prima di firmare il contratto con la casa editrice che l'aveva lanciata nel mondo dell'editoria, aveva fatto inserire la clausola che se qualcuno avesse rivelato la sua vera identità li avrebbe querelati tutti, dal primo all'ultimo, con l'aggravante che avrebbero dovuto risarcirla di svariati milioni di euro.

«Ah, quel Valerio Rossini...» esclamò ad alta voce ripensando al responsabile dei contratti che aveva tentato di lasciare uno spiraglio nel caso avesse cambiato idea. Ma lei, determinata e arrabbiata con il mondo, era schizzata in piedi e come una furia gli aveva detto che se si fosse azzardato a farlo, si sarebbe rivolta ad altre case editrici. Sapeva che il suo libro era piaciuto e alla fine, senza mollare la presa, aveva ottenuto ciò che voleva. Il signor Rossini, messo alle strette, aveva accettato le sue condizioni e non era più tornato sull'argomento. *Così tutte e due le parti hanno ottenuto quello che volevano*, rifletté. *Io l'anonimato. La casa editrice una grande e brillante scrittrice come me!*

Dopo aver appeso l'accappatoio sul gancio in acciaio vicino alla doccia, ritornò in camera da letto, aprì l'armadio e prese un abito nero, dritto e lungo fino alle caviglie, con una mezza manica che ricadeva appena sotto la spalla. *Questo è perfetto*, pensò.

Tornata in bagno, si passò il mascara sulle ciglia e prese un mollettone per raccogliere i capelli ancora bagnati, poi si precipitò giù, si infilò un paio di infradito nere, prese la borsa che la sera prima aveva lasciato sull'appendiabiti all'entrata e si diede un'ultima occhiata nello specchio ovale vicino alla porta. Le sembrava di essere diversa, particolarmente affascinante, i suoi occhi neri e i capelli corvini le parevano più belli del solito. *Sarà il profumo del futuro che mi fa sentire così bene.*

Uscì di casa e prese la macchina parcheggiata vicino al fienile, un'utilitaria di vent'anni ammaccata qua e là. D'altra parte non le piacevano le macchine nuove, la mettevano a disagio, e poi preferiva non dare nell'occhio. Finché il motore avesse retto, non l'avrebbe cambiata per alcun motivo.

Salendo in auto, si soffermò per un attimo a guardare la porta blindata del locale che suo padre aveva ricavato nel fienile, lì dove custodiva i fucili da caccia. *Ha fatto un buon lavoro il ragazzo che me l'ha installata*, pensò sorridendo, orgogliosa della sua idea.

Chiuse la portiera, accese l'aria condizionata e sotto il sole cocente delle undici imboccò la strada che portava in città. In giro non c'era anima viva e tutto era avvolto dal silenzio. Nemmeno i cani da guardia abbaiavano nelle case sparse qua e là, il caldo soffocante probabilmente li stremava a tal punto da togliere loro la forza di combattere con qualsiasi rumore o passante.

Girò a destra e percorse i quindici chilometri che la dividevano dalla città pensando in continuazione al *momento fatidico*. Era su di giri, fin troppo, e si impose di tranquillizzarsi. *Devo stare calma, il gioco comincia adesso...*

Parcheggiò l'auto nelle vicinanze delle mura settecentesche che circondavano gran parte del centro storico. La viabilità non aveva subito grandi cambiamenti da quando lei era una bambina e il traffico era ancora limitato solo ai residenti. Non ebbe quindi scelta: non poteva avvicinarsi più di così.

Controllò l'ora sul suo orologio da polso, le undici e mezza, poi andò a mettere qualche moneta nel parchimetro e calcolò il tempo a sua disposizione: circa due ore e mezza. *Direi che sono sufficienti come primo giro di ricognizione*, pensò portando lo scontrino in macchina. *Devo stare attenta a non fare tardi, non posso assolutamente prendere una multa, altrimenti potrebbe essere una prova che sono venuta qui...*

Dopo aver riposto lo scontrino sul parabrezza, chiuse l'auto e si incamminò verso Porta Maggiore, una delle quattro entrate della città. Un viavai di gente accaldata camminava svelta tra le vie lastricate di ciottoli, cercando di rintanarsi sotto gli alti portici per fuggire dal caldo opprimente. I negozi con le porte chiuse sembravano oasi di fresco in mezzo a un deserto cocente e le commesse, tutte truccate ed eleganti, davano l'impressione di essere fresche e pimpanti, per nulla scalfite dall'afa. *Forse avrei dovuto fare la commessa anch'io... non hanno mai un capello fuori posto e sembrano provenire da un mondo perfetto*, pensò scrollando le spalle.

Giorgia stava divagando con pensieri superflui come se niente fosse. In realtà aveva dentro di sé un tumulto di emozioni represse che si stavano lentamente e inesorabilmente muovendo. *Devo solo gestirle bene, mi sono preparata a sufficienza.*

Alla fine dei lunghi portici sbucò in piazza Vittorio Emanuele II, un grande spazio quadrato disseminato di panchine in ferro e lampioni in stile ottocentesco. Al centro, su un massiccio piedistallo di marmo grigio, svettava la monumentale statua del primo re d'Italia.

Soffermandosi ad ammirare la magnificenza della piazza, vide uno stormo di uccelli in volo che solcava compatto il cielo azzurro e rimase così affascinata da quella danza armoniosa che sulle sue labbra si disegnò un sorriso. Le piaceva osservare la libertà della natura, una libertà che lei non aveva mai avuto.

Il capriccio stridulo di un bambino la scosse dalle sue riflessioni e si affrettò a percorrere i portici, superando diversi bar dove alcuni temerari bevevano calici di vino bianco sotto ampi ombrelloni di tela. Dal teatro poco lontano uscì un gruppo di persone e, dal modo in cui erano vestite, Giorgia ipotizzò che si fosse tenuta una conferenza. Distolse lo sguardo e proseguì.

La stretta viuzza che portava a destinazione era una sorta di galleria naturale lungo la quale alberi centenari regalavano refrigerio e sollievo ai passanti. Nonostante questo, aveva bisogno di bere e calmarsi, il suo cuore non smetteva di fare le bizze. *Maledetto caldo!*, imprecò. Entrò allora in una panetteria, comperò una bottiglietta d'acqua fresca, salutò distrattamente la signora dall'espressione triste che c'era alla cassa e uscì. Bevve avidamente, l'afa e l'emozione le stavano giocando un brutto scherzo. Si appoggiò al tronco di un tiglio, respirò lentamente e poi riprese il cammino.

Dopo trecento metri girò l'angolo e se la trovò davanti: *la chiesa di Sant'Angelo*. Alberi rigogliosi di un intenso verde scintillante circondavano l'edificio mentre il sagrato, spoglio di qualsiasi abbellimento, contrastava con la monumentale facciata color ocra antico oramai sbiadito dal tempo. Alzando gli occhi, Giorgia posò infine lo sguardo sull'alto campanile che svettava nel cielo limpido. *Eccoti finalmente...*

Per calmarsi contò fino a dieci, poi lisciandosi il vestito si avviò verso l'entrata laterale. Spinse la stretta porta che cigolò sui cardini e venne investita dalla frescura dell'interno. C'era odore di incenso e capì che era appena stato celebrato un funerale. Trattenne un conato di vomito. Quel profumo così penetrante era come una coltellata allo stomaco, le ricordava *l'avvenimento che le aveva rovinato la vita.*

Con uno sforzo enorme si concentrò sull'obiettivo che si era prefissata e fece un respiro profondo per ricacciare indietro la nausea. In chiesa c'erano solo due signore anziane che pregavano in ginocchio nei primi banchi, mentre un uomo zoppicante stava sistemando dei fiori freschi sull'altare. Sentendola, si girò verso di lei e le fece un cenno di saluto, poi riprese il suo lavoro.

I sei confessionali dislocati lungo le due navate laterali erano tutti occupati, la lucina rossa in alto glielo confermò. Si sedette paziente nell'ultimo banco e si guardò attorno. Erano quattro anni che non metteva piede in una chiesa, dalla morte dei suoi genitori, e ripensò all'incidente in cui avevano perso la vita: una macchina che non aveva rispettato la precedenza li aveva travolti, scaraventati e sbalzati sull'asfalto di una strada alle porte della città. I medici avevano detto a lei e a Sara che, considerata la violenza dell'impatto, molto probabilmente la morte li aveva sorpresi senza che se ne accorgessero. A Sara, quelle parole avevano dato una pur minima consolazione, perché il pensiero che loro avessero capito cosa stesse succedendo era insopportabile per lei. Quando aveva visto il modo in cui era stata ridotta la parte anteriore dell'auto e aveva fissato incredula il vetro frantumato in mille pezzi, era rimasta sconvolta ma nel suo cuore era nata la speranza che, nella disgrazia, la morte fosse stata in qualche modo magnanima nei loro confronti. Quei rottami le avevano confermato che nessuno dei due avrebbe potuto sopravvivere, quindi aggrapparsi all'idea che avessero avuto una morte veloce, indolore e soprattutto inconsapevole l'aveva aiutata a metabolizzare la perdita. Giorgia invece aveva proseguito la sua vita senza lasciar trasparire nessuna emozione...

Una signora dall'aspetto elegante uscì dal confessionale che si trovava poco distante dall'entrata.

«Mi scusi se la disturbo» le sussurrò Giorgia mentre le passava vicina. La donna la studiò per un secondo. «Sì?» rispose poco convinta ed evidentemente scocciata per essere stata fermata.

Giorgia assunse un'aria contrita. «Non volevo essere indiscreta, mi chiedevo solo se potesse aiutarmi...».

La signora le fece un sorriso inaspettato. «Certo, se posso esserle utile, volentieri».

Giorgia sapeva che quell'espressione funzionava sempre, scioglieva anche le persone più burbere e indisponenti. *Con una buona dose di educazione e umiltà si ottiene sempre tutto*, pensò.

«Mi saprebbe dire in quale confessionale si trova *don Paolo*?» le chiese con un'aria nostalgica. «Da piccola ho frequentato la parrocchia e mi piacerebbe tanto salutarlo. Non ci vediamo da molti anni...» e lasciò le parole appese a mezz'aria.

«Ma certo, è nel confessionale dove sono stata io. Capisco cosa vuole dire. Gli anni purtroppo passano veloci... e comunque immagino che i bambini che oramai sono diventati adulti siano sempre una bella sorpresa» le rispose con l'aria di chi non può più recuperare il tempo perduto. «Adesso vado, altrimenti chi lo sente mio marito? Il pranzo devo prepararlo sempre io. In tanti anni di matrimonio non sono mai riuscita a farmi dare un aiuto. Uomini!».

«Grazie signora, è stata molto gentile».

«Di niente cara. Arrivederci».

Giorgia ricambiò il saluto e si alzò per avvicinarsi al confessionale. Le due donne che fino a poco prima stavano pregando, ora si apprestavano verso l'uscita, mentre l'uomo zoppicante che sistemava i fiori sull'altare aveva terminato il suo lavoro e se ne era andato. Gli altri cinque confessionali erano ancora occupati.

Senza pensarci troppo, entrò nello spazio angusto di legno, chiuse la tenda scarlatta e si inginocchiò. Dall'altra parte del divisorio, si aprì la grata.

«Ben arrivato o arrivata» disse don Paolo.

«Grazie padre».

«Vuoi confessarmi i tuoi peccati figliola?».

«Non lo so. Sono anni che non entro in un confessionale».

«Nella casa del Signore sei sempre la benvenuta, anche se in tutto questo tempo hai perso la bussola. Non preoccuparti, parla liberamente».

Quella voce le suonava diversa da come la ricordava, ma la sua velata sfumatura non le fece cambiare idea. Decisa più che mai a perseguire l'obiettivo che si era prefissata, Giorgia si schiarì la voce e si inumidì le labbra con la punta della lingua. «Mi perdoni padre, perché io *peccherò*».

Dall'altra parte sentì il prete muoversi sulla seduta e tra gli spazi della grata intravide i suoi lineamenti dubbiosi. Le pareva molto invecchiato.

«Ma come puoi confessarti per una cosa che non è ancora avvenuta?» le domandò perplesso.

«Mi perdoni padre, perché io peccherò e nessuno potrà fermarmi. Nemmeno lei». I suoi occhi erano traboccanti di rabbia e odio.

«Puoi dirmi cosa hai intenzione di fare? Voglio aiutarti».

Giorgia scoppiò a ridere. Una risata aspra e amara quanto il dolore che la scavava in profondità e che senza sosta né pietà la lacerava giorno dopo giorno riducendo a brandelli ogni possibilità di serenità.

«Perché ti comporti così figliola?» le chiese il prete sempre più teso.

Per la terza volta, Giorgia ripeté: «Mi perdoni padre, perché io peccherò».

Avvicinandosi alla grata con le mani giunte, don Paolo insistette: «Parlami figliola. Posso farti ragionare...».

Nella sua voce, Giorgia percepì un leggero tremore.

«Sicuro, padre?».

«Certo, questa è la mia vocazione. Aiutare il prossimo».

«Davvero? Perché io ne dubito».

«Tu provaci e dimmi quello che hai intenzione di fare».

Giorgia sospirò e avvicinò le labbra alla grata, ascoltando il respiro affannato del parroco. «Ah padre, se lei sapesse...».

Un silenzio pesante riempì tutto l'angusto spazio.

«Io... io non capisco... ma chi è lei?» le chiese inquieto.

Giorgia spostò la tenda e corse fuori dalla chiesa.

Anche don Paolo, cereo in volto, si precipitò fuori dal confessionale per raggiungere quella donna, ma invano. Si inginocchiò allora davanti alla massiccia croce di ferro che sovrastava l'altare e cominciò a pregare.

«Dio mio, fa' che non succeda una tragedia».

12

Sara

14 luglio 2016, commissariato

E così, dopo essermi calmata, avevo raccontato al commissario Martini una parte della mia vita. Seppure a fatica, ero andata indietro negli anni fino ad arrivare al periodo in cui io ero un'adolescente e Giorgia ancora una bambina.

Lui, dopo avermi ascoltata con attenzione, rimase a osservarmi in silenzio e fu proprio allora che qualcuno bussò alla porta, interrompendo bruscamente i suoi pensieri.

«Commissario, mi scusi il disturbo» si giustificò un suo sottoposto vedendo la sua espressione scocciata. «Potrebbe venire un attimo? È urgente».

«Arrivo» e prima di chiudersi la porta alle spalle mi lanciò un'occhiata che era un misto tra curiosità e diffidenza.

Non ricordo quanto tempo si assentò, ero così stanca che non avevo la percezione del tempo. Le ore parevano congelate in una sorta di realtà fittizia, assurda. Aspettando che lui tornasse, cominciai a guardare la finestra spalancata, ma i due agenti che erano rimasti a sorvegliarmi si piazzarono davanti come statue marmoree. Sicuramente pensarono che volessi buttarmi giù e farla finita, io invece prima di qualsiasi altra cosa dovevo e volevo confessare. Raccontare di mia sorella, della sua sofferenza. Avevo il dovere di farlo, glielo dovevo, *nonostante tutto quello che era accaduto.*

Quando il commissario rientrò, pareva una maschera di cera: era pallido e teneva in mano una caraffa d'acqua fresca e un bicchiere. Si schiarì la voce, appoggiò tutto sul tavolo e si sedette arrotolando ancora un po' le maniche della camicia.

«Quindi lei mi sta dicendo che il rapporto con vostra madre non è stato semplice, giusto?» mi domandò riempiendo d'acqua il bicchiere e facendolo scivolare verso di me.

«Direi che più complicato di così non avrebbe potuto essere. Mia madre era una donna con pensieri bigotti radicati in lei da sempre. Purtroppo non era capace di guardare oltre, di lasciar correre. Era una donna intransigente che non mostrava mai segni di cedimento perché temeva di perdere la sua autorità. Questo particolare non mi era ancora chiaro in quegli anni... Sì, insomma, era incapace di mostrare incertezze, debolezza, paura. Solo molto tempo dopo ho capito cosa si nascondesse dietro il suo comportamento austero e inflessibile. Le confesso che quando ho lasciato il paese per andare a studiare a Milano mi sono sentita sollevata dalla sua presenza ingombrante» specificai rigirando lentamente il bicchiere tra le dita.

«Va bene, ho capito. Per quanto riguarda il 7 luglio, cioè una settimana fa, saprebbe dirmi qualche cosa sulla confessione che sua sorella ha fatto a don Paolo? Il parroco ci ha raccontato tutto. Quell'uomo era stravolto».

Io sospirai, bevvi un sorso d'acqua e con le mani tremanti appoggiai il bicchiere sul tavolo. «No, non sapevo nulla di questa storia. Quel giorno, quando l'ho chiamata poco dopo le tredici, ho capito subito che era nervosa ma non immaginavo che stesse architettando un piano del genere. Se lo avessi anche solo sospettato...» mi rammaricai toccandomi gli abiti sporchi di sangue «l'avrei fermata». Trattenevo le lacrime a stento. «Mi ha confessato tutto in quella maledetta stanza! Oh Dio mio, ma perché non ho dato retta a Sabrina? Avrei dovuto ascoltarla. Anche se questo non cancella le mie colpe e probabilmente non avrebbe cambiato niente».

Il commissario mi diede il pacchetto di fazzoletti di carta che teneva in tasca e attese che svuotassi il sacco. «Senta, lo so che per lei è difficile, che è stanca e che la situazione è più intricata di quello che sembra, ma sono convinto che la sua verità potrà dare finalmente pace a molte persone. La prego, continui» mi spronò intuendo il mio profondo desiderio di *liberarmi*. «Senta Sara...» mi avvertì «ho appena saputo molte altre cose. Poco fa, nell'ufficio qui accanto, ho assistito alla dichiarazione di una persona che lei conosce benissimo».

Deglutii a fatica, drizzai la schiena, mi soffiai il naso e ricominciai a raccontare. «Quel giorno ho sbrigato le ultime pratiche al lavoro e sono corsa da lei il prima possibile...».

13

Giorgia

7 luglio 2016

Uscita dalla chiesa, Giorgia ripercorse il tragitto al contrario, oltrepassò la piazza e a passo spedito tornò al parcheggio. Erano da poco passate le tredici. Aprì l'auto e si sedette al volante, respirando in modo affannoso. Tutta la tensione che aveva accumulato nelle ultime ore e che aveva cercato di dominare, le si riversò addosso come miele appiccicoso: le sembrava di non essere più in grado di gestirla. *Non adesso per favore, controllati*, pensò.

Quando il cellulare squillò inaspettatamente, lei gridò per lo spavento e subito dopo si portò una mano sulla bocca, controllando che nessuno l'avesse vista. Pallida e tremante, prese il telefono dalla borsa e senza nemmeno guardare il numero sul display rispose nervosa.

«Pronto?».

«Ciao Giorgia, sono io, mi senti?».

Giorgia fece una smorfia. «Certo che ti sento Sara, non sono sorda. Cosa vuoi?» ringhiò.

«Stai bene?» le chiese la sorella. «Mi sembri agitata».

«No, è tutto a posto, qualcosa ti fa pensare il contrario?».

«Senti, non fare come al solito, non puoi semplicemente rispondere? Non c'è bisogno di controbattere a una domanda con un altro interrogativo».

«Mi stai stancando Sara, non ho voglia di ascoltare le tue ramanzine. Sono adulta, ho un lavoro e non mi serve una balia, chiaro?».

«Stai calma, non volevo farti arrabbiare. Non ti fai sentire da giorni e sono solo un po' preoccupata per te, tutto qui».

«Stai scherzando, vero? Tutte le volte che ti chiamo non hai mai tempo e il fuso orario non è certo a nostro favore, ti pare?».

Sara, rassegnata, fece un profondo respiro. «Senti, sai cosa facciamo? Stasera vengo a trovarti, così passiamo qualche ora insieme e ci regaliamo una bella chiacchierata».

«Non sapevo che fossi tornata, perché non me lo hai detto prima?» le chiese Giorgia stizzita.

«In realtà ti ho avvertita la settimana scorsa, non te lo ricordi?».

Giorgia si batté la fronte con la mano. «Certo che no, non posso ricordarmi tutto. Ma perché tutte le volte che mi chiami mi devi stare addosso in questa maniera? Proprio non lo capisco!».

«Per cortesia non gridare e dimmi dove sei» insistette Sara cercando di mantenere la calma.

Giorgia si stava arrabbiando sempre di più. Si sentiva oppressa da tutte quelle domande ed era esausta della voce di Sara e di quell'interrogatorio gratuito e senza senso.

«No, non ti dico un bel niente! Non sei mia madre e stasera evita di passare, lascia perdere» le disse chiudendo la telefonata.

Perché deve sempre starmi col fiato sul collo?, pensò furibonda.

Inserì la chiave nel cruscotto, ingranò la marcia e percorse la via del ritorno infrangendo tutti i limiti di velocità e non curandosi affatto delle persone che stavano per attraversare la strada sulle strisce pedonali.

Arrivata a casa, parcheggiò la macchina vicino al fienile e aprì la porta.

«Morfeo sono qui!» lo chiamò guardandosi attorno.

Con il suo manto lucido e nero, il gatto discese le scale e le andò incontro miagolando, come per darle il benvenuto.

«Dormiglione che non sei altro! Si sta bene qui al fresco, vero?».

La bestiola miagolò ancora e si infilò sotto il suo abito.

«Dai, vieni qui» gli disse prendendolo in braccio. «Ho avuto una pessima mattinata. Mi ha anche chiamata Sara, non la sopporto più» si sfogò accarezzandogli il muso e le orecchie. A quel punto, Morfeo si divincolò all'improvviso e scappò a rintanarsi al piano superiore.

«Non volevo farti male...» si scusò Giorgia.

Spostatasi in cucina, si preparò un'insalata e nel frattempo ascoltò le ultime notizie del telegiornale: una signorina alta e bionda dal trucco marcato annunciò che l'estate che stavano vivendo sarebbe stata la più calda degli ultimi cento anni. Giorgia, stizzita, la mandò a quel paese con un gesto della mano.

Terminato il pranzo, si fece il caffè con una moca che aveva almeno cinquant'anni. Era un cimelio di famiglia che le ricordava sua madre. Da piccola le piaceva svegliarsi con il profumo intenso della caffeina che si sprigionava per tutta la casa.

Mentre era immersa in quei ricordi, il cellulare suonò di nuovo. Era Sara. Giorgia alzò gli occhi al cielo e senza nemmeno salutarla le chiese bruscamente: «Si può sapere cosa vuoi ancora da me?».

«Sei a casa?» controbatté la sorella.

«Ma sì, dove vuoi che sia?».

«Senti, cerca di riposarti adesso, ti raggiungo il prima possibile. Non uscire per oggi, fa troppo caldo. *Non voglio che ti succeda qualche cosa*».

Infastidita da quelle parole, Giorgia sbuffò e riattaccò.

Sara

Quel giorno arrivai da Giorgia verso le quindici, un'ora dopo la mia seconda telefonata. Parcheggiai la macchina vicino alla sua e mentre scendevo mi augurai di trovarla in casa. Cercarla in giro per i campi con il caldo che faceva non era una prospettiva allettante. Sperai che non fosse uscita ma ne dubitai: oramai, infatti, non mi ascoltava quasi più e faceva il contrario dei suggerimenti che le davo.

Arrivata davanti alla porta, presi il mazzo di chiavi che tenevo in borsa ma poi mi fermai per un attimo a pensare sul da farsi. *È meglio di no*, decisi. Le rimisi a posto e suonai il campanello. Il trillo dall'altra parte della porta riecheggiò anche all'esterno. *Spero sia tranquilla*, mi augurai.

Giorgia

Al suono del campanello, Giorgia si svegliò di soprassalto. Non si era nemmeno resa conto di essersi addormentata con la televisione accesa. In quel momento, un venditore in giacca e cravatta stava illustrando le molteplici qualità di uno straordinario set di pentole con il doppio fondo in acciaio.

«Che noia. Ma chi sarà?» si domandò alzandosi dal divano e sistemandosi i capelli scompigliati.

Le girava la testa e un dolore pungente le attanagliava la nuca. «No, ti prego, non oggi. Non voglio prendere quei maledetti analgesici» imprecò massaggiandosi il collo.

Il campanello trillò per la seconda volta.

«Arrivo, un attimo!» gridò.

Si trascinò verso la porta e aprì. Alla vista di Sara, sentì montare una rabbia quasi irrefrenabile. «Cosa ci fai qui? Non c'era bisogno che passassi» le disse autoimponendosi un certo contegno. Conosceva l'insopportabile conseguenza che le sarebbe spettata se avesse fatto una scenata: un controllo pressante e insistente da parte di sua sorella.

Sara le fece un largo sorriso. «Ciao a te... ti ricordi che prima ti ho chiamata o ti sei già dimenticata?».

Giorgia ci pensò un attimo. «Oh, certo... Comunque, visto che sei qui, entra pure» la invitò. E accennando un inchino ironizzò: «Prego, si accomodi, Sua Maestà».

«Smettila, non mi sembra il caso» la rimproverò Sara.

Giorgia alzò le mani in segno di resa e chiuse la porta. «Scusami, quanto sei permalosa, non ti si può dire niente! Il tuo senso dell'umorismo è pari a zero. Fatti una risata ogni tanto, sai che ti farebbe bene?».

Sara si morse il labbro inferiore e andò in salotto, proprio dove allestiva il presepe con sua sorella... La stanza, arredata come una volta con due divani e un vecchio tavolino di legno sul quale c'era un vaso di ceramica con dei fiori freschi, le fece tornare a galla molti ricordi. «Stavi dormendo?» le chiese vedendo il divano in disordine.

«Sì».

Mentre Sara spegneva la tv, Giorgia le domandò: «Quando sei tornata dal tuo viaggio?».

«Da pochi giorni... mi faresti un caffè?».

Giorgia si raccolse i capelli con un elastico che teneva al polso e andando in cucina la schernì: «Subito! Ai suoi ordini!».

Preparata la moca, la mise sul fornello e prese una tazzina di ceramica. In quel momento, Sara si avvicinò e le mise una mano sulla spalla.

Giorgia d'istinto fece un balzo indietro. «Non farlo mai più, non devi toccarmi!» gridò allontanandosi da lei e pulendosi la spalla con un canovaccio.

«Perdonami, non volevo» si scusò Sara indietreggiando. «Va tutto bene Giorgia? *Stai facendo tutto quello che ti hanno detto?*».

Giorgia fece una smorfia disgustata. «Ma certo! Forse pensi che sia una stupida che non sa prendersi cura di se stessa? Per chi mi hai presa?».

«Non volevo dire questo, voglio solo che tu faccia le cose per bene. Lo sai che mi preoccupo per te».

La moca gorgogliò e Giorgia spense il fornello. «Lo so, però a volte sei pressante e questo mi infastidisce. Ti prego, non starmi col fiato sul collo».

«D'accordo, come vuoi. Cercherò di limitarmi».

Giorgia versò il caffè nella tazzina. «Vuoi lo zucchero?» le chiese.

«No, va bene così, grazie».

Giorgia si sedette su una sedia e si mise a osservare la sorella. Indossava un paio di pantaloni neri in lino con una blusa di cotone verde smeraldo che le ricadeva morbida sui fianchi. I suoi capelli biondi erano raccolti in uno chignon apparentemente disordinato.

«Come sei elegante. Da dove vieni? Londra, Dublino, New York...».

Sara sospirò. «Giorgia, sei sicura di stare bene?».

Giorgia strinse forte i pugni e diventando paonazza non riuscì più a trattenersi. «Ma chi ti credi di essere? Te ne stai in giro per il mondo per intere settimane e poi quando torni mi fai dei veri e propri interrogatori! Lasciami in pace!» le vomitò addosso drizzandosi in piedi. Con una violenza inaudita, il dolore pungente alla nuca si trasformò in un'emicrania lancinante. Si prese la testa tra le mani e cominciò a lamentarsi.

«Il tuo solito mal di testa, vero?» le chiese Sara conciliante. «Dove tieni gli analgesici?».

Giorgia si mise a piangere dal dolore. «Nel mio comodino, su in camera» le rispose tra le lacrime.

Sara si precipitò al piano superiore e diede un'occhiata alla camera, poi aprì il cassetto del comodino e controllò lo schema dei giorni per accertarsi che fosse tutto a posto. *Per fortuna ogni tanto mi ascolta*, pensò asciugandosi la fronte. Trovata la scatola degli analgesici, prese una compressa dal dispenser e scese di sotto.

«Tieni» le disse allungandole anche un bicchiere d'acqua. «Vedrai che starai subito meglio. Vieni a stenderti sul divano» e le offrì un braccio come appoggio.

Giorgia prese il farmaco e si arrese, facendosi accompagnare sul divano. Sara l'aiutò a sdraiarsi, le adagiò sopra una leggera coperta di cotone e le sorrise.

«Perché ridi?» le chiese.

«Perché mi sembri una bambina».

Giorgia aggrottò le sopracciglia. «Be', direi che come bambina sono un tantino cresciuta, non ti pare?».

«Tu resterai sempre la mia *bambolina*, nonostante tutto...».

Giorgia si coprì le spalle e si girò sul fianco dandole la schiena. «Lasciami stare adesso. Non c'è bisogno che resti, vai a casa. Non ho bisogno di te».

Sara allungò una mano per accarezzarle i capelli, ma a pochi centimetri dalle ciocche nere e lucenti si fermò, indietreggiò e si sedette sull'altro divano. «No, resto un altro po', non mi pesa. Tu intanto riposati».

Giorgia pensò che sua sorella fosse la donna più insistente che avesse mai conosciuto, ma il dolore che sentiva era troppo intenso per combattere con lei.

Sara

Mentre Giorgia dormiva, sprofondai sull'altro divano e ripensai ai nostri genitori. *Mamma, papà, io sto facendo del mio meglio ma è così difficile... La vita è una continua battaglia...*

Giorgia aveva un respiro regolare, sembrava che gli analgesici avessero fatto effetto. *Per fortuna si è tranquillizzata.*

Presi la borsa lì vicino, sfilai il cellulare e inviai un messaggio al solito numero:

Qui tutto bene. Ci sentiamo in serata.
Sara

Rimisi il telefono a posto e mi appoggiai con la testa allo schienale, osservando Giorgia. Riflettei su quanto l'esistenza di una persona potesse essere faticosa e complicata. Nel lavoro ero abituata a trattare con persone in disaccordo con me, ma con mia sorella, sangue del mio sangue, era tutto più complesso e intricato. Con l'aggravante che l'impegno richiesto dalla mia professione e dall'assistenza continua all'unico famigliare che mi era rimasto al mondo non mi aiutava di certo a vedere e vivere le situazioni positivamente.

Esausta, chiusi un attimo gli occhi e senza accorgermene mi addormentai.

Giorgia

Riemergendo lentamente dal profondo sonno che le aveva procurato l'analgesico, Giorgia aprì gli occhi e vide che la stanza era illuminata dalla luce rosata del tramonto. Nonostante l'aria condizionata, aveva caldo e la sua bocca era impastata dalla sete. Indolenzita si girò e si accorse che Sara stava dormendo sull'altro divano. *Oh cavolo, è ancora qui*, pensò scocciata e sbadigliando le fece un gestaccio con il dito medio.

Provò ad alzarsi ma le girò la testa e decise di lasciar passare qualche minuto, restando seduta. Non voleva andare a sbattere contro il muro come era successo l'ultima volta che aveva preso quelle maledette compresse. Aveva riferito mille volte al dottore che le davano una tale spossatezza che per ore non era più in grado di fare praticamente nulla, ma lui non l'ascoltava e le diceva che era l'unico medicinale in grado di contrastare i dolori insopportabili procurati dall'emicrania.

Quando si sentì sicura, a piedi scalzi andò in cucina, prese una bottiglia d'acqua e si mise a bere a grandi sorsate, senza nemmeno respirare. Le sembrava di trovarsi in mezzo al deserto. Quando finalmente riuscì a placare la sete, riavvitò la bottiglia e si pulì la bocca con il palmo della mano. *Si dice che non c'è niente di meglio che soddisfare le proprie pulsioni...*, pensò sorridendo.

Decise di andare in camera e farsi una doccia. Passando per il salotto, controllò che sua sorella dormisse ancora. Fece piano, non voleva svegliarla. *Poi ricomincerebbe con le sue paranoie. Continua a dormire, almeno non mi tormenterai*, si disse mettendo un piede sul primo gradino.

Arrivata in camera si chiuse silenziosamente la porta alle spalle, si spogliò e si precipitò sotto la doccia. Le piaceva sentire l'acqua che le scorreva tra i capelli e lungo il corpo, le sembrava che facesse scivolare via la sensazione di intontimento che le attanagliava ogni muscolo.

Morfeo si affacciò dalla porta del bagno che era rimasta semiaperta. Miagolava e si sfregava contro lo stipite.

«Arrivo. Adesso penso anche a te» gli disse Giorgia.

Il gatto miagolò di nuovo.

«Sì, ho capito!» si spazientì.

Chiuse il rubinetto e si infilò l'accappatoio, mentre Morfeo tornò sui suoi passi fermandosi ai piedi del letto.

Giorgia si infilò un abito corto nero e con i capelli ancora gocciolanti scese al piano di sotto con Morfeo in braccio. «Adesso oltrepassiamo la bella addormentata e poi pappa!» gli sussurrò sorridendo.

Il gatto le leccò un braccio. In cucina lo mise a terra, prese una scatoletta di carne, la aprì e con l'aiuto di una forchetta versò il contenuto nella ciotola. «La cena è servita, piccolo» gli disse accarezzandogli la coda.

«Ti va se ordiniamo una pizza?» le chiese Sara spuntando all'improvviso.

Giorgia sobbalzò e si mise una mano sul petto. «Ma non potresti avvisare quando entri in una stanza? Mi hai spaventata!».

Sua sorella alzò le mani in segno di resa. «Scusa, non volevo».

«Tu non vuoi mai... poi fai sempre quello che ti pare» le rinfacciò alterata fulminandola con gli occhi.

Sara abbassò lo sguardo e si infilò le mani in tasca. «Come va la testa? Ti fa ancora male?».

«Molto meno. In compenso, l'intontimento è insopportabile».

«Mi dispiace».

«Certo, come no».

«Allora per la pizza?».

«Senti Sara, credo che tu abbia fatto già abbastanza per oggi e stasera preferirei stare da sola. Mi sono spiegata?».

Visibilmente delusa e nervosa, Sara fece un passo indietro, prese in fretta la borsa e se ne andò. Quando mise in moto la macchina, accelerò di colpo e si allontanò sollevando un gran polverone.

«Alleluia, finalmente se n'è andata!» esultò Giorgia trionfante con le braccia al cielo. «E la folla acclamò la mia vittoria!» concluse ridendo.

Proprio in quel momento, il telefono squillò e lei corse a rispondere. «Pronto?».

«Ciao Giorgia, sono...».

«Oh, ciao. Sì, lo so chi sei» disse interrompendo la voce femminile che stava dall'altra parte del filo. «Sto bene grazie, a parte i miei soliti mal di testa. Aspettavo una tua telefonata, però ho brutte notizie per te. Questa settimana non ho lavorato a niente e non credo avrò materiale nemmeno per i prossimi giorni» la informò irritata.

«Ah... mi spiace... ci contavo».

Giorgia avvertì la delusione di quella donna e provò a rimediare. «Mi spiace, non volevo, ma devo per forza sistemare delle faccende che ho in sospeso. Poi sicuramente riuscirò a concentrarmi sul racconto che ti ho promesso. Dammi solo ancora un po' di tempo per favore».

«Okay, va bene, ma credo sia meglio vederci comunque nel mio ufficio, ti devo parlare di alcune cose».

«No, in questi giorni non posso, ti ho detto che sono occupata, quando sarò libera ti chiamerò io, abbi pazienza».

«Posso passare io se ti è più comodo, cosa ne dici?» insistette la donna.

Giorgia temporeggiò con mille ragionamenti e poi, stanca delle continue pressioni lavorative, riattaccò senza nemmeno salutare. *Ora ci si mette pure lei, ci mancava solo questa. Adesso non ho voglia di scrivere, quindi aspetterà e basta*, pensò incrociando le braccia.

Fuori era quasi buio e il suo unico desiderio era quello di mangiare qualche cosa di leggero per far passare la nausea che le stava attanagliando lo stomaco.

Si sentiva stanchissima e non aveva voglia di riflettere su nulla, tantomeno sul suo lavoro di scrittrice o su Sara. Le mancava persino la forza di pensare a *lui...*

Sara

Dopo essere stata mandata via da Giorgia, abbattuta più che mai feci ritorno nella mia casa, un appartamento in stile moderno arredato con mobili essenziali e minimalisti, dove nulla, nemmeno il più piccolo soprammobile, era riposto in modo casuale o disordinato. La cucina e il salotto si fondevano in un'ampia stanza openspace, al centro della quale c'era una grande penisola in quarzite nera attorniata da quattro sgabelli. In un angolo, invece, faceva bella mostra di sé il frigo all'americana in acciaio lucido con due sportelli, il dispenser per il ghiaccio e una colonna che fungeva da cantina per i vini. Devo ammetterlo, adoravo circondarmi di oggetti belli e costosi.

Mi piaceva quella casa dall'aspetto austero, dove i pavimenti grigio scuro lucidati ad arte facevano sembrare l'ambiente ancora più freddo di quanto non lo fosse già... e di quanto lo fossi io. Amavo vivere nel rigore e nella pulizia, il luogo in cui abitavo da anni era l'unico posto dove riuscivo a trovare un minimo di ordine e di *tranquillità* al di fuori del mondo caotico e *imprevedibile*.

Mi tornarono in mente i miei genitori, due persone che erano cresciute in mezzo alla campagna e che avevano faticato fin da piccoli per guadagnare dei soldi. Avevano fatto molte rinunce: mia madre era rimasta incinta subito dopo il matrimonio e a quel punto il loro primo pensiero era stato quello di risparmiare il più possibile. L'unico obiettivo era far studiare i figli, perché loro purtroppo non ne avevano avuto la possibilità. La casa l'avevano acquistata con il sudore della fronte e io e Giorgia eravamo cresciute in un'abitazione calda e pulita, dove il pane sulla tavola non mancava mai. Ero orgogliosa dei sacrifici che avevano fatto, anche se con mia madre avevo sempre avuto un rapporto burrascoso, tormentato e difficile. A loro dovevo la laurea in giurisprudenza e il lavoro da avvocato divorzista che mi aveva dato l'indipendenza economica e un alto tenore di vita. Avrei tanto voluto ricompensarli con una crociera, ma il destino se li era portati via prima che potessi ringraziarli con quel viaggio a sorpresa.

L'incidente era successo quattro anni prima, mentre io ero nel mio appartamento. Quella domenica mattina stavo leggendo il giornale, quando la Polizia mi chiamò per avvertirmi. I miei genitori erano in macchina con Giorgia e stavano andando a Messa in Duomo, in centro città. Dopo aver parcheggiato fuori dalle mura, erano sul punto di attraversare la strada ma sul ciglio del marciapiede mia madre aveva perso l'equilibrio ed era caduta in mezzo alla carreggiata. Un'auto che non aveva rispettato lo stop e transitava a tutta velocità stava per investirla e mio padre, il mio adorato papà dalle spalle grandi e forti, aveva cercato di salvarla. Anche lui però, nella confusione e nel trambusto, era caduto e quella macchina, oramai troppo vicina per riuscire a evitarli, li aveva travolti uccidendoli sul colpo. Giorgia, evidentemente sotto shock, aveva dichiarato agli agenti che tutto era accaduto così all'improvviso che lei non aveva avuto il tempo di aiutarli.

Ah, la vita è proprio un caos..., pensai ricordando mia sorella.

Mi tolsi le scarpe, appoggiai la borsa sul divano e andai verso il frigo per prendere una lattina di Guinness, la mia birra preferita. Buttai giù una lunga sorsata fredda che mi rinfrescò la gola. Tornare a casa e concedermi quel breve momento di lusso mi rilassava sempre, era un'abitudine a cui non volevo rinunciare per niente al mondo. Tra lavoro e vita privata avevo fin troppe problematiche da risolvere, ma per fortuna nel mio appartamento riuscivo a prendermi una pausa, a lasciare fuori le preoccupazioni, a sentirmi leggera, semplicemente me stessa.

Mi serve una vacanza, pensai buttando giù un altro sorso di birra.

Avevo una gran voglia di far riposare il cervello da tutti i pensieri che mi frullavano in testa, avrei voluto resettare tutto: *l'accaduto*, la morte dei miei genitori, le conseguenze psicologiche che ne erano derivate e il fatto di non poter mai abbassare la guardia con il mondo e soprattutto con mia sorella, che da un giorno all'altro si era ritrovata a vivere da sola in quella grande casa. Giorgia era diventata un cruccio costante.

La vita che stavo conducendo non era quella che mi aspettavo e che avrei voluto. Certo, avevo un bel lavoro, una buona posizione sociale ed economica, ma anche tanti problemi... compresa la fine del mio matrimonio. Ero andata in tribunale per la firma del divorzio proprio due giorni prima dell'incidente dei miei genitori. Lui, Alberto, dopo aver saputo della disgrazia mi aveva telefonato facendomi le condoglianze e dicendomi che se avessi avuto bisogno d'aiuto, avrei saputo dove trovarlo. Io lo avevo ringraziato ma mi ero detta che dovevo accettare la situazione, farmi forza e proseguire da sola. Soffrivo già abbastanza per la fine del nostro rapporto e non volevo averlo vicino in un momento in cui mi sentivo troppo vulnerabile. Avevo il terrore di illudermi che tutto si sarebbe potuto sistemare se solo lui mi avesse semplicemente abbracciata o consolata. E così, seppure a malincuore, lo avevo tenuto a distanza.

Mentre ero immersa nei miei ricordi, il telefono in borsa squillò e corsi verso il divano dove l'avevo appoggiata.

«Pronto?» chiesi sistemandomi una ciocca di capelli dietro l'orecchio.

«Ciao, sono io, scusa se ti disturbo».

Mi passai una mano sul viso e sbuffai. «Ciao Sabrina, lo so che sei tu, è uscito il tuo nome sul display... Cos'è successo questa volta?».

«Dobbiamo parlare, Sara, ho paura che la situazione sia molto più grave di quanto pensiamo...».

«Lo immaginavo... Sono stanca, sai? Tutta questa faccenda mi sta consumando. Prima o poi dovrò prendere una decisione».

«Senti, facciamo così: domani verso mezzogiorno passo dal tuo ufficio, andiamo fuori a pranzo e ne parliamo. Vedrai che troveremo una soluzione. Cerca di stare tranquilla per il momento, non fasciamoci la testa prima del tempo».

Accennai un sorriso amaro. «Grazie di tutto Sabrina, senza il tuo aiuto probabilmente avrei perso il senno».

«Non dirlo nemmeno per scherzo, ci conosciamo da una vita e non potrei mai negarti una mano. Buonanotte e a domani».

Chiusa la comunicazione, sprofondai nel divano e mi stropicciai gli occhi. «Cazzo!» gridai.

14

Sara

8 luglio 2016

Il mattino successivo mi feci una lunga doccia, indossai un abito di cotone leggero, mi misi un filo di rossetto e andai al lavoro.

Lo stabile, uno sfoggio dell'architettura dei primi del '900, si trovava in centro città, in una via stretta e buia nei dintorni della piazza principale. Quando entrai nel lussuoso atrio dal soffitto affrescato, la mia segretaria Luisa, una donna matura che vestiva sempre in modo impeccabile, mi diede il benvenuto con un largo sorriso. Io ricambiai e le chiesi di portarmi una tazza di caffè in ufficio.

Entrando nella mia stanza venni avvolta dal piacevole profumo di lavanda, una fragranza che tenevo in un vasetto su una mensola in vetro. La scrivania era piena di fascicoli da leggere e sconsolata per la mole di lavoro che mi aspettava, appoggiai la borsa su una sedia e istintivamente guardai fuori dalla finestra, nel piccolo cortile interno dove un albero secolare sopravviveva imperterrito alla cementificazione. Osservandolo, pensai alla sua forza: nonostante la poca luce proveniente dall'alto e la sua infelice posizione, lì tra quattro alti muri, riusciva comunque a sopravvivere. Un giardiniere si occupava di lui qualche volta all'anno, ma era l'unico che lo curava. *E io come farò, chi mi aiuterà?*, mi chiesi malinconica.

Mi sedetti alla scrivania e presi il primo fascicolo scuotendo la testa. Proprio in quel momento, Luisa bussò alla porta ed entrò. «Ecco il tuo caffè!» esclamò entusiasta.

«Grazie, mi ci vuole stamattina. Sono in ritardo con il lavoro e ho bisogno di caricarmi».

«Tutto bene Sara?».

«Più o meno, diciamo che sono i soliti problemi».

Luisa si sedette di fronte a me. «È successo qualcosa?».

Sospirai. «Niente di nuovo ma è tutto così complicato...».

«Tua sorella come sta?».

Sapevo che Luisa non mi faceva tutte quelle domande perché era un'impicciona, la sua era sincera preoccupazione. Ci conoscevamo da tempo: prima di tutto era una donna sensibile e un'amica, poi la mia segretaria. «Diciamo che potrebbe andare meglio».

«Capisco. Se posso fare qualcosa per aiutarti, sai che ci sono. Intanto torno di là, altrimenti non riuscirai a portare a termine questa montagna di lavoro».

«Grazie di tutto Luisa» le dissi finendo il caffè. «Ah dimenticavo, a pranzo esco con Sabrina, quando arriva avvisami per favore».

Lei mi fece un accenno di assenso con il capo e se ne andò.

Trascorsi la mattinata tra scartoffie di richieste di alimenti e velenose dispute di coniugi che dopo anni di matrimonio avevano deciso di farsi una guerra spietata. Battaglie fatte per lo più di colpi bassi e ripicche.

Ero brava nella mia professione, riuscivo sempre a ottenere il meglio per i miei assistiti. In tanti anni non avevo mai perso una causa, anzi avevo fatto tremare più di mezza città con i miei metodi talvolta poco ortodossi. Mi mantenevo costantemente dentro i confini della legalità, sia chiaro, ma i miei antagonisti non sapevano mai cosa aspettarsi da me. Spesso mi ero trovata fuori dall'aula di tribunale a parlare con il coniuge "avversario" e con poche ma misurate parole ero sempre riuscita a farlo riflettere sulle richieste avanzate, di frequente pretenziose e assurde. Mi bastava ricordargli qualche peccatuccio nascosto, minacciarlo di fargli perdere la sua buona reputazione... e il gioco era fatto.

La Sara avvocato era l'opposto della Sara autentica. Due facce completamente diverse della stessa medaglia.

Sul lavoro ero sicura di me, ferma, determinata, e non a caso mi chiamavano "il falco". Quando invece uscivo dal mio ufficio o dal tribunale e tornavo in *famiglia*, lì sì che mi sentivo *vulnerabile* e barcollavo come una pivellina alle prime armi: c'erano troppi sentimenti in campo e la cosa non giocava a mio favore. Perdevo la lucidità e la freddezza, non riuscivo a mantenere il distacco dalla situazione e tutto questo mi logorava.

Affaticata mi appoggiai allo schienale della sedia e mi stirai le braccia; il collo mi doleva a forza di stare china su quelle carte e le spalle erano tutte contratte. Quando alzai lo sguardo, vidi che l'orologio appeso alla parete tra due scaffalature piene di tomi segnava le dodici in punto. «Oh, il tempo è volato» mi dissi stupita. Senza rendermene conto ero riuscita a sbrigare molto più lavoro di quanto mi aspettassi.

In quel momento, il telefono squillò. «Sì Luisa, dimmi».

«È arrivata Sabrina, la faccio passare?».

«Sì, grazie. Vai pure a pranzo, chiudo io l'ufficio, ci vediamo dopo» e mi alzai per andare ad aprire la pesante porta di legno intarsiato.

Sabrina mi stava venendo incontro. «Tutto bene?».

«Guarda, sono rimasta seduta tutta la mattina e francamente non ne posso più. Con una giornata come questa bisognerebbe andare al mare, altro che stare qui in città chiusi in ufficio».

«Hai ragione, se vuoi scappo con te. Cosa ne dici se ci andiamo domani, al mare?» mi propose prontamente.

«Be', sicuramente farebbe bene a tutte e due... Perché no?» e la abbracciai di slancio. «Mi fa piacere che tu sia qui» le dissi.

«Fa piacere anche a me, però avrei preferito incontrarti in un'altra circostanza».

Deglutii e abbassai gli occhi. «Dai, prendo la borsa e usciamo, una boccata d'aria ci farà stare meglio».

Sabrina mi sorrise. «Vorrai dire una boccata di caldo asfissiante...».

«Sì, hai ragione. Andiamo in piazzetta alla trattoria sotto i portici?».

«Va bene, è perfetto» e prendendomi sottobraccio uscimmo dall'ufficio.

Arrivate in trattoria, ci sedemmo nell'unico tavolo libero del giardino interno, uno spazio coperto da un ampio pergolato dove la vite americana creava una piacevole e rinfrescante ombra.

Il cameriere, un ragazzo giovane con un taglio di capelli alla moda, ci portò la lista dei piatti del giorno e si allontanò.

«Cosa prendi?» mi chiese Sabrina.

«Voglio stare leggera, fa troppo caldo oggi, prenderò un risotto al limone con mandorle».

«Buona scelta, io invece ordinerò un'insalata».

Il cameriere si avvicinò, prese le ordinazioni e poi scomparve.

«Senti, parliamo subito del problema, così ci togliamo il pensiero» arrivai al sodo.

«Sei sicura? Insomma, non vuoi rilassarti un pochino prima?».

Scossi la testa. «Forza, dimmi tutto» la esortai.

«Okay, allora arrivo al punto. Credo sia meglio prendere provvedimenti: non mi fa più entrare in casa e non mi consegna i resoconti che le ho chiesto oramai parecchie volte. Sono settimane che insisto con cautela e tatto, ma non riesco a ottenere i risultati che mi sono prefissata. Pensavo fossimo a buon punto... invece la situazione sta precipitando. Sono anni che cerco di farla parlare con tutte le tecniche che conosco, ma adesso credo sia arrivato il momento di agire. Ha bisogno di aiuto Sara! Non può andare avanti così. Almeno, non ancora per molto».

Incrociai le braccia sul petto. «Credi davvero che sia giusto? Come pensi che reagirà? Mi fa paura questa decisione. Non sono pronta».

Sabrina mi accarezzò una mano. «Lo so che è difficile, ma devi sforzarti di guardare in faccia la realtà. Se andiamo avanti così, sarò costretta a prendere *io* dei provvedimenti».

Spalancai gli occhi terrorizzata e ritrassi la mano. «No, non adesso. Se lo farai, la distruggerai completamente. Dammi dell'altro tempo, per favore» la scongiurai mordendomi poi le labbra.

Sabrina sospirò. «Non volevo essere così diretta, e nemmeno minacciarti. Vorrei solo alleggerirti di questo fardello: tu staresti un po' meglio e lei sarebbe assistita da persone competenti e affidabili».

Sospirai e mi persi per un attimo nei miei ricordi. «Lo so ma ho bisogno di tempo, lei è tutto quello che mi resta della mia famiglia. Non posso isolarla e allontanarla da casa senza essere certa che starà bene».

«D'accordo, facciamo come vuoi tu, prendiamoci ancora un po' di tempo».

«Intanto non fare niente per favore. Lasciamola stare, vedrai che inizierà a collaborare».

«Va bene, allora prenderò in considerazione altre tecniche».

A quelle parole mi rilassai e la ringraziai di tutto cuore.

15

Sara

9 luglio 2016

Quella mattina mi svegliai di soprassalto, sudata e ansimante, guardandomi attorno smarrita. L'incubo che mi perseguitava da tempo mi aveva catturato di nuovo tra i suoi artigli velenosi. «Basta!» gridai spostandomi nervosamente i capelli dal viso.

La stanza era avvolta dalla luce calda proveniente dalla finestra e sul pavimento, insieme all'abito che avevo indossato il giorno prima, c'erano svariate lattine di birra vuote sparpagliate qua e là. Osservandole mi chiesi come avessi potuto cedere allo sgarro di ubriacarmi. *Ma come potevo non farlo dopo quello che mi ha detto ieri Sabrina? E adesso cosa devo fare?*

Scostai le coperte e mi alzai per andare in bagno, ma fui costretta a muovermi lentamente perché le gambe traballavano. *Come ho fatto a ridurmi in questo modo?*, mi commiserai. *Devo assolutamente riprendere il controllo della situazione, non ho scelta...*, riflettei aprendo l'acqua della doccia e buttandomi sotto. *Non posso cedere. Non adesso!*

Dieci minuti dopo mi spostai in cucina e misi la caffettiera sul fuoco. Decisi di prendermela comoda, visto che era sabato.

Dopo aver fatto colazione, tormentata dai pensieri negativi che mi affollavano la mente, mi sdraiai sul divano e mi massaggiai le tempie.

All'improvviso il trillo del campanello mi fece spaventare. Con le gambe tremanti andai alla porta, guardai nello spioncino e, presa alla sprovvista, sussultai: davanti a me c'era Sabrina con tanto di cappello di paglia e una borsa da spiaggia. «Ti ho chiamata non so quante volte!» mi disse non appena la feci entrare. «Avevamo un appuntamento, dobbiamo andare al mare... ricordi?» mi rammentò dubbiosa vedendo il mio aspetto stanco e smunto.

«Santo cielo, è vero!» esclamai toccandomi i capelli ancora umidi.

Mi osservò preoccupata. «Va tutto bene? Ci sono problemi con tua sorella?» mi domandò seria.

Ripensai al caos che c'era in camera mia. «No, no, è tutto a posto» esclamai fingendomi disinvolta. «Dammi qualche minuto, vado a infilarmi il costume e poi partiamo. Tu intanto accomodati pure, preparati un caffè e fai come se fossi a casa tua» le dissi allontanandomi nervosa e regalandole un sorriso tirato.

«Fai con calma, tanto è sabato» mi rassicurò... anche se ero certa che avesse percepito il mio disagio. A una professionista come lei non poteva certo sfuggire la mia dimenticanza e mi venne il forte sospetto di non aver celato a sufficienza le mie emozioni. Emozioni che ultimamente faticavo a tenere a bada.

Entrata in camera, raccolsi svelta l'abito da terra e lo portai in bagno per buttarlo nel cesto della biancheria sporca, poi tornai indietro, riassettai il letto, vi nascosi sotto le lattine di birra vuote e mi preparai per uscire.

«Possiamo andare, sono pronta!» esclamai uscendo dalla stanza poco dopo.

Sabrina, intanto, si era seduta sul divano e stava controllando le sue e-mail sul cellulare. «Okay, allora partiamo, vedrai che ti farà bene una giornata al mare. Ti spiace se vado un attimo in bagno?» mi chiese infilando il telefono nella borsa.

«Che domande, certo che puoi!» e la accompagnai fino alla porta tirando un sospiro di sollievo per essere riuscita a riordinare tutto.

Sabrina Astolfi

Mentre era in bagno e si stava lavando le mani, Sabrina si accorse che dal cesto della biancheria sporca usciva un forte odore di alcol. Pensierosa alzò un sopracciglio ma si trattenne dal volerne sapere di più e si affrettò a tornare in cucina.

Uscendo però dal bagno e passando davanti alla camera di Sara, qualcosa attirò la sua attenzione: un oggetto spuntava da sotto il letto. Curiosa e preoccupata, si guardò alle spalle e visto che l'amica non era lì, si avvicinò e chinandosi trovò le lattine di birra vuote. *Oh Sara, cosa ti succede?*, si chiese corrucciando la fronte.

«Tutto bene? Ci sei?» si sentì chiamare dalla cucina.

«Sì, è a tutto a posto, sto arrivando» le rispose pronta scattando in piedi. «Eccomi qui. Ti va se guido io? Così tu potrai riposare» si offrì riprendendo la borsa da terra.

«Sì, sarebbe perfetto, oggi mi sento parecchio stanca» accettò Sara sorridendo.

«Bene, allora andiamo!».

Sara

Mentre Sabrina era alla guida, mi lasciai cullare dal dondolio dell'auto e senza accorgermene sprofondai nel sonno...

«Lo sapevo che non avrei dovuto fidarmi di lei. Mi ha tentata e come una stupida ci sono cascata» tento di giustificarmi con una strana figura dalle sembianze umane che se ne sta seduta sul bordo di una piscina. Fa caldo, troppo caldo, e nonostante io non riesca a vedere distintamente e a mettere a fuoco i suoi lineamenti, lei mi guarda dritto negli occhi.

«Davvero?» mi chiede. «Dai, siediti qui con me, non avere paura» e mi fa segno con la mano di avvicinarmi.

Io mi siedo e immergo i piedi nell'acqua azzurra e limpida della piscina, che un attimo dopo sembra trasformarsi in un tratto di mare dalle sfumature verdi e brillanti. Mi giro verso quella figura sbiadita. Non sono in grado di dire quanti anni abbia e più osservo i suoi lineamenti del volto, più si fanno evanescenti, come se fossero i colori di un dipinto sul punto di dissolversi sotto la pioggia.

«Cosa ti sta succedendo?» grido vedendo la sua immagine liquefarsi e scivolare inesorabilmente nell'acqua che si sta scurendo, infittendo, imputridendo di fili d'erba e fanghiglia.

«Niente Sara, cosa dovrebbe succedermi?» mi chiede a sua volta.

«Ma dove stai andando?» urlo angosciata.

Subito dopo, il suo corpo integro riaffiora dall'acqua marcia e d'istinto ritraggo i piedi. Non vedo più niente, da quanto è sporca. La figura galleggia in mezzo all'erba e io vorrei aiutarla, ma il suo viso si fa sempre più pallido.

«Mi senti?» insisto inginocchiata sul bordo della piscina che nel frattempo si è riempita di muschio verde scuro. Cerco di afferrarla ma lei mi scivola via. Grido disperata che qualcuno venga ad aiutarmi, però attorno a me ci sono solo campi sterminati di terra secca e arida.

«Qualcuno mi sente? Aiuto!» continuo a urlare terrorizzata.

Un odore di alcol mi riempie le narici e un conato di vomito mi sale fino in gola.

Mentre piango disperata, la figura comincia a scomparire, come se qualcosa la stesse trascinando verso il fondo.

«No, ti prego, non farlo! Parla con me! Mi senti?» insisto lacerata dal dolore, vedendola affondare.

Non posso lasciarla morire, devo assolutamente salvarla.

Nonostante l'acqua si stia facendo sempre più scura, decido comunque di tuffarmi. Nuoto a fatica, combattendo con i fili d'erba che mi impediscono di proseguire e sembrano volermi intrappolare in una sorta di prigione.

Trattenendo il respiro mi immergo e apro gli occhi per vedere davanti a me. L'acqua però è troppo sporca e più mi muovo, più diventa torbida. Mentre nuoto, qualcosa mi sfiora il viso e spaventata mi giro di scatto. Non vedo nessuno, però mi accorgo che la temperatura dell'acqua sta precipitando. Decido di riemergere e noto che il cielo si è fatto grigio, con enormi nuvole nere che si avvicinano minacciose, cariche di pioggia.

Il mio corpo è scosso da un tremore incontrollabile e con le lacrime agli occhi cerco di riavvicinarmi al bordo della piscina, che però adesso è lontanissimo, e non ho più le forze per salvarmi...

Il freddo mi penetra nelle ossa, mi sento sempre più debole e faccio fatica a respirare.

Basta, oramai non ho più alcuna possibilità di sottrarmi al mio destino, chiudo gli occhi e mi arrendo. È finita.

«Apri gli occhi Sara!» grida tutto a un tratto la figura riemergendo dall'acqua e piazzandosi dritta davanti a me.

Io apro lentamente le palpebre e la guardo intontita. È lei che mi tiene a galla.

«Voglio dormire, lasciami stare» balbetto sfinita.

«Lasciami!» gridai all'improvviso madida di sudore sbarrando gli occhi e aggrappandomi istintivamente al sedile dell'auto.

«Santo cielo!» urlò Sabrina spaventata e accostò la macchina sul ciglio della strada.

Mentre piangevo e cercavo di tornare a una respirazione normale, lei prese una bottiglietta d'acqua dalla borsa e insistette per farmi bere. «Cavolo, devi aver fatto un incubo terribile!».

«Scusami, non volevo spaventarti» tentai di giustificarmi.

«Non ti devi scusare, stai tranquilla. Tra meno di mezz'ora siamo arrivate, ci prendiamo un cornetto e un cappuccino e vedrai che starai molto meglio» mi confortò.

Arrivate allo stabilimento balneare, andai al bar e ordinai la colazione per tutte e due. «Visto che ti ho spaventata, offro io» scherzai posando il vassoio sul tavolino del grande ombrellone di paglia dove Sabrina mi stava aspettando.

«Non essere sciocca, capita a tutti di fare brutti sogni, soprattutto nei periodi particolarmente duri...» e lasciò in sospeso la frase, osservandomi con attenzione.

Sistemai le tazze e i piattini per bene sul tavolino e spostai il vassoio su una sedia vicina. Volevo farle vedere che avevo tutto sotto controllo, che era stato solo un episodio passeggero. «Non mi starai analizzando, vero?» le chiesi ironica percependo il suo sguardo indagatore.

«Certo che no, ma cosa ti salta in mente?» esclamò lei sistemandosi il cappello. «Solo che non vorrei essere io la causa di tutto questo, non volevo metterti pressione con i discorsi di ieri. Purtroppo, il mio lavoro di psicologa non è sempre piacevole, e tua sorella ha bisogno di aiuto».

Sospirai, misi una bustina di zucchero nel cappuccino e mescolai. «Lo so che la realtà non è semplice ma credimi, lei è il mio cruccio più grande e non si merita tutto questo. Era così tenera da piccola, poi *qualcosa l'ha spezzata*, cambiata irreparabilmente».

«Sara, tu sai che la seguo da anni e purtroppo non so ancora cosa si tiene dentro. C'è magari qualcosa che ti sei dimenticata di raccontarmi della vostra vita famigliare, della vostra infanzia? So che questo discorso l'abbiamo già fatto molte volte ma vorrei davvero che tu riflettessi su questa cosa. Basterebbe un solo particolare».

Sabrina attese in silenzio e io mi allontanai con la mente per qualche istante.

«Di cose ne sono successe tante, a partire da quella maledetta *disgrazia*...» sussurrai rabbuiandomi. «In quel periodo non me la cavavo benissimo. Mia madre, come sai, non era una donna permissiva e per lei l'opinione degli altri era molto più importante di quello che dicevamo noi. A volte mi chiedo come papà riuscisse a dialogare con lei. Aveva una pazienza infinita quell'uomo. A dirti la verità, era lui l'ago della bilancia tra noi sorelle e lei. In qualche modo riusciva sempre ad appianare le discussioni e gli scontri, era la nostra rete di salvataggio. Povero papà».

«Capisco, quello che è successo ha messo a dura prova tutti quanti. Ricordo bene l'aria di lutto che si respirava in quei giorni. L'accaduto colpì nel profondo tutta l'opinione pubblica e i negozi chiusero per una giornata intera» mi rammentò Sabrina osservando distrattamente la schiuma del cappuccino. «Tua sorella gli era legata così tanto...».

«Già, ricordo benissimo» e rimasi in silenzio qualche istante, riflettendo sull'ultima frase. «Dopo *l'accaduto*, Giorgia si trincerò per un lungo periodo dietro un silenzio inquietante. I miei genitori la tennero a casa da scuola per un po' e la portarono da diversi specialisti che tentarono di farla parlare. Lei, invece, pareva volesse stare nel suo mondo. La cosa più tragica era che in quella dimensione non faceva entrare nessuno di noi. Nemmeno io potevo accedervi. Avrei tanto voluto riportare le cose come un tempo. Sai Sabrina, sono convinta che in qualche modo mia madre si vergognasse del comportamento di Giorgia. Sì, ne sono certa. Io invece di sera, quando andavamo a letto, cercavo di farla parlare. Desideravo così tanto che si aprisse con me».

«Quindi mi confermi ciò che mi hai detto quando l'hai portata da me dopo la morte dei tuoi genitori?».

«Sì, non mi ricordo altri particolari rilevanti» le spiegai accavallando una gamba e facendo dondolare il piede.

«Sei nervosa?» mi chiese notando il particolare.

«La tua adesso sta diventando una deformazione professionale. Attenta, se non ti conoscessi potrei sospettare di te» scherzai raddrizzando la schiena. «Comunque non ti preoccupare, sta prendendo tutti i farmaci che le ha prescritto il tuo collega».

«Bene, è importante che segua la terapia, i medicinali le danno una certa stabilità. I suoi mal di testa sono peggiorati nell'ultimo periodo?».

Mi estraniai per un attimo e ricominciai a mescolare il cappuccino.

«Sara ci sei? Pronto?».

«Oh sì, scusa, stavo solo pensando. Be', le emicranie sono stabili, non ho notato nessun tipo di aggravamento. A quanto pare, le scoppiano solo quando ha a che fare con me» le risposi amareggiata.

«Mi dispiace tanto Sara, so quanto è difficile trattare con persone che non accettano il tuo aiuto».

«Già... e in teoria dovrei averci fatto l'abitudine. In realtà, nonostante tutti i miei sforzi, non riesco ad accettare questo suo odio nei miei confronti. E molto probabilmente non lo accetterò mai».

Sabrina aggrottò la fronte. «Non capisco di cosa tu stia parlando, in fondo stai facendo il possibile per lei e credo che non dovresti farti abbattere così da un senso di colpa che non ti aiuta di certo. Come sorella, stai facendo il massimo, non farti avvelenare da altre sensazioni che ti risucchiano solo energie. A meno che tu non mi abbia omesso qualche informazione che potrebbe essermi utile...».

A quelle parole scossi prontamente il capo in segno di dissenso e abbassai lo sguardo. «A dire il vero mi sono ricordata di un particolare. In quei giorni difficili, Giorgia trascorreva la maggior parte del tempo in camera nostra in silenzio, finché, all'improvviso, decise di riprendere a parlare» attaccai. «D'un tratto tornò la bambina di sempre. Almeno così sembrava. E per nostra madre era più che sufficiente per farla rientrare nella categoria "normalità". Credo che non volesse *vedere* quello che era successo alla figlia, cioè un trauma psicologico che l'aveva segnata nel profondo. Avevo completamente rimosso questo ricordo... sono successe così tante cose che i particolari si sono... dissolti».

«Be' è normale, la vita quotidiana ci assorbe così tanto da far sbiadire il passato. Se poi è triste, si innesca subito un meccanismo di autodifesa che porta a rimuovere gli aspetti più angoscianti...».

16

Sara

14 luglio 2016, commissariato

Il commissario Martini mi studiò per qualche istante, credo si facesse molte domande sulla donna che gli sedeva di fronte. «Sara, come mai non ha preso sul serio i suggerimenti della sua amica psicologa riguardo a Giorgia?».

Gli occhi mi si riempirono di lacrime. «Perché pensavo di avere la situazione in pugno ed ero convinta di poter gestire tutto da sola. Invece mi sbagliavo...».

«Cosa intende dire? Si spieghi meglio».

«Vede, sono una maniaca del controllo ma... fin da ragazza sono stata obbligata a diventare così, era una questione di sopravvivenza. E mi creda, non è stato facile. Poi, dopo la morte dei miei genitori, mi sono sentita investita da una responsabilità enorme: ho dovuto provvedere io a Giorgia, e non solo dal punto di vista economico, cercando di aiutarla in tutti i modi possibili. Non volevo che finisse in una clinica, dove sicuramente si sarebbe sentita a disagio, però adesso mi rendo conto di aver sbagliato. Se avessi dato retta a Sabrina, tutto questo non sarebbe successo e in più mi sarei risparmiata molte sofferenze».

«Senta Sara, c'è una cosa che mi chiedo: se tutto questo non fosse accaduto, lei si sarebbe comunque esposta?» mi domandò sospettoso.

«Sì» gli risposi tagliente. «Non mi crede, vero? Sinceramente non mi importa, solo io so quello che ho passato. La mia vita era diventata un inferno e non ce la facevo davvero più!».

«Va bene, ammettiamo che io le creda...».

«Perché dice così? Le assicuro che sono una brava persona e non potrei mai mentire su questo punto!» lo interruppi singhiozzando. «Pensa che sia stato facile crescere in una famiglia come la mia? Sì, è vero, non mi è mai mancato niente di materiale e ho sempre avuto un tetto sulla testa, ma lei non conosce le pressioni che io e mia sorella abbiamo subito! Dio, ero solo una ragazza che cercava di sfuggire alla situazione asfissiante che mia madre creava e alimentava con le sue paranoie, senza rendersi conto che i suoi metodi non portavano a niente di buono. Purtroppo, neanche papà era in grado di risolvere i nostri problemi, sebbene facesse del suo meglio per alleggerire le rigide regole di sua moglie. Guardi, non voglio impietosirla...» precisai assottigliando la voce «desidero solo descriverle il mio punto di vista e raccontarle un'altra cosa che accadde tanti anni fa».

«D'accordo, allora prosegua».

Mi passai una mano tra i capelli e cominciai.

«Era la primavera del 1989 e in quel periodo mi trovai un lavoro senza dire niente a nessuno. Feci tutto da sola, segretamente...».

17

Marzo 1989

Sara

Quella sera mi preparai per andare al lavoro: nel fine settimana facevo la cameriera in una pizzeria poco distante da casa e mi ero trovata da sola quell'impiego, spulciando tra gli annunci pubblicati sul quotidiano locale, in modo da avere dei soldi tutti miei da poter gestire senza il controllo di mia madre.

Avevo dato la notizia in famiglia solo a cose fatte, e mentre mio padre aveva accolto positivamente la mia intraprendenza, mia madre mi aveva aggredita urlando a squarciagola che non c'era bisogno che andassi a lavorare e sottolineando il fatto che un impiego serale era sinonimo di "un qualcosa di squallido". Papà le aveva spiegato che il proprietario della pizzeria era un uomo che conosceva da anni e che il locale era frequentato da famiglie e non da sbandati come supponeva lei. Dopo un intenso braccio di ferro tra i miei genitori, mamma non poté fare altro che accettare la mia scelta, anche se di malavoglia. Mio padre, invece, volle fare un patto con me: sarebbe stato lui ad accompagnarmi al lavoro e a tornare a prendermi a fine turno.

«Sono pronta papà, mi accompagni?» esclamai quella sera scendendo in cucina.

Mamma mi squadrò dalla testa ai piedi, senza dire una parola. Aveva i muscoli del viso contratti dalla rabbia ed era evidente che si tratteneva a stento. *Ma è possibile che dopo un mese si arrabbi ancora?*, mi chiesi distogliendo lo sguardo da lei.

«Sì, andiamo» mi disse mio padre alzandosi e sistemando la sedia sotto il tavolo.

Uscendo di casa respirai a pieni polmoni. Ogni volta che andavo al lavoro, il silenzio di mia madre mi metteva a disagio. La sua rabbia mi soffocava e avevo la sensazione che mi considerasse una stupida, capace solo a disobbedire alle sue regole. «Non la sopporto più!» esordii salendo in macchina.

Lui, accigliato e pensieroso, non disse nulla ma accese il motore e ingranò la marcia.

«Se continuerà così, me ne andrò di casa. Aspetterò di prendere il diploma ma poi andrò a vivere da sola, in città, e finalmente potrò fare tutto quello che mi pare!» esclamai frustrata. Provavo un senso di vuoto che mi si rimescolava nel petto. Una parte di me era contenta che papà mi appoggiasse in tutto e per tutto, ma l'altra era triste per la mancanza di sostegno della donna che avrebbe dovuto accompagnarmi sulla strada della vita e riporre in me tutta la fiducia possibile. Con lei era come cercare di tenere dritta una piccola imbarcazione a remi nel bel mezzo di una tempesta: ogni tentativo di trovare un mio equilibrio veniva reso vano dalla rabbia e dall'ostilità di cui lei si nutriva ogni giorno. Mio padre non era in grado di colmare quel vuoto e io lo sapevo bene, anche se apprezzavo davvero tanto i suoi sforzi e la sua determinazione. *Ce la farò comunque, anche senza il suo aiuto*, mi dissi chiudendo forte gli occhi per ricacciare indietro le lacrime.

«Ti chiedo solo una cosa» mi disse all'improvviso papà sospirando. «Cerca di capirla, anche se so benissimo che è difficile. Probabilmente farai fatica a crederlo, ma è il suo modo per dirti che ti vuole bene e che si sta preoccupando per te. Prova a non scontrarti con lei, a non prenderla di petto, e magari un giorno potreste trovare un punto d'accordo. Sforzati di spiegarle quello che vuoi fare, rassicurala. Sono anni che cerco di farle capire molte cose ma purtroppo non ha un carattere semplice».

Aprii gli occhi che ancora mi bruciavano e percepii una sfumatura cupa tra le sue parole, come se si fosse lasciato sfuggire qualcosa di troppo. Pensai che anche lui, per quanti sforzi facesse, non riusciva comunque a dominare l'ansia con cui la moglie viveva ogni circostanza. Osservando le sue spalle curve, lo vidi particolarmente stanco e mi accorsi di provare pena per lui. «Ci proverò» mi limitai a promettergli.

«Grazie» mi disse riconoscente, accennando un fiacco sorriso.

Davanti alla pizzeria, prima di scendere, gli diedi un bacio sulla guancia. «Ti voglio bene, papà».

Entrata nel locale, salutai il proprietario e mi diressi sul retro per prepararmi e cominciare a lavorare.

Andando verso la sala con il mio blocchetto per le ordinazioni tra le mani, mi resi conto che con il primo lavoro ero stata io a prendere il controllo della mia vita. Che non era stata più mia madre a indicarmi la rotta o a sostituirsi a me in qualche modo. Finalmente ero solo io che decidevo cosa fosse meglio fare.

Soddisfatta e prendendo coscienza delle mie capacità, mi dipinsi un bel sorriso sulle labbra e andai verso una tavolata di amici che ridevano e scherzavano.

Filippo

Per tornare a casa, Filippo prese la strada più lunga. Sentiva il bisogno di riflettere. Sua moglie non era di certo una donna con cui era facile vivere e lui era esausto e provato. Era stanco di dover sempre alleggerire gli screzi famigliari provocati da lei e sopperire alle sue mancanze. È vero, la conosceva da anni, fin da bambina, però negli ultimi tempi non sapeva davvero più come affrontarla.

Più Sara cresce, più Marta si innervosisce…, rifletté stremato dalla situazione.

Marta

Marta ordinò a Giorgia di andare a lavarsi e mettersi in pigiama. Voleva rimanere sola e mentre apparecchiava la tavola si chiese perché Sara fosse tanto testarda. *Non può andare a lavorare di sera. E se qualcuno si approfittasse di lei mentre esce da quella pizzeria? Se qualche balordo le mettesse le mani addosso?*

Si spostò poi ai fornelli ma non riuscì ad arrestare il flusso di ipotetiche disgrazie che potevano accadere alla figlia senza che lei fosse in grado di aiutarla e difenderla. Ai suoi occhi, la Terra era popolata solo da persone senza scrupoli e pronte a fare del male al prossimo.

No, devo assolutamente impedirglielo, non deve andare a lavorare di sera. Ma cosa crede di fare quella ragazzina? Anzi, è ancora una bambina, ecco quello che è. Un'immatura senza arte né parte che non capisce come gira il mondo!

Filippo

Filippo rientrò a casa proprio mentre Marta stava mettendo in tavola il cesto del pane, e colse all'istante l'espressione tesa della moglie. «Marta, Sara sta bene, non corre nessun pericolo. Sta semplicemente lavorando!» esclamò spazientito.

«Tu credi?» domandò lei sbraitando, incapace di trattenere la rabbia che aveva represso sino a quel momento.

«Non ricominciare, mi hai preso per uno stupido? So bene dove l'ho portata e conosco il proprietario. Sara non fa del male a nessuno, vuole solo guadagnarsi qualche soldo nel fine settimana, cosa c'è di male? È da un mese che questa storia va avanti e non ne posso davvero più! Fattene una ragione Marta, nostra figlia è una brava ragazza!».

«Oh, ma certo, e tu credi che le brave ragazze se ne vanno in giro la sera a fare le cameriere?» contrattaccò puntandogli il dito al petto. «Non credo proprio! Quelle che fanno questo lavoro, hanno un solo scopo: trovare ragazzi. Ecco cosa fanno. Quando un giorno tua figlia tornerà a casa e ti dirà che è rimasta incinta di un uomo qualsiasi, non venire a piangere da me, hai capito?» strillò inferocita.

Con lo sguardo sempre più duro e ferreo, Filippo prese la moglie per le spalle. «Smettila con queste assurdità e non ti permettere mai più di dire che nostra figlia è una poco di buono! Lei non farebbe mai una cosa simile, non va a lavorare per portarsi a letto il primo che incontra per strada. Vuole crescere, Marta. Lo sai cosa mi ha detto prima?» le chiese stringendola ancora più forte.

«No, no» balbettò sua moglie inghiottendo a fatica il nodo di paura che lui le stava provocando. Non l'aveva mai visto così adirato e Filippo non l'aveva mai trattata in quel modo brusco e manesco. Capì all'istante di aver esagerato.

«Mi ha detto che se la tratterai ancora così, dopo il diploma se ne andrà da questa casa! L'hai stancata, Marta. Piantala di comportarti così. Lei deve studiare e non puoi contraddirla in continuazione. Falla vivere!» si sgolò spingendola verso il muro.

«Scusa, io... io non volevo» si giustificò Marta cercando di liberarsi da quella presa massiccia.

Filippo riprese il controllo e la lasciò all'improvviso. «Guarda cosa mi fai fare, Marta. Vedi di calmarti perché non ti riconosco più» e se ne andò a passo svelto per rifugiarsi sotto il portico del fienile a tagliare la legna.

Marta respirò a pieni polmoni e si appoggiò a una sedia per reggersi in piedi.

Giorgia

Seduta sul primo gradino della scala, Giorgia aveva ascoltato tutta la lite tra i suoi genitori. Si chiedeva perché la mamma se la prendesse sempre con Sara e perché adesso avesse fatto arrabbiare così tanto anche papà. Quella situazione la faceva stare male ma sapeva già come sarebbe andata la cena: il televisore acceso e sintonizzato sul telegiornale avrebbe riempito tutto lo spazio della cucina e nessuno avrebbe parlato.

18

Sara

14 luglio 2016, commissariato

Il commissario si alzò in piedi e si mise a camminarmi attorno, in silenzio. Io intanto non riuscivo a smettere di piangere. «Mia madre era una donna davvero complicata, una persona che non era in grado di dominare le proprie emozioni. L'ansia e il terrore che da un momento all'altro potesse capitare qualcosa di tragico facevano in qualche modo *ammalare* tutti noi. Aveva questo atteggiamento ogni giorno e per qualsiasi cosa, dalla più banale alla più importante. Vivere con lei era snervante. La sua arma migliore per demolirmi era il senso di colpa: con quel bieco e meschino stratagemma aveva l'insana capacità di atterrarmi e poi sotterrarmi sotto montagne di dubbi e insicurezze».

«Mi sembra di capire che la convivenza con sua madre sia stata estremamente frustrante per lei, è corretto?» mi chiese passandosi una mano sotto il mento.

«Sì, direi proprio di sì» e smettendo improvvisamente di piangere mi persi nei miei ricordi.

Il commissario rimase colpito dal mio repentino cambio d'umore e si rimise a sedere. «Sara, si sente bene?».

«Sì, stavo solo pensando» gli risposi ricomponendomi.

«A cosa?» insistette lui.

«A quando Giorgia ha fatto... Oh, mi scusi, volevo dire... Non importa» e mi bloccai impallidendo. «Credo di non essermene ancora fatta una ragione... E chissà se me la farò mai».

«Già» disse il commissario incrociando le braccia.

«In quel periodo cercavo solo di sopravvivere agli attacchi duri, continui e senza senso di mia madre e mi rifugiai prima nello studio e poi nel lavoro in pizzeria. Per me era diventata un'abitudine schivare i suoi colpi bassi, tenermi dentro i miei segreti e non raccontarle nulla della vita che conducevo fuori da quelle quattro mura. La mia storia con Francesco continuava a gonfie vele e il sabato pomeriggio cercavamo di passare insieme più tempo possibile. Spesso però mi chiedevo come avrei fatto a dirlo a mia madre; se la nostra relazione fosse proseguita a lungo, prima o poi avrei dovuto affrontare il discorso con lei. Molte delle mie amiche avevano già presentato ai propri genitori i ragazzi che frequentavano, mentre io avevo paura di quel momento e speravo che la cosa succedesse in un futuro molto lontano. Immaginavo che lei avrebbe reagito in modo isterico, come faceva di fronte a qualsiasi novità riguardante la mia vita. Quasi mi vergognavo di lei» gli confessai passandomi le mani tra i capelli appiccicosi di sudore e sangue. «Fu proprio in quel periodo che Giorgia cominciò a dare le prime avvisaglie di disagio» e mi interruppi per un secondo. «Non avrei mai immaginato che tutto fosse collegato con quello che è successo oggi. Non lo avrei mai capito se lei non si fosse sfogata prima di...».

«Cosa intende per *avvisaglie di disagio*?» cercò di scavare a fondo il commissario.

«Le sue reticenze verso la chiesa. In quel posto non voleva più andarci. In pratica, dopo la Prima Comunione il suo atteggiamento verso il mondo mutò radicalmente. All'inizio si trattava di piccoli e lievi cambiamenti, di cui nostra madre non si accorse nemmeno. Io e papà, invece, intuimmo le difficoltà che stava attraversando e un giorno ne parlammo nel fienile. Quando mamma ci sorprese a discorrere della questione, prese la cosa sul personale e, paonazza dall'ira, sembrò trasformarsi in un animale rabbioso. Mi pareva addirittura gelosa del rapporto che io e papà avevamo instaurato negli anni. Non comprendevo il suo stato d'animo e non avevo capito che in quello stesso periodo i miei genitori fossero in crisi. Me ne resi conto solo più avanti, quando una notte li sentii litigare. Non l'avrei mai immaginato» gli spiegai fissandolo dritto negli occhi. «Come può una madre essere gelosa della propria figlia?».

19

Inizio di aprile 1989

Giorgia

Seduta tra i primi banchi della chiesa, Giorgia stava per fare la sua prima confessione e attendeva il suo turno accanto ad Andrea. «Che cosa devo dirgli? Io non so cosa sono i peccati, tu lo sai?».

«Sì, almeno credo...» le rispose lui dubbioso. «Ho risposto male alla mamma. Ah sì, non ho pregato prima di andare a letto» esternò fiero di se stesso per aver trovato due valide argomentazioni.

Giorgia scrollò le spalle. «Ma io non ho fatto niente. Devo dire delle bugie?» gli domandò incerta grattandosi la testa.

Un bambino uscì dal confessionale e Giorgia tentò affannosamente di farsi venire un'idea, qualcosa da poter dire al parroco visto che era il suo turno. Mentre lei si alzava dalla panca, don Paolo si affacciò un attimo per controllare quanti bambini mancassero. «Vieni Andrea, tocca a te» lo chiamò sorridente.

Giorgia si fermò e ammutolì. Sapeva bene che non era il turno del suo amico, però si disse che era meglio così, perché avrebbe avuto più tempo per pensare a come uscire da quell'impiccio. Quando Andrea scomparve nel confessionale, i quattro bambini che stavano aspettando insieme a lei si guardarono in faccia. «Chiama sempre lui per primo» esclamò Nicola, un ragazzino in sovrappeso con le guance rosse e gli occhi infossati che lei conosceva bene. «È il suo preferito» concluse poi dando una gomitata al bambino seduto proprio accanto a lui.

Giorgia non disse niente ma sapeva benissimo che quello che aveva detto Nicola era vero. *Solo gli adulti non se ne accorgono*, pensò vedendo le catechiste parlare a voce bassa in un angolo della chiesa. Poi si sedette lontano dal gruppetto, voleva evitare che la prendessero di mira.

Nell'attesa si mise a osservare il crocifisso e i vasi di fiori freschi che erano stati posati sotto gli altari laterali. Lì vicino c'era un dipinto che attirò la sua attenzione: vi era raffigurata la Madonna e il suo volto aveva dei tratti così gentili che le ispirarono subito fiducia e comprensione. *Forse è per questo che la mamma prega spesso la Madonna*, pensò.

I minuti passavano lenti e interminabili, e lei non sapeva ancora cosa dire a don Paolo né che senso avesse tutto ciò. *Ma perché devo dirgli delle bugie se non ho commesso alcun peccato?*

A un certo punto si chiese quante cose doveva confessare Andrea, visto il tempo che ci stava mettendo.

Finalmente il confessionale si aprì e Andrea, tornato tra i banchi, si mise in ginocchio a testa bassa per pregare. Don Paolo nel frattempo aspettava il prossimo. Giorgia guardò gli altri bambini e poi, vista la loro reticenza, si fece coraggio ed entrò nell'angusto spazio in penombra. L'odore del legno verniciato e il profumo inconfondibile che c'era sempre in chiesa – un misto tra fiori, incenso e odore della cera delle candele – le penetrò nelle narici dandole un senso di disagio improvviso.

Incerta si chiuse la porta alle spalle e si inginocchiò, cercando di guardare attraverso le fessure della grata che la divideva dagli occhi di ghiaccio di don Paolo. Non sapeva ancora cosa dire, ma di una cosa era certa: non voleva assolutamente confidare i suoi pensieri a quell'uomo per cui provava una forte antipatia e che non le infondeva alcun sentimento di fiducia.

«Nel nome del Padre e del Figlio e dello Spirito Santo» l'accolse il parroco facendosi il segno della croce.

«Amen» rispose Giorgia ricordando il foglietto che le catechiste avevano distribuito e sul quale era scritto quello che i bambini avrebbero dovuto dire.

«Il Signore sia nel tuo cuore, perché tu possa pentirti e confessare umilmente i tuoi peccati».

«Amen» rispose lei e, sempre più irrequieta, provò a sistemarsi meglio sull'inginocchiatoio, appoggiando i gomiti al legno. «Io, io non so cosa dire...» confessò sincera.

Attraverso la grata, don Paolo cercò i suoi occhi e Giorgia lo fissò per un lungo attimo. «Davvero non sai cosa dirmi?» la rimbrottò serio con un tono di voce che la fece sentire colpevole.

Ferita nel profondo, lei trattenne le lacrime che insistenti spingevano dietro le palpebre. Non sapeva cosa inventarsi per uscire il prima possibile da quel posto così soffocante, e lui non la stava di certo aiutando. «Hai studiato il foglio che ti hanno dato le catechiste?» le chiese rigirando tra le mani un piccolo crocifisso.

«Sì» disse Giorgia deglutendo. «Io... io credo di aver detto delle parolacce» si inventò di sana pianta. «E poi non ho recitato le preghiere prima di dormire. Poi non so...» finì riuscendo a dominare il desiderio di piangere.

«Non hai altro da confessare?» insistette lui.

«No. Io non ho fatto niente!» rispose infastidita.

Don Paolo sospirò. «Sei fortunata che quello che viene detto in confessionale rimane segreto...

altrimenti direi ai tuoi genitori quanto sei arrogante nei confronti di un *ministro di Dio*» le fece presente rimproverandola.

Giorgia spalancò gli occhi rabbiosa e strinse forte il legno dell'inginocchiatoio. «Io sono brava!» replicò sicura.

«Lasciamo stare» disse lui evidentemente offeso dalla sua sfrontatezza. «Reciterai dieci Ave Maria e cinque Padre Nostro».

Giorgia si trattenne dall'andare via senza terminare quel rito che per lei era inutile e senza senso.

«Dio Padre di misericordia, che ha riconciliato a sé il mondo nella morte e resurrezione del suo Figlio, e ha effuso lo Spirito Santo per la remissione dei peccati, ti conceda, mediante il ministero della Chiesa, il perdono e la pace».

Giorgia non disse nulla e il silenzio si fece frastornante e carico di significati non espressi.

«Devi dire Amen!» la sgridò lui per l'ennesima volta fulminandola con lo sguardo.

Giorgia sostenne quegli occhi freddi e privi di qualsiasi sentimento. «Amen» pronunciò infine a denti stretti.

«Lodiamo il Signore perché è buo...» tentò di proseguire don Paolo, ma lei uscì di corsa dal confessionale interrompendolo bruscamente, si precipitò fuori dalla chiesa e non recitò mai tutte quelle preghiere che il parroco le aveva detto.

Fuori, sul sagrato, arrabbiata e ansiosa cercò la mamma, che da lontano gesticolava con le braccia. «Sono qui Giorgia! Muoviti che ho parcheggiato in divieto di sosta!».

Con il cuore che le martellava forte nelle orecchie, la bambina corse da lei e quando la raggiunse le si gettò tra le braccia. Marta si accorse che qualcosa non andava e prendendola in braccio le chiese: «Che cosa è successo?».

Giorgia non voleva dirglielo e sua madre la rimise a terra. «Hai litigato di nuovo con qualcuno?» le chiese prendendola per mano e avviandosi verso la macchina.

Giorgia era combattuta: una parte di lei desiderava gridare al mondo tutta l'antipatia che provava per quel prete mentre l'altra parte le suggeriva di stare zitta, di tenersi tutto per sé. *Ho combinato un bel pasticcio e se glielo dico, sicuramente si arrabbia*, pensò e scuotendo la testa si rinchiuse nel suo mondo privato.

«Fai come ti pare» sbuffò sua madre spazientita. «Basta che ci muoviamo prima che ci facciano una multa».

Quando arrivarono alla macchina, Giorgia si sedette dietro senza dire una sola parola e rimase in silenzio per quasi tutto il viaggio.

Marta

Di tanto in tanto, Marta guardava attraverso lo specchietto retrovisore per controllare la figlia e continuava a domandarsi cosa fosse accaduto. Sentiva che qualcosa non tornava e il fatto che la bambina non parlasse le metteva una certa ansia. *Perché è uscita prima degli altri? E come mai è così infastidita? Non capisco cosa stia succedendo a questa famiglia. Possibile che non ci sia mai un giorno in cui si possa stare tranquilli?*

Marta era esausta di lavorare sia nei campi che in casa e percepiva sulle sue spalle tutto il peso della gestione delle figlie.

Che vita infame... Se tornassi indietro non mi sposerei e non metterei al mondo nemmeno un figlio, così non avrei tutte queste preoccupazioni...

Giorgia

Quasi arrivata a casa, Giorgia non resistette più a tenersi dentro quello che aveva combinato e spossata decise di mettere al corrente la mamma della decisione che aveva preso: «Non voglio fare la comunione, don Paolo è cattivo e antipatico» sbottò rossa in viso incrociando le braccia al petto.

Udendo quelle parole, Marta si incupì e raddrizzò la schiena. «Senti signorina, perché questo atteggiamento?» le chiese senza però darle il tempo di rispondere. «Ascoltami bene, tu farai tutto quello che fanno gli altri e senza fare tante storie! Credi di essere diversa?».

«No, io non la faccio!» urlò furente e piena di rabbia per l'atteggiamento della madre che non la stava nemmeno ad ascoltare. «Mi fa schifo, è stupido e mi odia» continuò sempre più alterata battendo i pugni sul sedile. «No, no e poi no!» sbraitò scoppiando in lacrime.

Presa in contropiede dalla reazione isterica della figlia, Marta si astenne da qualsiasi commento. «Adesso calmati e asciugati gli occhi, poi ne riparliamo a casa».

La bambina si asciugò il viso e pensò che quello che le aveva detto la mamma fosse un modo per capirla. Tra le sue parole le pareva ci fosse uno spiraglio di speranza per essere compresa, quantomeno ascoltata.

Tra di loro scese di nuovo il silenzio, finché Marta non riuscì più a trattenersi.

«Almeno dimmi cos'è successo, maledizione!» imprecò accelerando. «Come faccio a capire tutti e tutto? Non sono un'indovina, non ho la sfera di cristallo. Muoviti Giorgia, parla e non farmi perdere la pazienza, che già ne ho poca in questo periodo!».

«Tu sei cattiva, quando vado a casa dico a papà che mi tratti male e che non mi ascolti mai!» la minacciò ricordando tutte le volte che non si era sentita capita. «Urli sempre» l'accusò senza mezzi termini voltando poi lo sguardo fuori dal finestrino.

Marta, furiosa e quasi fuori controllo, accelerò ancora... «Digli pure quello che ti pare! Lui è quello buono, vero? Fate tutti quello che volete, non mi importa!».

Giorgia capì che sua madre stava andando troppo forte. «Mamma, frena...» le disse vedendo il paesaggio muoversi molto più in fretta del solito.

«Sai cosa ti dico? Che io faccio le valigie e me ne vado, ecco cosa farò! Ce l'avete tutti con me: tuo padre, tua sorella e adesso ti ci metti anche tu! Ma dico io, tutta l'educazione e il rispetto che vi ho insegnato dove sono finiti?».

Giorgia non sapeva cosa rispondere ma desiderava solo che sua madre rallentasse. «Mamma» la chiamò.

«Mamma cosa?» gridò Marta con la voce carica di rancore verso la vita.

«Vai piano, ho paura! Scusa...» le disse con l'intento di calmarla. Soffriva nel vederla così furente.

Marta la squadrò, vide i suoi occhi colmi di terrore e alzò il piede dall'acceleratore. «Va bene. Adesso andiamo a casa e facciamo merenda. Ti preparo un bel panino con la marmellata, così chiudiamo questa storia».

Giorgia ingoiò un nodo amaro e fece un gesto d'assenso con il capo. *È tutta colpa mia*, si convinse ripensando alla confessione.

Coricata a letto, Giorgia osservava la sorella seduta alla scrivania e china su un libro. *Lei mi ascolta sempre*, pensò portandosi le coperte fin sotto il mento. «Sara» la chiamò piano.

«Sì, dimmi» le rispose lei distratta, senza alzare lo sguardo dalla pagina.

«Oggi la mamma si è arrabbiata con me... dice che vuole andare via di casa... ha detto che ce l'hanno tutti con lei» si sfogò preoccupata.

Sara lasciò perdere quello che stava leggendo e sospirando andò da lei. Si sedette sul letto e le prese una mano. «Davvero? E quando l'ha detto?».

«Prima, in macchina».

«Okay, sputa il rospo e racconta tutto alla tua sorellona» la spronò sorridendole.

Giorgia amava il sorriso carico di amore che Sara riusciva a donarle ogni volta che era in difficoltà. Di fronte al bene che le dimostrava, non poté fare a meno di raccontarle tutto nei minimi particolari. Quando terminò, Sara si sdraiò vicino a lei e le accarezzò i capelli. «Ascoltami, la mamma non parlava sul serio. A volte i grandi quando si arrabbiano dicono cose senza senso. È strano, vero?».

«Sì» le confermò Giorgia poco convinta. «Ma perché gli adulti si comportano così?».

«Non lo so, credo che dipenda dai problemi che hanno... quando sarò grande te lo dirò» e si mise a farle il solletico.

Giorgia si divincolò e non appena la sorella smise, l'abbracciò forte e le sussurrò: «Non voglio fare la comunione. Davvero, non voglio» e si scostò dalla sorella.

«Perché pensi di stare antipatica a don Paolo?» le chiese accarezzandole una guancia.

«Non lo so, però lui è cattivo» sentenziò senza darle il diritto di replica.

«Dai, adesso dormi che domani devi andare a scuola. Vedrai che risolveremo la questione. Buonanotte *bambolina*».

Giorgia si girò su un fianco e ripensò alle parole della madre con la tristezza nel cuore.

Sara

Dopo aver dato la buonanotte a Giorgia, tornai alla scrivania e cominciai a giocherellare con la penna tra le dita. Ero furiosa per quello che mi aveva detto, non immaginavo che mia madre potesse arrivare a far soffrire sua figlia in quel modo. Ero davvero stufa della convivenza con lei, tanto che cominciai a valutare la possibilità di andare a lavorare a tempo pieno subito dopo il diploma. Anche se sapevo che questa scelta avrebbe deluso mio padre. *La mamma sta davvero esagerando*, riflettei immaginandomela con la valigia in mano davanti alla porta di casa.

Nei giorni successivi mi accorsi che il comportamento di Giorgia stava diventando sempre più schivo e astioso. Ogni volta che doveva andare in chiesa o a catechismo, faceva delle tremende scenate e puntava i piedi per terra livida di collera urlando che odiava quei posti. Poi scoppiava a piangere. Mia madre, con gli occhi fuori dalle orbite, la costringeva a salire in macchina e una volta le diede addirittura un ceffone in pieno viso, gridandole che non sopportava più tutti quei piagnistei.

Un pomeriggio, al calar del sole, mi recai nel fienile dove mio padre stava sistemando dei ciocchi di legno e alcuni attrezzi. «Papà» lo chiamai, incerta se affrontare il problema apertamente o lasciar perdere. Volevo che sapesse che mamma aveva dato uno schiaffo a Giorgia ma nello stesso tempo temevo di provocare altri attriti in casa. Lui, infatti, non sopportava alcun tipo di violenza, su questo argomento era sempre stato chiaro e fermo.

«Cosa c'è Sara?» mi domandò mettendosi le mani sui fianchi.

«Non so se...» provai ad abbozzare.

Lui si avvicinò e mi strinse le spalle. «Stai bene?» mi chiese preoccupato.

«Sì» gli risposi tuffandomi nei suoi occhi buoni, stanchi dal lavoro. «Ti dovrei dire una cosa».

«Dimmi. Ci sono altri problemi con la mamma, vero?» e abbassò il capo con uno sguardo pieno di amarezza.

Mi sembrò ancora più vecchio con quell'espressione rassegnata che accentuava le rughe sul viso. «No, no» mi affrettai a precisare. «Sono preoccupata per Giorgia, credo che abbia delle difficoltà, è strana ultimamente. Ogni volta che deve andare a Messa o a catechismo si arrabbia così tanto...» gli spiegai lasciando a mezz'aria la frase.

«Lo so, me ne sono accorto anch'io e ho provato a parlarne con la mamma, ma lei è irremovibile, dice che Giorgia non può fare diversamente. Se fosse per me...» e si bloccò, incerto se andare oltre.

Capii dove voleva andare a parare ma non dissi niente. Sapevo che non credeva in Dio e men che meno nell'istituzione della Chiesa, ma era consapevole che sua moglie era di tutt'altro parere e voleva che le figlie si adeguassero alle regole che *le persone per bene* sono solite rispettare.

«La mamma le ha dato uno schiaffo» confessai tutto d'un fiato.

Lui si accigliò e si fece scuro in volto, senza dire una parola. Io mi pentii subito di averglielo detto, ma pensai rammaricata che oramai era troppo tardi.

«Parlerò con la mamma» mi informò rompendo quel pesante silenzio. «Hai fatto bene a dirmelo, vedrò di sistemare le cose».

«Che ci fate qui?» chiese all'improvviso mia madre arrivando alle nostre spalle e spostando lo sguardo da me a lui con aria minacciosa e indispettita.

«Stavamo parlando...» le disse papà asciugandosi la fronte con la manica della camicia.

Io mi sentii frustare dallo sguardo inviperito di mia madre e indietreggiai di un passo. Lei spostò l'attenzione sul marito.

«Stavamo parlando di Giorgia» le specificò mettendosi le mani sui fianchi e fissandola dritta negli occhi.

«Davvero? Cose che non so?» chiese lei senza staccargli gli occhi di dosso.

«Credo che tu sappia già tutto, stavamo discutendo del fatto che la piccola ultimamente non vuole andare in chiesa né a catechismo».

Mi accorsi immediatamente del guizzo nervoso comparso negli occhi di mia madre. *Ha capito che ho spifferato tutto*, mi dissi deglutendo.

«Be', lei ci deve andare come tutti gli altri. Su questo non si discute».

Ingessata dalla tensione che si respirava, osservai papà scuotere la testa nervoso e abbattuto nello stesso tempo. «Marta, Giorgia è ancora una bambina» le disse fissandola intensamente. «E tu non esagerare...» aggiunse facendole intuire che era a conoscenza dello schiaffo.

«Ho capito, però non c'era bisogno che voi due complottaste alle mie spalle» disse tagliente e fredda prima di andarsene.

«Papà mi dispiace, non volevo farvi litigare...».

Lui si avvicinò, mi prese per le spalle e mi diede un bacio sulla fronte. «Tu non c'entri niente Sara, sei davvero una brava ragazza. E adesso per piacere vai ad aiutare la mamma».

«Okay, come vuoi» e obbedendogli mi diressi in casa.

Quella stessa sera, mentre Giorgia dormiva tranquilla nel suo letto, rannicchiata sotto una colorata trapunta, e io stavo ancora studiando per una verifica del giorno dopo, fui scossa dalle voci concitate provenienti dal piano inferiore. All'inizio provai a non farci caso, non avevo voglia di occuparmi dei miei genitori, volevo solo chiudere i libri il prima possibile e andarmene a letto. Inoltre ero sicura che Giorgia non li avrebbe sentiti, considerato il suo sonno pesante.

Cercai quindi di concentrarmi sul testo ma nonostante lo leggessi e rileggessi, le parole mi sfuggivano: la mia attenzione era rivolta unicamente alla discussione che i miei genitori stavano avendo di sotto, in cucina. *La mamma è davvero insopportabile*, pensai dando per scontato che la miccia fosse stata innescata da lei.

Alla fine, non riuscendo a fare altro, mi alzai con cautela, uscii dalla stanza e mi sedetti sul primo gradino della scala ad ascoltare. *Non si sono nemmeno preoccupati di chiudere la porta*, pensai stringendomi le gambe e affondando il viso nei pantaloni del pigiama.

«Credi davvero che sia una santarellina? È giovane, Filippo, e non ha idea di come funzionino le cose. Non puoi permetterle di lavorare in quel posto ed è sbagliato darle il permesso di uscire ogni volta che te lo chiede, lo capisci? Se fai così, lei si approfitterà di te e io farò sempre la parte della mamma cattiva che non le vuole bene!».

«Marta, ma di cosa parli? Ti rendi conto di quello che stai dicendo? Non posso rinchiuderla in casa, è una ragazza e ha bisogno di andare fuori e vivere le stesse esperienze dei suoi coetanei» tentò di spiegarle. «Non sono uno sprovveduto e non è vero che le permetto di fare tutto quello che vuole. Le do delle regole precise, degli orari da rispettare, e lei non ha mai sgarrato. Se passi come una madre cattiva, è solo colpa tua! Sei tu a metterle sempre i bastoni tra le ruote. Non la fai respirare! Cosa farai quando dovrà prendere la patente? Guarda che tra pochi giorni compie diciotto anni».

«Non voglio nemmeno pensarci adesso, ma non credo sia una buona idea permettere a dei ragazzini di guidare. Forse... forse proverò a convincerla ad aspettare ancora un po'. Ai nostri tempi si prendeva la patente a ventun anni, altro che a diciotto!» sbraitò sempre più nervosa.

Alzai la testa e mi appoggiai al muro. *Ci manca solo che i miei amici prendano la patente e io no. Ma cosa le passa per la testa?*, mi chiesi rassegnata, con un peso sul petto che non mi dava tregua.

«Adesso basta Marta, non dire fesserie. Lei farà tutto quello che faranno gli altri, è chiaro?» imprecò mio padre. «Presto prenderà la patente, su questo non si discute, e tu non farai un bel niente!» le ordinò in tono minaccioso.

Percepii che tra loro si era creato un silenzio pesante, udii solo un lieve schiarirsi della gola di mia madre. Angosciata speravo che la situazione non degenerasse in una scenata ancora più violenta... e poi non volevo che in qualche modo svegliassero Giorgia. *Cosa potrei dirle?*, mi chiesi pensando all'eventualità che si affacciasse sul pianerottolo per avere spiegazioni.

«Ho capito» disse alla fine mamma con un filo di voce che tradiva un forte risentimento verso suo marito. «Però non c'è bisogno di trattarmi in questo modo. Non sono un cane a cui puoi dare ordini» replicò sempre più aspra. «Resta il fatto che tu sei sempre dalla sua parte, sei sempre pronto a difenderla e non riesci mai a metterti nei miei panni. È lei il tuo primo pensiero, mentre io sono la donna perfida e crudele che puoi calpestare come e quando vuoi... anche quando cerco di proteggere nostra figlia dal mondo e dai tanti balordi che ci sono in giro».

Mio padre non replicò nulla e ascoltai addolorata il suo silenzio. Lo immaginavo in piedi davanti a lei con le braccia lungo i fianchi, stanco e svuotato di tutte le sue forze. Anch'io stentavo a credere alle parole che avevo udito. All'inizio non ne compresi il senso ma poi, complice quel silenzio penoso che aleggiava nell'aria, cominciai a capire...

Sentii una vampata di calore alle guance, una rabbia mista a delusione, e i pensieri iniziarono a raggomitolarsi e a ingarbugliarsi tra loro togliendomi ogni traccia di razionalità. *Non può essere vero*, pensai strizzando forte le palpebre, ma quando mio padre riprese a parlare, ne ebbi la certezza.

«Sei gelosa...» le disse incredulo. «Tu... tu non ragioni» sentenziò poi con un filo di voce.

I suoi passi cominciarono a spostarsi da una parte all'altra della cucina, nervosamente, come per scaricare la rabbia, il rammarico e la confusione che provava.

«Ho solo detto la verità» ebbe il coraggio di replicare lei. «Per non parlare del fatto che voi due complottate alle mie spalle. Vogliamo discutere di quando vi ho trovati nel fienile?» gli rinfacciò sicura di sé, come se avesse sfoderato il suo asso nella manica.

A quel punto mio padre si fermò all'improvviso e non riuscendo più a trattenersi, sfogò la sua collera picchiando un violento pugno sul tavolo. «Stai parlando sul serio, Marta?».

Io sussultai, sgranai gli occhi, non lo avevo mai sentito così adirato.

«Non posso credere che una madre sia gelosa della propria figlia. Sono scioccato. No, non è possibile. Io, io non ti capisco più... Di una cosa però sono sicuro: la causa di tutti i nostri problemi non è Sara ma sei tu. Per stasera basta, questa discussione finisce qui. Vado a letto, mi hai davvero distrutto».

«Io... io non volevo Filippo, è che ogni tanto dico le cose così, senza pensarci. Non so come ho fatto ma dimmi, forse mi sbaglio?» gli chiese lei cercando prima di salvare la situazione e poi facendola di nuovo precipitare con quella domanda fuori luogo.

Ci fu un lungo attimo di silenzio e un profondo sospiro di mio padre. «Marta, davvero, non è il momento... lasciamo perdere» e uscì dalla cucina andando verso le scale.

Sentendo i suoi passi, mi alzai in fretta e rientrai in camera. Spensi anche la luce della scrivania perché non volevo fargli capire che avevo origliato la loro conversazione, ma appoggiai l'orecchio alla porta e con il cuore che mi batteva all'impazzata nel petto ascoltai i suoi passi trascinati e stanchi che si dirigevano nella sua stanza da letto.

20

5 aprile 1989

Sara

Finalmente arrivò il 5 aprile, il giorno del mio diciottesimo compleanno.

Dopo la sera del violento litigio tra i miei genitori, notai che il loro rapporto si era in qualche modo incrinato e che la loro convivenza era basata su elementari domande e risposte che riguardavano la quotidianità. Nulla di più.

La vita famigliare sembrava scorrere tranquilla ma in realtà era una tranquillità apparente, ingannevole e fragile. Mia madre, per esempio, in quei giorni allentò il braccio di ferro con me: quando andavo al lavoro non mi squadrava più dall'alto in basso, semplicemente mi ignorava, e aveva anche smesso di rinfacciarmi molte cose. Probabilmente i problemi del suo rapporto con papà le davano molti più pensieri di quello che credevo.

Mi ero immaginata una ripicca nei miei confronti ed ero convinta che mi avrebbe impedito di uscire con gli amici e di andare al lavoro, invece rimase tutto come prima. Ipotizzai allora che si fosse fatta un esame di coscienza, anche se non avevo metabolizzato il fatto – così *innaturale* per una madre – che provasse un sentimento di *gelosia* nei miei confronti. In ogni caso, feci del mio meglio per farle capire che non aveva motivo di essere gelosa: le davo una mano nelle faccende domestiche, mi impegnavo a scuola, badavo a Giorgia quando ce n'era bisogno. In altre parole, *cercavo instancabilmente l'approvazione di mia madre.*

Papà mi trattava come al solito: chiacchierava con me, si informava di come andava il mio lavoro in pizzeria e mi chiedeva spesso se mi trovassi bene. Quando doveva venire a prendermi da qualche parte, pretendeva che fossi puntuale, e io non lo deludevo mai. Non parlammo mai di quel suo litigio con la mamma, ma spesso mi soffermavo a osservarlo e mi chiedevo come facesse a reggere la tensione famigliare che si era creata. Di notte, quando ascoltavo il respiro regolare di Giorgia, sognavo di fuggire lontano. Mi sentivo la causa di quel diverbio e mi portavo dentro un enorme peso. *Speriamo che sia stato solo un litigio e che tutto passi presto*, mi auguravo, seppure poco convinta.

Il giorno del mio compleanno, Giorgia mi regalò un disegno: c'eravamo noi due, mano nella mano, in mezzo a un prato verde, e vicino a noi c'erano la nostra casa e il fienile con il suo portico. Sotto, a grandi lettere colorate, c'era scritto: *Buon compleanno Sara! Ti voglio tanto bene!*

«Ti piace?» mi chiese quando mia madre a cena portò in tavola la torta che mi aveva preparato.

«È bellissimo *bambolina!*» le dissi abbracciandola forte e dandole un bacio sulla guancia. «Più tardi lo appenderò al muro sopra il mio letto».

Mio padre uscì dalla cucina e tornò poco dopo con un pacchetto infiocchettato con un elegante nastro rosa. Lo passò a mia madre, che per un attimo lo soppesò tra le mani. «Questo è per te, Sara, buon compleanno. Adesso sei maggiorenne...».

«Grazie» dissi prendendo il regalo.

«Te lo meriti, sei una brava ragazza» affermò mia madre abbassando lo sguardo, mentre papà appoggiava una mano sulla sua.

Ammetto che mi emozionai ascoltando quelle parole e mi commossi vedendo le loro mani così vicine.

«Grazie mamma» dissi incredula, incapace di alzarmi per andare ad abbracciarla. Era da tanto tempo che non avevamo un contatto fisico e *temevo il suo rifiuto*. «Sono felice, davvero» confessai stringendo Giorgia che nel frattempo mi era saltata in braccio.

«Dai, aprilo!» mi incoraggiò mio padre sorridendomi.

Scartai il pacchetto e quando vidi il nome di una gioielleria, un nodo alla gola mi serrò il respiro. Con le mani tremanti e con Giorgia che mi baciava una guancia alzai il coperchio e rimasi a bocca aperta: davanti a me c'era uno splendido bracciale in oro bianco con una serie di pietre di acquamarina.

«È bellissimo...» balbettai con voce tremante.

Giorgia scese dalle mie gambe e cominciò a saltellare di qua e di là urlando di contentezza. «Evviva, le piace!» gridava entusiasta.

Mio padre si alzò e abbracciandomi mi sussurrò: «Te lo meriti davvero. La mamma ti vuole bene».

Mi accoccolai tra le sue braccia e scoppiai a piangere.

Marta

Marta guardava la scena senza riuscire a muoversi. Era orgogliosa della sua famiglia, di suo marito e delle figlie, solo che conosceva i suoi limiti e per quanto si sforzasse, non riusciva a lasciarsi andare. Il fatto che Sara stava diventando grande le impediva di abbracciarla e coccolarla come faceva quando era ancora una bambina. Il suo limite per quella sera l'aveva già raggiunto pronunciando le parole che avevano accompagnato il regalo.

Osservò l'abbraccio tra Sara e il padre e ripensò alla sera in cui aveva detto al marito di essere in qualche modo gelosa della figlia. *Forse ho esagerato. Non avrei dovuto dire quelle cose, ma sono così stanca di tutto...*

Sara

Il sabato successivo uscii con i miei amici per festeggiare il compleanno. Quella sera, il locale in cui lavoravo era chiuso per lutto e il nostro ritrovo era in una pizzeria in centro città che aveva aperto da poco. All'angolo della via dove mio padre mi aveva fatta scendere c'era ad attendermi Sabrina, che dopo avermi accolta con un abbraccio mi fece salire sulla sua macchina e prese uno zaino che teneva sul sedile posteriore. «Ecco, ti ho portato il tubino nero che ti avevo promesso. Dai, cambiati!» esclamò ridendo. «Quando ti vedrà Francesco perderà la testa, ne sono certa!».

«Be', direi proprio di sì, è cortissimo...» constatai prendendolo in mano.

Scoppiammo a ridere entrambe e con sapiente maestria indossai l'abito per poi sfilarmi l'anonimo vestito di cotone che mia madre mi aveva "consigliato". Presi il rossetto fucsia che tenevo nella borsa e mi colorai le labbra mentre Sabrina buttava tutto nello zaino. Poi vaporizzai i capelli con le mani e mi passai sulle guance un fard sgargiante che tenevo nascosto insieme al rimmel e ad altri cosmetici che mamma non avrebbe mai approvato.

Quando mi guardai nello specchietto, sorrisi soddisfatta. «Perfetto» mi dissi sperando che nessun conoscente della mia famiglia mi vedesse in quella veste così trasgressiva.

«Sei uno schianto ragazza!» si complimentò Sabrina. «Dai, andiamo, Manuela ci sta aspettando in piazza».

Scesi dalla macchina e mi guardai ancora una volta nel finestrino. *Sono bella e non c'è niente di male a uscire così*, mi rassicurai cercando in me una sicurezza che stentavo a trovare.

Chiudendo la portiera, Sabrina si fermò per un attimo a studiarmi. «Ehi, è ora di andare. E stai tranquilla, non ti vedrà nessuno...».

«Grazie Sabrina. Tu sì che mi conosci» e mi prese per mano trascinandomi verso la piazza.

Quando Manuela mi vide, strabuzzò gli occhi per la sorpresa. «Oh mio Dio, ma dov'è finita la timida e riservata Sara? Dove l'hai nascosta straniera?» mi domandò ridacchiando.

«Abbassa la voce, per carità» la rimproverai avvicinandomi a grandi passi e sentendomi addosso gli sguardi dei tanti uomini e ragazzi che stavano bevendo e fumando all'esterno dei bar.

«Ma cosa dici, sei davvero una guastafeste! Lascia che ti guardino, sei uno schianto, te lo assicuro, e poi adesso sei maggiorenne!».

Rossa in viso, la supplicai di smettere, mi sentivo già abbastanza fuori posto... *Non c'è bisogno di rimarcare ancora di più la cosa*, pensai infastidita dal suo atteggiamento così spavaldo.

«Okay, la pianto» precisò guardando Sabrina che con la mano le faceva segno di tagliare.

«Gli altri dove sono?» chiesi tirando l'orlo dell'abito verso il basso.

Manuela controllò l'ora. «Arriveranno presto, stai tranquilla» e sfilò una sigaretta dal pacchetto che teneva nella borsa.

«Ecco il tuo principe azzurro!» esclamò un attimo dopo facendo un cenno con la testa e buttando fuori dalla bocca una densa nuvola di fumo. Francesco stava arrivando con passo deciso dalla parte opposta della piazza. «Vedo che si è tirato a lucido, ha forse intenzione di farti un regalo speciale stasera?» insinuò sogghignando.

Irritata per il sottinteso le lanciai un'occhiataccia, quella battuta era sgradevole e fuori luogo. Mi piaceva il suo modo di prendere la vita ma a volte mi chiedevo se fosse una sua vera caratteristica o piuttosto un atteggiamento per farsi notare. Avevo l'impressione che Manuela soffrisse di manie di protagonismo e spesso il suo umorismo mi sembrava un espediente per essere sempre al centro dell'attenzione. Per un attimo mi chiesi se avessi fatto bene a invitarla alla mia festa. *Lei però mi ha invitata alla sua, cos'altro potevo fare? Speriamo solo che non esageri con le sue battute ironiche*, mi augurai spostando l'attenzione su Francesco che nel frattempo si era avvicinato.

«Sei bellissima stasera» mi disse prendendomi le spalle, ammirandomi da capo a piedi e sorridendomi felice.

«Grazie» gli dissi arrossendo e incrociando le braccia, di nuovo a disagio con quell'abito che non mi apparteneva e di certo non mi rappresentava.

«Ciao, come state?» chiese poi a Manuela e Sabrina cingendomi le spalle con un braccio.

Le ragazze lo salutarono e Manuela, dando prima una lunga occhiata a Francesco e poi concentrandosi su di me, mi chiese: «Cosa ne dici di andare verso la pizzeria, festeggiata?».

183

Raggiungemmo il locale, dove cominciarono ad arrivare tutti gli altri con pacchi regalo infiocchettati e grandi sorrisi. Trascorsi la serata vicino a Francesco e poco alla volta mi rilassai, lasciando che le battute e l'allegria in qualche modo mi contagiassero. Lentamente mi buttai alle spalle il giudizio di mia madre e mi tolsi dalle gambe il bordo lungo della tovaglia con cui avevo tentato di coprirmi. Con il cuore che mi batteva forte nel petto accavallai le gambe con malizia e guardai Francesco. Lui colse subito… e senza pensarci troppo mi accarezzò la coscia e mi diede un bacio sulla guancia.

Quando terminammo di cenare, uscimmo dalla pizzeria e salutai tutti ringraziandoli per i regali e la magnifica serata.

«Dove ve ne andate di bello, piccioncini?» chiese all'improvviso Manuela, evidentemente ubriaca.

«È un segreto…» esclamò divertito Francesco abbracciandomi e togliendomi dall'impiccio.

«Andiamo solo a fare un giro» aggiunsi vedendo l'espressione quasi offesa di Manuela, a cui si era smorzato il sorriso ironico che aveva sfoggiato fino a un secondo prima.

«Alla prossima ragazzi!» disse Francesco portandomi via.

«Aspetta, devo dire una cosa a Sabrina» e andai veloce da lei. «Ci vediamo più tardi al parcheggio, d'accordo?» le dissi all'orecchio.

Lei mi fece un sorriso. «All'una in punto sarò lì per il cambio d'abito. Promesso».

Quando papà mi venne a prendere, rimasi in silenzio tutto il viaggio, facendo finta di essermi appisolata, e appena misi piede in casa mi rifugiai in bagno. Ansiosa aspettai di sentire mio padre andare in camera sua e solo allora, non udendo più alcun rumore, mi appoggiai alla porta e volgendo lo sguardo al soffitto sospirai profondamente. Il cuore tamburellava forte e un sorriso dolce mi si dipinse sulle labbra. Mi pareva tutto assurdo, irreale. Andai davanti allo specchio e guardandomi negli occhi ripercorsi i momenti che avevo trascorso da sola con Francesco dopo la cena in pizzeria.

Eravamo andati a passeggiare lungo le mura che circondavano la città... e la luce tenue della luna faceva da sfondo al desiderio che sentivo crescere dentro di me. Mentre camminavamo abbracciati, Francesco mi parlava di quanto gli piacessi e io lo ascoltavo emozionata, consapevole di averlo provocato quando seduti a tavola avevo accavallato le gambe.

Era un po' di tempo che mi dicevo che prima o poi *sarebbe successo*... e il vestito che mi aveva prestato Sabrina aveva in qualche modo disinibito la mia parte più intima e femminile. Se prima pensavo che fare l'amore con Francesco fosse un errore per tutto quello che mi aveva inculcato mia madre, adesso avevo la percezione che non ci fosse nulla di sbagliato nel fare quello che desideravo davvero. Ero innamorata di lui e quella sera lasciai cadere tutti i pregiudizi, facendo spazio alla consapevolezza.

Ero certa di quello che provavo e volevo... e tutte le insicurezze e i dubbi che avevano riempito intere pagine del mio diario si erano dissolti quando Francesco si era fermato per baciarmi. Un bacio tenero che in pochi istanti si era trasformato in qualche cosa di molto più passionale e irrefrenabile.

Chiusi gli occhi e mi aggrappai con le mani al lavandino. Ripensare a quei momenti mi dava i brividi. Mi sentivo diversa, una donna sicura di sé con la quale avevo appena fatto conoscenza... e che mi piaceva.

Non sapevo nemmeno io come fossimo finiti nella sua macchina... baciandoci, ridendo e correndo. Stretti dal desiderio di donarci l'uno all'altra. Ci eravamo allontanati dalla città, in un posto appartato dove nessuno avrebbe potuto vederci, e mentre Francesco mi accarezzava e mi baciava ero riuscita a svuotare la mente, a non preoccuparmi di nulla. Mi ero fatta trasportare dalla sua esperienza e con il cuore che quasi mi squarciava il petto mi ero lasciata andare completamente...

Da mesi mi dedicava mille attenzioni e premure, mi trattava sempre con dolcezza e dimostrava un'incredibile comprensione verso i divieti che mia madre mi imponeva. Mi scriveva lettere piene d'amore e nonostante fossi giovane sentivo che era la persona giusta per me. Eravamo affiatati e felici. *No, non c'è niente di sbagliato in quello che abbiamo fatto*, mi dissi ripensando ai tanti momenti dolci che avevo vissuto con lui.

Quando però riaprii gli occhi e mi guardai allo specchio, all'improvviso un pensiero negativo oscurò le emozioni forti che mi pulsavano ancora dentro. *E se la mamma se ne accorgesse?*, mi chiesi nervosa e irrequieta, passandomi una mano tra i capelli e pensando all'ipotesi che lei anche solo guardandomi in faccia potesse in qualche modo capire quello che avevo fatto. *Sarebbe capace di ammazzarmi, ne sono certa.*

Sara

14 luglio 2016, commissariato

«Dunque, facciamo il punto della situazione: lei si accorse del cambiamento di sua sorella e, come Giorgia, viveva sotto la costante pressione di vostra madre. I rapporti tra i suoi genitori erano diventati complicati e la vita non era semplice. È tutto giusto?» chiese il commissario camminando attorno al tavolo senza perdermi di vista.

«Direi di sì» risposi asciugandomi le lacrime che mi rigavano le guance e osservandomi le mani ancora sporche di sangue. «Cercavo di vivere al meglio, seppure tra mille difficoltà, e non mi piaceva sentire i miei genitori litigare, anche se mia madre era quello che era».

«Sembra dispiaciuta, Sara. Cosa succede?».

Alzai la testa e raddrizzai la schiena. «Cosa intende dire? Che sono contenta che mia madre sia morta? Lei è un pazzo!» esclamai rabbiosa.

Il commissario si appoggiò al tavolo con le mani e si sporse verso di me. «Si calmi, sto solo cercando di capire come si sono svolti i fatti. Non si può certo dire che fosse semplice sopportare sua madre» mi disse a bassa voce fissandomi negli occhi.

«Ha ragione, questo è innegabile, ma credo che Giorgia abbia subito più pressioni di me. E con mio grande rammarico ho capito la gravità della situazione solo oggi...». Mi fermai per qualche secondo, abbassando lo sguardo. «Purtroppo non ho potuto fare niente per proteggerla e risparmiarle tanto dolore».

«Allora perché non andiamo al punto? Mi dica come si sono svolti i fatti, Sara. Cos'è successo *oggi* in quella casa?».

«Non adesso, prima deve capire!» gridai battendo i pugni sul tavolo.

Il commissario, stanco della situazione, chinò la testa e fece un respiro profondo. «Come vuole... Allora mi dica, che cosa è accaduto dopo?».

«Dopo aver compiuto diciotto anni, continuai a studiare, a lavorare e a frequentare Francesco. Anche lui aveva trovato lavoro nella mia stessa pizzeria ed era stato assunto con un contratto stagionale. Proprio in quell'anno maledetto presi anche la patente» e abbozzai un sorriso amaro, spossata dalla situazione.

Il commissario si sedette e si appoggiò allo schienale. «Vada avanti, l'ascolto».

«Nel mese di maggio, Giorgia dovette fare a tutti i costi la Prima Comunione e fece letteralmente impazzire nostra madre. Si era intestardita a tal punto che anch'io faticavo a capirla per poterla aiutare. La situazione era davvero difficile e, come se non bastasse, quell'estate mia madre la costrinse anche a frequentare il campo estivo che si teneva in parrocchia. Fu proprio in quel periodo che Giorgia si trasformò, non pareva più la stessa bambina di prima...».

Maggio 1989

Giorgia

All'inizio del mese, Marta accompagnò Giorgia dalla sarta a cui era stato affidato l'incarico di confezionare le tuniche per la Prima Comunione.

«Mi fa schifo, non la voglio!» gridò furiosa la bambina, cercando di sfilarsela.

«No per carità, così la stropicci tutta, l'ho appena stirata!» esclamò la sarta togliendo gli occhiali dalla punta del naso e lasciandoli penzolare al collo con la loro catenella dorata.

«Vedi di fare la brava, Giorgia. Ti sembra il modo di comportarsi?» la rimproverò la madre tenendola per i polsi e scuotendola. «Ma cosa ti prende? Tu metterai la tunica come tutti gli altri bambini! Le cose funzionano così e non provare mai più a rovinare il lavoro della signora, chiaro?».

Giorgia fissò la madre con aria di sfida e si irrigidì. Capiva dalla sua espressione che si stava trattenendo dal darle una sonora sculacciata.

«Guai a te...» la minacciò Marta lasciandole i polsi e rimettendo in ordine l'orlo della veste che cadeva pesante verso il basso.

Giorgia si arrese e abbassò le braccia facendole penzolare svogliatamente lungo i fianchi, mentre la sarta guardandola di sbieco si rimise al lavoro e controllò ancora una volta le spalle e il modo in cui cascava il tessuto.

È brutta, io non la voglio, si ripeteva guardandosi allo specchio e sentendosi come un manichino. Era stanca di stare in quella casa piena di fiori finti dai colori sbiaditi e di centrini antiquati appoggiati ovunque. E poi le dava il voltastomaco l'odore nauseante di verdure che bollivano nella stanza vicina. Disgustata storse il naso.

«Ci siamo. Devo sistemare le ultime cose e tra un paio di giorni sarà pronta» disse la sarta a Marta. Poi si rivolse a Giorgia: «Dai, vieni che ti aiuto» e le sfilò la tunica con delicatezza per non strappare l'imbastitura.

La bambina si rimise in ordine e andò ad aspettare sua madre alla porta d'entrata, dondolando su se stessa. Attese impaziente che smettessero di spettegolare di una donna che lei non sapeva nemmeno chi fosse. Era talmente nervosa che si perse nei suoi pensieri e captò solo alcune parole di quel dialogo: *corna, lo sanno tutti tranne il marito, hanno due figli*. A lei non importava nulla di tutti quei pettegolezzi, desiderava solo uscire. «Posso andare fuori, mamma?» le chiese stufa.

Non appena Marta le diede il permesso, raccomandandole di non fare danni nel cortile, Giorgia uscì di corsa e si guardò attorno. Il giardino della sarta era un'accozzaglia di vasi e vi dominava il disordine. Si sedette sul muretto della recinzione e pensò al giorno della Prima Comunione. Non voleva farla. Il pensiero di come l'aveva trattata don Paolo durante la confessione la metteva a disagio. Un passerotto si appoggiò su un vaso che custodiva dei fiori oramai rinsecchiti e Giorgia lo guardò senza muoversi per non spaventarlo. *Anch'io vorrei volare*, pensò sconsolata.

Marta

La domenica successiva, il 7 maggio, Marta si precipitò di buon'ora nella stanza delle ragazze per svegliarle: era finalmente arrivato il giorno della Prima Comunione.

Era ancora arrabbiata per i continui capricci di Giorgia e sperava che si fosse calmata. *Gestirla è diventato davvero difficile. Se potessi raddrizzarla come dico io...* E pensò al marito che era contrario persino a una sculacciata o a uno schiaffo educativo.

Giorgia

Quando la luce proveniente dalla finestra la colpì in pieno viso, Giorgia si rannicchiò sotto le coperte. Non voleva saperne di svegliarsi.

Sara si alzò sbuffando. «Sei sempre così carina, mamma...» le sottolineò sarcastica andando verso la porta.

«Voi giovani vi prendete troppe confidenze, ai miei tempi non era così. Fila di sotto e smettila di fare l'arrogante» le ordinò Marta spazientita.

Sara alzò le braccia in segno di resa e se ne andò.

Giorgia percepì subito il tono nervoso della madre ma la ignorò volutamente e scivolò ancora di più verso il basso. *Voglio stare qui!*

All'improvviso e con un colpo secco, la madre le tolse le coperte e la tirò giù dal letto. «Devi prepararti, Giorgia. Su, datti una mossa» ma lei non voleva dargliela vinta e se ne stette ferma, con gli occhi chiusi e a peso morto, mentre si faceva strattonare.

«Adesso basta!» urlò Marta impaziente.

Giorgia sentiva la presa forte e determinata della mamma ma, nonostante le facesse male, trattenne la voglia di piangere e si finse ancora più addormentata.

«Basta!» sbottò la madre a squarciagola e a quel punto la bambina decise che non era il caso di continuare. Impaurita dalla furia della donna scese veloce dal letto, infilò le pantofole e corse al piano inferiore con il cuore che le tamburellava forte nelle orecchie.

«Voi volete farmi diventare matta! Non ne posso più!» si sentiva gridare dal piano superiore.

In preda all'ansia, Giorgia si precipitò fuori alla ricerca del padre. Sull'aia si guardò attorno e quando lo notò in mezzo ai campi corse da lui pur sapendo che, vedendola sporca di terra, la madre si sarebbe arrabbiata ancora di più.

Devo andare da papà, si ripeteva alzando il più possibile i piedi per non far entrare troppa polvere nelle pantofole. Se la immaginava già davanti, con gli occhi fuori dalle orbite, mentre la sgridava e magari le dava un ceffone, come aveva già fatto una volta. Giorgia cercava di stare attenta, ma la terra le stava sporcando tutti i piedi e ad ogni suo passo si alzava dietro di lei una nuvola di polvere che svolazzava leggera in aria. Cominciava anche a sudare e i capelli le si stavano appiccicando alle tempie.

«Giorgia, torna qui!» sbraitava Marta all'inizio dei campi.

La bambina fece finta di non sentirla e continuò a correre a perdifiato fino a quando raggiunse la meta.

«Che ci fai qui?» le chiese il padre che l'aveva vista sfrecciare nel campo. «Non hai sentito che la mamma ti sta chiamando?» e la prese in braccio scompigliandole i capelli.

«Non voglio andare da lei» piagnucolò Giorgia abbracciandolo forte. «La mamma è cattiva, mi ha buttata giù dal letto e mi vuole picchiare, lo so» gli disse tremante.

Lui la strinse con delicatezza e le diede un bacio. «Stai tranquilla, non ti farà niente, vengo anch'io» e iniziò a camminare verso la casa accarezzandole la schiena e sussurrandole che tutto sarebbe finito in fretta. «Oggi devi fare la brava Giorgia, promettimelo. Vedrai che la Messa sarà veloce, e poi io sarò lì con te».

Ascoltando la sua voce tenera e allo stesso tempo solida, lei mugugnò parole incomprensibili e farfugliò una risposta di assenso scuotendo il capo. Aveva sperato fortemente che il padre trovasse una soluzione per non farla andare in chiesa, e invece non poteva fare altro che affrontare la Prima Comunione.

Arrivati in chiesa, tutti i bambini si sedettero nei primi banchi di fronte all'altare, mentre i genitori si sistemarono nelle file retrostanti. La Messa iniziò e Giorgia, a disagio in quella tunica, continuava a muoversi. A un tratto si volse verso Andrea, che era seduto dietro di lei, e a bassa voce gli domandò: «Non ti dà fastidio?» indicandogli il colletto che le faceva prudere il collo.

Andrea le sorrise e rispose di no.

«Silenzio!» esclamò di colpo don Paolo dall'altare puntando lo sguardo su di lei. Giorgia abbassò gli occhi vergognandosi e non parlò più. Le pareva che nessuno di quei bambini volesse in qualche modo ribellarsi al sistema a cui tutti loro erano stati obbligati ad adeguarsi dalle famiglie. Nervosa più che mai, visto che nessuno parlava, si mise a giocherellare con il crocifisso di legno che la mamma le aveva messo al collo. La voce antipatica di quell'uomo sembrava non toccarla. Non le importava cosa stesse dicendo.

Quando arrivò il momento solenne della Comunione, aspettò il suo turno con ansia: non ricordava più cosa dovesse dire prima di ricevere l'ostia. Grattandosi la testa, provò ad ascoltare i bambini che c'erano prima di lei ma il loro tono di voce era troppo basso. La figura del parroco, intanto, si avvicinava sempre più con il fruscio della sua veste.

Quando arrivò da lei, la osservò per un lungo attimo e poi allungò l'ostia verso la sua bocca: «Il corpo di Cristo» le disse porgendogliela.

Giorgia, spaventata e allo stesso tempo infastidita dall'espressione glaciale del prete, non rispose nulla.

«Forse sarebbe stato meglio non ammetterti alla Prima Comunione, visto il tuo comportamento» le sibilò sottovoce. «Il corpo di Cristo» le ripeté ancora trafiggendola con lo sguardo.

Il bambino vicino a lei le diede una gomitata. «Devi dire *Amen*» la rimproverò facendola sentire una stupida.

Giorgia deglutì e dopo aver pronunciato *Amen* socchiuse le labbra per ricevere l'ostia dalle mani del parroco. L'ostia le si appiccicò al palato e mentre tentava di staccarla con la punta della lingua, si trattenne dal piangere. Abbassò la testa e fece finta di pregare.

Marta

Osservando la scena seduta al suo posto, Marta era orgogliosa di vedere la figlia ricevere il sacramento della Prima Comunione. Trascinarla fuori di casa e costringerla a salire in macchina per portarla lì in chiesa era stato un vero calvario per lei, ma vederla insieme agli altri bambini le dava una grande soddisfazione, una gioia immensa.

Si sistemò il colletto della giacca blu e sfoderando un ampio sorriso fece scorrere lo sguardo sulle altre persone.

Sono davvero contenta. Adesso è come tutti gli altri.

Sara

Quel giorno, in chiesa, mi misi a osservare mia sorella. Avvertivo il suo disagio e percepivo il suo stato d'animo inquieto, ma non riuscivo a capire perché quell'uomo la urtasse così tanto.

Sicuramente non ha la faccia più simpatica di questo mondo..., constatai guardando l'espressione seria del prete, *però non mi sembra nemmeno un orco. Chissà, prima o poi Giorgia mi spiegherà.* Poi spostai l'attenzione su mia madre: la sua espressione di donna devota alla Chiesa e a qualcosa di molto più grande di lei, il suo perbenismo e la volontà di uniformarsi agli altri a tutti i costi mi urtò a tal punto che fui tentata di andarmene.

Era da parecchio tempo che non mi interessava più la Chiesa e tutto quello che le ruotava attorno. Mia mamma mi costringeva ad andare a Messa ma a me non importava niente. Anzi, odiavo l'idea di dover essere obbligata a far parte di un gruppo di persone che veneravano un'entità superiore che nessuno aveva mai visto. Da mesi ero diventata atea ma non lo avevo rivelato a mia madre per paura che me la facesse pagare mettendomi in punizione.

Partecipavo alla Messa domenicale recitando una parte che mi era stata insegnata a forza senza darmi nessuna possibilità di scelta. Spesso, quando mamma non se ne accorgeva, non mi facevo nemmeno il Segno della croce. Il sacramento della Comunione poi lo evitavo dicendo che non avevo fatto in tempo a confessarmi. Era l'unico stratagemma che funzionava. L'unico modo per zittirla.

Filippo

Seduto vicino a sua moglie, Filippo ripensava a poche ore prima, quando Giorgia lo aveva raggiunto nei campi. Gli si era spezzato il cuore nel constatare che l'atteggiamento di Marta non era ancora cambiato. Il suo essere così brusca cominciava a dargli davvero fastidio, tanto che spesso sentiva la necessità di allontanarsi da lei e stare da solo per poter respirare, vivere e alleggerirsi la vita.

Dopo intere giornate di estenuante lavoro nei campi, desiderava solo rientrare a casa e trascorrere le ore serali in tranquillità, invece si trovava a dover combattere con una moglie che rendeva la vita impossibile a tutti e che a tratti pareva perdere il controllo delle proprie azioni ed emozioni. *Come devo fare?*, si domandò passandosi un mano tra i capelli.

23

Giugno 1989

Sara

Con la fine dell'anno scolastico mi diedi da fare per aiutare di più i miei genitori: davo una mano a mia madre in casa e a mio padre nei campi, mentre di sera lavoravo in pizzeria. Ero stata promossa con la media del nove e mia mamma, seria e inespressiva, mi aveva detto che ero stata brava... anche se avrei potuto fare di meglio e arrivare al dieci.

Presa in contropiede, avevo accolto quelle parole come una frustata in pieno viso, riportando il pensiero a tutti gli sforzi che avevo fatto quell'anno: avevo lavorato, studiato, aiutato in casa e in più avevo già sostenuto l'esame di teoria per la patente. *Ma cosa pretende ancora?*, mi ero chiesta ferita e delusa da quell'atteggiamento così severo e ingiustificato.

La patente era stato un ostacolo duro da superare. Dopo la litigata tra i miei genitori che avevo origliato, in cui mia madre aveva detto che non le sembrava una buona idea che io prendessi subito la patente, mio padre aveva assunto una posizione chiara e irremovibile e la settimana successiva mi aveva obbligata a iscrivermi a scuola guida. Mamma, volontariamente estromessa da suo marito, aveva fatto finta di niente e si era chiusa dietro un muro di mattoni fatti di orgoglio e suscettibilità. Non mi aveva detto nulla nemmeno quando avevo superato l'esame scritto.

Io ero comunque intenzionata ad andare avanti e dopo la fine della scuola cominciai le guide anche grazie al sostegno di mio padre, che mi faceva guidare la macchina su strade di campagna praticamente deserte. L'istruttore di scuola guida mi disse che stavo andando bene e che presto mi avrebbe fatto sostenere l'esame.

Avevo tutti dalla mia parte... tranne lei, l'unica che non mi supportava, e per quanto papà mi ripetesse di tentare di capirla, io non comprendevo il suo modo di fare. *Quando avrò dei figli starò loro vicino*, pensavo spesso per sfuggire all'eventualità di assomigliare anche solo lontanamente alla donna che mi aveva messa al mondo.

La storia d'amore tra me e Francesco proseguiva a gonfie vele. Anche lui continuava a lavorare nella mia stessa pizzeria ed ero ben contenta di poterlo vedere anche lì.

Nonostante le tensioni silenziose che mia madre tesseva con grande abilità, ero entusiasta dell'estate che mi aspettava. *Prenderò la patente, a settembre inizierò l'ultimo anno di liceo e poi andrò a Milano all'università! Ho anche un ragazzo fantastico e degli splendidi amici. Cosa potrei desiderare di più?*, mi chiedevo spesso di sera ascoltando il canto dei grilli abbracciata a Francesco. *Ho tutta la vita davanti a me e presto me ne andrò via da qui!*

Giorgia

Giorgia era contenta che la scuola fosse finita e si apprestava contenta e gioiosa a vivere le vacanze. Al mattino le piaceva svegliarsi tardi, quando tutti erano già fuori casa, e dopo aver fatto colazione si tuffava una mezz'ora sul divano a guardare i cartoni animati.

Apprezzava il fatto di essere sola in casa, così non era obbligata ad assistere alle scenate che la madre propinava a suo marito o a Sara.

Amava il profumo dell'estate, dell'erba, della terra, e adorava il canto delle cicale che filtrava dalle finestre socchiuse e si diffondeva in ogni stanza. Tutto ciò la faceva stare bene, le dava un senso di libertà e serenità. Quel profumo e il verso delle cicale erano la conferma che l'anno scolastico era finito, così come il catechismo, e che il sabato pomeriggio non doveva più andare in parrocchia.

Dopo aver spento la televisione, Giorgia si recava nel pollaio e attraverso la rete di recinzione spargeva il mangime sul terreno. Le galline, quando vedevano la pioggia di semi cadere a terra, correvano a beccare e lei si divertiva un mondo.

Verso mezzogiorno la mamma rientrava dai campi sudata, camminando a passi lenti e affaticati. Quando le si avvicinava, le accarezzava distrattamente i capelli e poi si affrettava a lavarsi per andare subito dopo in cucina a preparare il pranzo. Anche Sara arrivava verso mezzogiorno e si dava da fare in qualsiasi modo. Giorgia seguiva il suo esempio e apparecchiava, toglieva i piatti sporchi dal tavolo e imitava la sorella come un cagnolino fedele segue il padrone. Sara era per lei era un riferimento importante.

Spesso, nel primo pomeriggio, arrivava Andrea: da casa sua percorreva un breve sentiero arido e secco che costeggiava un lungo canale dove in estate molti uomini, ragazzini e bambini andavano a pescare. Quando si presentava sulla porta tutto accaldato e con il fiatone, Giorgia gli dava un bicchiere di limonata fresca e poi trascorrevano il pomeriggio giocando a nascondino. Si accucciavano in posti piccoli e stretti, dietro gli attrezzi da lavoro o nelle stanze più fresche, illuminate da una piacevole penombra.

Segi lo si vedeva sovente tornare dalla campagna con le orecchie abbassate e la lingua a penzoloni, per poi sdraiarsi stremato al fresco sotto il portico del fienile. Tutto profumava di libertà e innocenza.

Un giorno, mentre seduti per terra giocavano a un gioco in scatola, Andrea le chiese: «Tu vieni al campo estivo in parrocchia?».

Giorgia stava per lanciare il dado ma a quelle parole si bloccò e lo guardò sorpresa. «In parrocchia? Ma quando?» gli domandò sentendo il cuore battere a mille. Immaginava già che sua madre l'avrebbe costretta ad andarci, la vedeva già in auto lungo il tragitto mentre le diceva di fare la brava e di comportarsi bene, soprattutto con don Paolo che a lei piaceva molto.

«Mamma mi ha detto che comincia... non mi ricordo. Ma tu vieni? Lo sa la tua mamma?» la tempestò di domande Andrea.

«Non lo so» rispose Giorgia stringendo forte il dado tra le dita. «Non mi ha detto niente».

«Dai, tira, tocca a te» la incitò impaziente.

Giorgia si riscosse dai suoi pensieri e lanciò il dado.

«Se vieni anche tu, possiamo divertirci insieme» le disse entusiasta sorridendo. «Potremmo anche giocare a nascondino nel parco della chiesa. Sarebbe bellissimo!».

Giorgia guardò distratta il dado e con un peso sullo stomaco se ne andò in cucina.

«Non giochi più?» le domandò Andrea osservandola. «Ti sei arrabbiata?».

«No, mi è venuta fame. Ti va un panino?».

«Sì».

Mentre spalmava la marmellata sul pane, Giorgia si chiedeva se fosse un bene o un male che la madre di Andrea informasse la sua. *Mamma mi costringerà sicuramente ad andarci, però se non ci vado non potrò più vedere Andrea...*

Quella sera, a cena, Giorgia era particolarmente zitta e mogia. Il tarlo del campo estivo non le dava tregua.

«Cosa ti succede *bambolina*?» indagò la sorella trafficando con le pentole. «Sei in vacanza, dovresti essere al settimo cielo».

«Niente» rispose secca.

Guardandola con sospetto, Sara non insistette.

Proprio in quel momento, il telefono squillò e fu Giorgia ad andare a rispondere... e a riconoscere subito la voce dall'altra parte del filo.

«Ciao Giorgia! Sono Raffaella, mi passi la mamma per favore?» le domandò entusiasta.

Giorgia abbassò le spalle e si guardò attorno con gli occhi pieni di tristezza.

«Chi è al telefono?» chiese Sara.

«È la mamma di Andrea» rispose a monosillabi.

«Mamma!» gridò Sara dalla cucina. «Ti cerca Raffaella».

Giorgia aveva allontanato la cornetta dall'orecchio e dondolava nervosamente il busto. Quando arrivò la madre, gliela passò e si sedette a osservarla. Dalla sua espressione felice capì subito cosa avrebbe fatto per buona parte dell'estate: partecipare al campo estivo.

La settimana seguente, seduta sul sedile posteriore della macchina, Giorgia percorse il tragitto verso la parrocchia in totale silenzio, svogliata e indispettita. Di fianco a lei c'era Andrea, tutto assonnato e con la testa che penzolava dalla stanchezza. Marta, invece, guardava la strada con l'aria di chi ha fretta e deve tornare a casa il più presto possibile. *Non capisci niente*, la rimproverò mentalmente la figlia trafiggendola con lo sguardo.

Le pareva assurdo che nessuno si accorgesse del suo disagio, si sentiva profondamente incompresa. Sulla questione del campo estivo, suo padre non si era espresso, anche se lei aveva notato uno sguardo fugace ma significativo che i suoi genitori si erano scambiati… e aveva capito subito che la madre l'aveva avuta vinta.

Avrebbe tanto voluto gridare in faccia a sua madre dandole della stupida…

Arrivati a destinazione, Marta fece scendere la figlia e Andrea. «Finalmente ti sei svegliato!» lo rimproverò Giorgia stizzita.

Lui fece una risata, si grattò la testa e mettendosi lo zainetto sulle spalle le disse: «Mi spiace, ho sempre sonno».

«Svelti bambini, che facciamo tardi» li spronò la donna spingendoli in avanti.

«Mamma, voglio andare a casa» si lamentò Giorgia davanti alla cancellata del cortile dove molti altri bambini stavano arrivando con i loro genitori.

Marta si fermò di colpo e si inginocchiò per guardarla negli occhi. «Devi smetterla di fare i capricci» le disse categorica puntandole un dito al petto. «Ne ho già abbastanza di tua sorella, non ti ci mettere anche tu. Sono stata chiara?».

Giorgia, furente, spostò il dito con uno scatto veloce e spingendola via gridò: «Sei cattiva, non capisci niente!».

Presa alla sprovvista, Marta cercò di non perdere l'equilibrio, poi si rialzò e si lisciò il vestito guardandosi attorno con un'espressione di vergogna.

«Stasera faremo i conti» le anticipò prendendola per mano e strattonandola.

Andrea si avvicinò a Giorgia e le prese la mano. «Che gioco vuoi fare?» le chiese donandole un sorriso sincero che esprimeva la sua purezza d'animo.

«Ecco, bravo Andrea. Diglielo tu che qui si sta bene. Tu sì che sei un bravo bambino».

Giorgia sentì salire in gola un nodo di dispiacere per il paragone che la madre si era spinta a fare. Oramai era abituata alle sue stoccate ma ogni volta erano comunque dure frustate alla sua anima, al suo bisogno di essere ascoltata e compresa. Le spiaceva che lei la trattasse sempre con quei modi sbrigativi e superficiali. Che non si fermasse mai una volta a parlarle e a chiederle cosa provasse veramente.

La odio, decise tirando forte il braccio verso il basso per liberarsi dalla salda presa della mamma e ignorando l'amico che in quel momento le apparì estremamente stupido.

Marta

Sulla strada del ritorno, Marta versò lacrime amare. Di giorno in giorno le pareva di perdere il controllo sulle sue figlie.

Sara è riuscita a raggirare il padre... così quello stupido le dà sempre il permesso di fare tutto quello che vuole! E Giorgia mi odia perché la porto in un bel posto a giocare. Faccio il possibile per farle stare bene e loro invece corrono solo dal papà... Dio mio, ma che cosa ho fatto per meritarmi questo?

Sara

Mentre mia sorella combatteva per non frequentare il campo estivo, io mi impegnavo in tutto quello che facevo. Nelle poche ore libere che mi rimanevano, andavo in piscina con Francesco e i nostri amici. Passava a prendermi Sabrina. *Ancora per poco, fino a quando non avrò anch'io la patente*, pensai un pomeriggio mentre mi preparavo.

Quando sentii la sua macchina, mi precipitai fuori con lo zaino chiudendomi la porta alle spalle.

«Ciao Sabrina. Dai, andiamo, non vedo l'ora di tuffarmi in piscina. Non faccio altro che lavorare...» le dissi appoggiando lo zaino per terra in mezzo ai piedi.

«Ai tuoi ordini!» esclamò lei divertita facendo manovra e imboccando la strada principale.

«Chi viene allora?».

«Noi due, Francesco, Manuela e alcuni suoi amici che si sono uniti all'ultimo minuto. Tra l'altro mi sembra che uno di loro ci stia provando con lei» mi rispose sorridendo.

«Sai Sabrina, è strano che Manuela sia sempre così sicura di sé ma non stia insieme a nessuno».

«Sì, hai ragione, però sono convinta che a volte esageri. Credo che in alcune situazioni dovrebbe frenarsi».

«Be', è fatta così, che ci vuoi fare?» tentai di giustificarla raccogliendomi i capelli con un elastico. «A volte invidio la sua sicurezza. Se riuscissi a lasciar perdere molte cose come fa lei, risparmierei parecchie energie... soprattutto con mia madre».

Sabrina sbuffò infastidita dal caldo e si spostò dal sedile con la schiena per scostare la maglietta che le si era appiccicata alla pelle. «Eh sì, tua madre è davvero opprimente».

«Sapessi che casino ha messo in piedi per questa uscita!» le confessai ridendo.

«Scusa, ma secondo lei tu dovresti chiuderti in un convento?».

«Non saprei. Una cosa però è certa: se fossi come Manuela, glielo chiederei di sicuro» e risi divertita immaginandomi la scena.

Arrivate in piscina, ci sistemammo all'ombra di un grande albero e lì ci raggiunsero Francesco e gli altri. Alcuni di loro si tuffarono subito in piscina, Sabrina si distese e si addormentò, mentre io rimasi sdraiata vicino a Francesco.

«Sei davvero carina con questo bikini» si complimentò accarezzandomi le gambe.

«Grazie» gli dissi baciandolo e abbracciandolo.

«Ma che bei piccioncini!» esclamò all'improvviso Manuela arrivando dalla piscina e strizzandosi i capelli zuppi d'acqua. «Non esagerate, altrimenti vi manderanno via per atti osceni in luogo pubblico!».

«Non ti preoccupare, non ci serve una babysitter» le disse lui accarezzandomi la schiena.

Indispettita dalla risposta di Francesco, Manuela mise il suo telo in pieno sole, vi si sdraiò supina e chiuse gli occhi. «Era solo una battuta, fatti una risata. Ti ricordo che vi ho fatto incontrare io e se non fosse stato per me, Sara sarebbe ancora lì ad aspettarti» gli ribadì con aria di sufficienza.

Ferita da questa battuta infelice e sentendomi esclusa dalla conversazione, raddrizzai istintivamente la schiena. *Perché lei è sempre così sfacciata? Mi ha preso per una stupida?*

«Oh grazie mille, santa Manuela» la prese in giro Francesco abbracciandomi forte. «Credi davvero che senza di te non mi sarei fatto avanti? Allora non mi conosci proprio» continuò sorridendo e guardandomi negli occhi.

In quel momento mi sentii protetta, capita, e fregandomene di Manuela baciai Francesco. «Grazie» gli sussurrai all'orecchio.

«Uno a zero per te, lo ammetto. Comunque è vero, galeotta fu la mia festa» scherzò lei accarezzandosi leziosamente le gambe.

Io la osservai per un lungo attimo e mi chiesi per quale motivo fosse così strana. Non mi piaceva quel suo comportamento.

«Manuela, ma sei arrabbiata oggi?» le chiese Sabrina intromettendosi all'improvviso.

Lei si girò sul fianco di scatto e non rispose. Io mi scambiai una rapida occhiata con Sabrina, che mi disse con un filo di voce: «I suoi si stanno separando... è nervosa».

Giorgia

Seduta per terra in una delle aule che la scuola aveva messo a disposizione del campo estivo, Giorgia stava giocando con due bambine. Sebbene le conoscesse da poco, aveva legato subito con entrambe: le avevano infatti confidato che non piaceva nemmeno a loro svegliarsi presto per andare lì. Andrea di solito si univa al gruppetto ma capitava anche che andasse a giocare con altri bambini. All'inizio Giorgia ne fu infastidita, come se lui la stesse in qualche modo mettendo da parte, poi però si rasserenò grazie al fatto di aver trovato due amiche che la pensavano esattamente come lei. Ai suoi occhi, la leggera distanza che si era creata tra lei e Andrea era dovuta a questo: lui adorava frequentare la parrocchia, lei invece detestava quel posto.

«Dov'è Andrea?» chiese alle due bambine.

«Non lo so» rispose una di loro e a quel punto Giorgia, messa da parte la bambola che teneva in mano, si alzò, uscì dall'aula, passò davanti a un gruppo di animatori che stavano parlando di come organizzare una recita e si mise a cercarlo per tutta la scuola.

«Dove vai mocciosa?» le disse all'improvviso Riccardo, un bambino molto più robusto e alto di lei, che le si piazzò davanti con le mani sui fianchi dopo averle tagliato la strada.

«Cerco Andrea, il mio amico» gli rispose Giorgia intimorita dall'aspetto e dall'arroganza di quel ragazzino, che sbeffeggiava sempre tutti.

«Ah, il tuo fidanzato!» la derise sghignazzando. «Comunque è in chiesa, sta aiutando don Paolo» e si allontanò ridendo ancora più forte.

Lei si guardò attorno e notando con piacere che gli animatori erano troppo impegnati nella loro discussione per accorgersi di lei, come un gatto silenzioso si infilò in un'aula vuota, aprì la finestra che si affacciava sul giardino e sgattaiolò fuori per correre da Andrea.

Marta

All'imbrunire di quello stesso giorno, Marta stava preparando la cena e di tanto in tanto guardava di sottecchi Giorgia che si era seduta a tavola sbocconcellando del pane. Da quando era tornata dal campo estivo non aveva ancora detto una parola ed era rimasta in silenzio anche durante tutto il tragitto in macchina.

Marta aveva tentato di farsi dire se si fosse divertita con Andrea e gli altri bambini, ma sua figlia pareva intenzionata a non rispondere ad alcuna domanda. Stufa di quell'atteggiamento ostile e irritante, tutto a un tratto le chiese: «Ma sei ancora arrabbiata con me? Guarda che non ne hai motivo. Anzi, dovresti chiedermi scusa per le cose che mi hai detto all'inizio del campo estivo, quando mi hai accusata di essere cattiva e di non capire niente. Non ti ho nemmeno punita, anche se avrei potuto farlo, visto che non c'è giorno in cui non mi aggredisci e mi rinfacci di portarti a forza in parrocchia. A quanto pare, qualsiasi cosa io faccia, sbaglio comunque».

Giorgia si mise a giocherellare con la mollica del pane senza aprire bocca.

Marta stava perdendo la pazienza e soprattutto non riusciva a capire che cosa avesse fatto tanto arrabbiare sua figlia e perché avesse quell'atteggiamento. «Hai perso la lingua?» le chiese burbera.

«No» rispose Giorgia prendendo un altro pezzetto di pane.

«Ti decidi a dirmi cosa c'è o devo intervenire sul serio?».

Finalmente Giorgia distolse gli occhi dal pane e lo posò su di lei, poi si alzò dalla sedia, le si avvicinò e le strinse la vita con le sue piccole braccia. Colpita dalla sua tenerezza, Marta si ammorbidì, le accarezzò le spalle e la prese in braccio. *La mia bambina*, pensò senza esternarlo. Giorgia l'abbracciò forte e poi le parlò lentamente all'orecchio. Parole appena sussurrate, nascoste, simili a un soffio, parole che non voleva venissero udite da nessuno...

Al sentire quella confessione, Marta si fece pallida in viso e la mise improvvisamente a terra, colpita e turbata.

«Ma che sciocchezze racconti? Non voglio più sentire queste cose, mi hai capita? Mai più!» gridò riprendendo il controllo di sé. E continuò a urlare, un rimprovero dopo l'altro, minacciandola di metterla seriamente in punizione se avesse tirato ancora fuori quel discorso.

Giorgia non capiva il motivo della sfuriata di sua madre, percepiva solo che quell'atteggiamento e quelle parole la ferivano e la laceravano profondamente. *Non sono una bugiarda*, si disse, e con un senso di tradimento che la faceva sentire fuori posto si allontanò di qualche passo e poi corse a nascondersi in camera sua, offesa e impaurita.

24

Luglio 1989

Sara

Alla fine del mese superai l'esame di guida e qualche giorno dopo ebbi una fantastica sorpresa: mio padre mi fece trovare vicino al fienile una macchina, tutta per me. Quando la vidi, rimasi senza parole e lo abbracciai così forte che quasi lo stritolai. Poi, tremante per l'emozione, cominciai a girare attorno alla piccola utilitaria e, sebbene fosse un'auto usata, mi sembrava la più bella che avessi mai visto. «Papà, non mi sarei mai aspettata un regalo così!» esclamai accarezzando il parabrezza.

«Te lo meriti» si complimentò lui avvicinandosi. «Ti dai sempre da fare e adesso è arrivato il momento di essere un po' più indipendente. Sei grande oramai» e aprì la portiera per farmi vedere gli interni e le spie del cruscotto.

«Sei il papà migliore del mondo!» gli dissi dandogli un bacio sincero su una guancia. «Una macchina tutta mia!» continuavo a ripetere senza riuscire a stare ferma. «Senti, ti va di fare un giro con me?».

«Va bene. Avverto la mamma e arrivo».

Gli feci un segno di assenso con il capo continuando a sorridere e a guardare la macchina con aria sognante... finché la voce fredda e dura di mia madre smorzò all'improvviso il mio entusiasmo.

«Non serve che mi avvisiate, ho sentito tutto...» e lasciò la frase in sospeso stando dritta sulla porta del fienile con le braccia incrociate sul petto.

Vedendo il suo atteggiamento così contrariato, provai un'immediata paura. Paura che quel sogno sul punto di realizzarsi crollasse da un momento all'altro. D'istinto mi appoggiai alla macchina e con il fiato sospeso aspettai che finisse di parlare, temendo l'ennesima scenata.

«Bene» le disse invece mio padre camminando verso di lei. «Allora vado a prendere le chiavi in casa» e quando le fu di fronte le appoggiò una mano sulla spalla con l'intento di allontanarla. Lei lo seguì ma prima di darmi la schiena mi saettò con uno sguardo carico di ansia e rabbia.

Soffermandomi nei suoi occhi neri che mi sembravano assomigliare a due profondi pozzi scuri, mi convinsi che la donna che mi aveva dato la vita molto probabilmente non mi avrebbe mai concesso la libertà a cui tutti gli esseri umani hanno diritto.

Non può impedirmi di guidarla, mi dissi sedendomi al posto di guida e accarezzando il volante rovinato qua e là dall'usura. *Un giorno me ne andrò lontano e a quel punto sì, smetterà di soffocarmi.*

Marta

«Mi sbaglio o ti avevo detto di non comprarle quella macchina?» chiese Marta al marito appena entrati in casa. «Non bastava la mia?» sbraitò velenosa con gli occhi fuori dalle orbite.

«Smettila, Marta. Ti avevo detto che le avrei preso quell'auto e l'ho fatto. Sei tu che ti sei voluta convincere del contrario. D'altra parte non ascolti mai quello che ti si dice e immagini cose che non esistono.

Oramai è grande e deve arrangiarsi. Se io non gliel'avessi comprata, tu avresti trovato mille scuse per non farle usare la tua. E poi ho tutto il diritto di regalare a mia figlia quello che mi pare. Mi sono spiegato?» e le puntò un dito contro lasciando intendere che quella domanda non ammetteva repliche.

Senza più riuscire a controllare i suoi impulsi, Marta prese un vaso di cristallo che era appoggiato a terra sotto la finestra e lo lanciò contro il marito che, preso alla sprovvista, si portò le braccia sul viso per proteggersi. «Fai come ti pare!» gridò tremante e sudata mentre il vaso si frantumava per terra in tanti piccoli pezzi lucenti. «Che tu sia maledetto!» continuò senza più alcun freno. «Se un giorno tornerà a casa incinta, ricordati che sarà tutta colpa tua, bastardo che non sei altro» e uscì di casa sbattendo la porta.

Determinata e fuori di sé, corse verso il fienile e strattonò fuori dall'auto Sara che era ancora seduta al volante a fantasticare. «Ascoltami bene, ti dico una cosa una volta per tutte: finché starai in questa casa, farai quello che ti dico io. Non azzardarti a tramare contro di me, Sara... io ti ho messa al mondo e io se voglio ti anniento!».

Non le importava vedere le lacrime di sua figlia che le rigavano le guance. Voleva a tutti i costi limitare la libertà che il padre le aveva regalato e, furibonda, cominciò a prenderla a schiaffi.

Più Sara si proteggeva con le mani per parare i colpi della madre, più Marta era bramosa di sfogare la sua frustrazione e con tutta la forza che aveva in corpo iniziò a colpirla con violenza sulle spalle e sulla schiena, insultandola e coprendola di parolacce. Sara, costretta ad accucciarsi vicino alla macchina, gridava e piangeva disperata.

«Lasciala stare!» urlò Filippo arrivando di corsa e tentando di fermare la moglie. «Basta! Ma sei impazzita?» e prendendola per i polsi la allontanò dalla figlia.

Marta cercò di liberarsi dalla morsa del marito, ma lui le impedì di muoversi bloccandole le gambe con un ginocchio. «Guardami bene in faccia perché te lo dirò una volta sola...» la minacciò scandendo bene ogni parola. «Se le metterai ancora le mani addosso, ti sbatterò fuori di casa. Non me ne frega niente se ci siamo sposati in chiesa e non mi importa nulla delle tue convinzioni retrograde. Ho fatto di tutto per aiutarti, per venirti incontro, ma tu sei cieca e non capisci. Fallo ancora e ti sbatto in mezzo alla strada!».

Vedendo sul volto di Filippo un'espressione di risolutezza e inflessibilità che non aveva mai avuto, Marta all'improvviso realizzò quello che aveva fatto e per un attimo si immaginò per strada con la valigia in mano, senza sapere dove andare.

«Io... io non volevo» bisbigliò smettendo di fare resistenza.

Lui la lasciò lentamente e poi le si parò davanti con le mani sui fianchi. «Non sto scherzando, Marta, non ne posso più. Vedi di stare attenta a quello che fai...» la minacciò di nuovo per poi andare ad aiutare Sara che stava ancora piangendo.

Osservando il marito soccorrere la figlia, Marta respirò a fondo e guardandosi le mani pensò: *Non posso perdere tutto quello che ho costruito in questi anni. Cosa potrei fare senza la mia famiglia?* Poi, incerta e tremante, si avvicinò a Sara, che nel frattempo si era rialzata e stava appoggiata al petto di Filippo senza smettere di singhiozzare. «Io non volevo» ripeté. «Stai bene?» le chiese con un filo di voce sfiorandole i capelli.

Sara si divincolò come una biscia dalle braccia di suo padre e allontanò violentemente il braccio della madre. «Ti odio!» sbraitò guardandola dritta negli occhi. «Preferirei che tu fossi morta» e scappò nella sua stanza, chiudendo la porta a chiave.

Marta impallidì e con gli occhi sbarrati chiese al marito: «Mi odia così tanto?».

Lui sospirò e prima di allontanarsi le disse: «Sì, Marta. E visto che vai spesso in chiesa, fatti un bell'esame di coscienza».

Marta restò sola, sotto il sole cocente che rendeva l'atmosfera stranamente ferma, immobile, nonostante tutto quello che era appena successo. Sistemandosi lentamente i capelli che le erano finiti in faccia appiccicandosi alle guance, ripensò alle brutali parole di Sara e si domandò perché mai la situazione fosse degenerata in quel modo. *E adesso cosa devo fare?*, si chiese scoppiando a piangere.

Sara

Dopo la violenta sfuriata di mia madre, mi buttai sul letto e piansi fino allo sfinimento, mentre un dolore sordo mi lacerava lo stomaco. *Avrei dovuto divertirmi a guidare... Ma perché non mi lascia in pace?*, mi chiesi asciugandomi le guance nel cuscino.

Oltre ai segni delle percosse, lei mi aveva lasciato addosso una profonda sensazione di inadeguatezza. *Ai suoi occhi sono solo una stupida che non è capace di fare niente e di cui non ci si può fidare*, riflettei scossa dalla rabbia e sentendomi sottomessa e soffocata.

Tutto quello che avevo costruito nel tempo – il lavoro, la storia con Francesco, i bei risultati a scuola e l'impegno che mettevo in tutto ciò che facevo – era

214

come se fosse stato calpestato. Distrutto e annullato da mia madre. *Con le sue paranoie sta devastando ognuno di noi... non la sopporto più. Starei molto meglio senza di lei.*

25

Sara

14 luglio 2016, commissariato

Dopo aver raccontato nei dettagli quella tremenda sfuriata di mia madre, incrociai le braccia sul tavolo e appoggiai la testa. L'odore ferroso di sangue sulle mie mani mi stava facendo venire la nausea.

«Si rende conto di quello che sta dicendo?» mi chiese il commissario Martini.

«Sì, odiavo mia madre e credo che anche Giorgia provasse i miei stessi sentimenti» gli risposi alzando la testa e raddrizzando la schiena. «In quel periodo il nostro rapporto si fece ancora più difficile. Si era come lacerato, interrotto, e per diversi giorni non ci rivolgemmo più la parola. Quando ricominciammo a comunicare, si trattava comunque di una sorta di dialogo che non andava al di là delle cose più futili e quotidiane. Oramai non le confidavo più niente, tenevo per me qualsiasi pensiero. Feci a pezzi anche il mio diario, temevo lo trovasse e ficcasse il naso in questioni che non la riguardavano. Risentita più che mai, mi ero chiusa dietro una cortina di diffidenza: stavo sempre in guardia e non abbassavo mai l'attenzione. Papà era molto deluso e avvilito per l'atmosfera che si era creata in casa e faceva del suo meglio per non farlo pesare a Giorgia. Spesso di sera si sedeva sul divano con lei e insieme guardavano la televisione. Mia sorella me lo raccontava quando rimanevamo sole e mi diceva anche che la mamma dopo aver riassettato la cucina si chiudeva in camera sua senza uscire più fino al mattino. Quando rientravo dal lavoro in pizzeria, molto spesso trovavo mio padre addormentato sul divano. Le prime volte non ci badai ma poi con il passare del tempo mi resi conto che non andava a letto di proposito... presumo che non volesse far vedere a noi figlie che oramai preferiva passare la notte lontano da nostra madre. Dormire sul divano era un modo come un altro per *camuffare* la crisi. Penso che se fosse andato a letto nella camera degli ospiti, sarebbe stato come ammettere che il loro rapporto era finito quel giorno di luglio davanti alla macchina che mi aveva regalato. Povero papà» riflettei accarezzandomi le guance. «Sono convinta che nonostante tutto, in quel periodo così difficile, lui sperasse ancora di recuperare la situazione».

«Non si può certo dire che la sua giovinezza sia stata serena...» insinuò sottovoce il commissario alzandosi.

«Già. Se fosse stato per mia madre, io e Giorgia non saremmo mai dovute crescere. Non accettava i cambiamenti. Che pena ripensarci...».

«E con sua sorella, invece, come si comportava?» mi domandò versandomi un altro bicchiere d'acqua.

Bevvi lentamente, rifugiandomi per qualche istante nel passato, poi ritornai con lo sguardo e la mente al presente. «Dopo quello che è successo oggi, mi sono resa conto che mia madre non aveva capito niente né di Giorgia né di me. Non credo che non ci volesse bene, voleva semplicemente che tutti si comportassero come pensava che fosse giusto. Nella sua testa c'erano disegni e copioni di vita già scritti e se qualcuno sgarrava o deludeva le sue aspettative, allora emergeva il suo lato peggiore. La sua ansia era come il veleno di un serpente, e quando le cose non andavano come voleva lei diventava asfissiante, rancorosa e arrabbiata con il mondo. A ripensarci bene, non mi chiese mai scusa per avermi messo le mani addosso. Si mostrò solo più disponibile nei miei confronti. Io però, conoscendola, non mi feci abbindolare e non le diedi modo d'insinuarsi nella mia vita. Non le dissi che avevo un ragazzo e che al lavoro mi avevano dato del denaro in più perché avevo fatto gli straordinari. Non volevo sapesse nulla di me. Papà aveva capito e mi lasciava stare. Non mi aveva nemmeno rimproverata per le dure parole che le avevo rivolto. Suppongo che anche lui fosse stanco di tutto».

«Sua madre cambiò mai atteggiamento nei confronti di voi sorelle?» mi chiese curioso il commissario.

Sbuffai e guardai il soffitto. «Sì, *dopo il fatto*».

«Già, *il fatto...*» sottolineò lui aspettando che abbassassi la testa.

Ma io lo guardai dritto negli occhi. «È stato il periodo più difficile della mia vita, la mia *bambolina* pareva un'altra».

«Sara, mi dica tutto» insistette il commissario con uno sguardo fermo che non ammetteva vie di fuga.

«Ricordo che *il giorno della tragedia* litigai nuovamente con mia madre... e quella fu l'ultima volta in cui tra noi due volarono parole grosse».

26

Agosto 1989

Sara

Sebbene fosse la fine di agosto, faceva ancora un caldo soffocante e quella mattina ero seduta alla scrivania, intenta a fare i compiti delle vacanze. Concentrata e china sui libri, mi sentii chiamare da mia madre, indaffarata al piano di sotto.

«Sara, vieni a darmi una mano!».

«Per favore...» commentai ironica sottovoce alzandomi dalla sedia. «Arrivo» risposi irritata per i suoi soliti modi bruschi, ma quando giunsi ai piedi della scala non la trovai.

«È in bagno» mi disse Giorgia, sdraiata sul divano a guardare i cartoni animati. In quel periodo era a casa perché il campo estivo era finito.

Raggiunta mia madre, vidi che stava prendendo dalla lavatrice il bucato appena lavato. «Dimmi, cosa c'è?» le chiesi scocciata.

«Ecco, vai a stendere i panni, io devo andare ad aiutare papà» mi disse squadrandomi dalla testa ai piedi.

A disagio mi tirai giù la maglietta corta che indossavo sopra un paio di pantaloncini di jeans.

«Hai sotto il costume?» mi domandò notando il reggiseno del due pezzi legato dietro il collo.

Mi schiarii la voce: «Sì, perché?».

«Non devi studiare oggi? Allora come mai ti sei messa il costume?».

«Studio stamattina e dopo pranzo vado in piscina. Ci sono tutti» le dissi con un groviglio di sensazioni negative allo stomaco. *Adesso scatta... lo so*, pensai avvicinandomi per aiutarla.

«Allora vai... vai, visto che sei così impegnata, qui mi arrangio da sola» ringhiò girandosi di colpo per impedirmi di toccare il bucato.

«Mamma, mi hai chiamata tu... dai, ti do una mano» ma lei mi aggredì con la solita frustata di parole.

«Torna a studiare, visto che dopo andrai a divertirti... che gran perdita di tempo... E chi ti ha dato il permesso di uscire, tuo padre?» mi chiese socchiudendo gli occhi fino a ridurli a due fessure strette e buie.

«Sì, gliel'ho chiesto ieri sera. Posso aiutarti adesso?» le domandai abbassando lo sguardo. *Devo stare calma, non voglio litigare e rovinarmi la giornata*, pensai con la speranza che lei smettesse di provocarmi.

«Vai pure di sopra, principessina» mi disse schernendomi. «Tanto non diventerai mai una brava donna di casa».

A quel punto, non riuscii più a trattenermi. «Meglio così! Non voglio fare la fine che hai fatto tu» le dissi stringendo i pugni e fissandola dritta negli occhi. Dal suo sguardo turbato capii di averla ferita.

«Ecco, questo è il risultato della permissività di tuo padre. Sei solo una maleducata! Se lui mi avesse ascoltato, adesso non saremmo a questo punto».

Giorgia, che da dove sedeva vedeva tutto, rizzò le antenne e si mise a osservarci.

«Sei tu che mi tratti male. Vuoi che mi faccia suora e che mi rinchiuda in un convento? Non puoi seppellirmi in casa. Ma guardati attorno, non ti rendi conto di quello che sta succedendo? Hai due figlie che non ti dicono più niente, papà dorme sul divano e tu cosa fai? Non fai altro che inveire contro tutti!» urlai furibonda.

Uno schiaffo secco, improvviso e inaspettato mi mozzò il respiro. Con le lacrime agli occhi mi toccai la guancia che mi bruciava.

«Non permetterti mai più di parlare di me e di tuo padre. Dormire sul divano è una sua scelta. Io non c'entro niente» precisò scuotendomi per le spalle.

Io mi divincolai dalla sua stretta e con le lacrime agli occhi corsi di sopra. «*Crepa!*» le gridai in faccia prima di chiudermi in camera.

Infuriata e fuori di me, cercai lo zaino e ci infilai dentro un telo mare e il portafogli con la patente, poi presi le chiavi della macchina e mi precipitai giù per le scale. Avevo il cuore che mi batteva all'impazzata, ma non mi importava nulla di cosa avrebbe fatto mia madre davanti alla mia reazione. *Devo andarmene da qui. Soffoco. Non ce la faccio più.*

Lei, intanto, si era piazzata davanti alla porta e sembrava intenzionata a impedirmi di uscire. «Tu non andrai da nessuna parte» mi minacciò appoggiando le mani sui fianchi e guardandomi infilare le scarpe.

Con le orecchie che mi fischiavano, sentivo solo l'impulso di andar via, altrimenti non mi sarei più trattenuta dal metterle le mani addosso. La mia pazienza si era esaurita e non ero più in grado di sopportarla. Mi alzai decisa e con una rabbia incontrollabile le sputai in faccia. «Sei una pessima madre. Se un giorno avrò un figlio, di certo non lo tratterò come fai tu con noi».

Lei chiuse gli occhi e senza muoversi di un solo passo si pulì il viso con il grembiule che aveva legato in vita. «Io sarò una pessima madre, ma tu non ti muoverai da questa casa».

Completamente fuori controllo, le diedi un violento spintone e mi avvicinai alla porta. Mentre la aprivo, incrociai gli occhi neri e confusi di Giorgia, che si era alzata dal divano per guardarci, e con un groppo in gola me ne andai sbattendo la porta.

Giorgia

Giorgia corse dalla madre ma Marta, seria e scura in volto, la allontanò e andò a chiudersi in bagno per un tempo che alla bambina sembrò infinito. Appoggiata al muro, aspettava la mamma senza sapere cosa fare. Aveva assistito a tante litigate tra loro due ma non aveva mai visto Sara comportarsi in quel modo. Voleva anche che sua madre le spiegasse molte cose che le sfuggivano. *Quindi papà dorme sul divano perché è arrabbiato con lei...*, ipotizzò ripensando alle parole della sorella.

La sentiva piangere e si chiese se fosse dispiaciuta per il fatto che Sara le aveva detto *Crepa!* Aveva sentito quel termine una volta sola, mentre guardava un film western con il papà; un cowboy, prima di uccidere un uomo indifeso che lo supplicava di risparmiargli la vita, gli aveva detto *Crepa, infame!* e Giorgia aveva capito che quella parola significava *morte*. Le fece un effetto strano sentirla pronunciata con tanto *odio* dalla sorella. Anche lei era arrabbiata con sua madre ma non le aveva mai detto parole così brutte.

Alla fine, stanca di aspettare, raccolse il bucato che era finito per terra fuori dal bagno e lo andò a stendere. I campi erano pieni di camion che caricavano i pomodori, e molte persone erano chine a raccogliere i frutti rossi e succosi che la terra di suo padre aveva prodotto. Le piaceva osservare i cappelli di paglia che indossavano i raccoglitori per proteggersi dal sole cocente. La loro pelle era così scura e abbronzata da sembrare bruciata.

Ogni tanto andava anche lei ad aiutare, ma quel giorno il papà le aveva detto di stare in casa perché faceva troppo caldo. Tra i campi c'era anche Raffaella, la mamma di Andrea, e quando era arrivata le aveva detto che suo figlio sarebbe venuto a giocare con lei nel pomeriggio. Giorgia aveva accolto con gioia quelle parole, perché da quando avevano finito di frequentare il campo estivo non si erano più visti.

Marta uscì di casa con gli occhi rossi e un ampio cappello di paglia pigiato sulla testa. Vedendo il bucato steso, ringraziò la figlia con uno sguardo riconoscente e Giorgia percepì in quell'unica parola, *grazie*, la tenerezza che la madre faceva fatica a esternare.

Sara

Arrivai al parcheggio della piscina a forte velocità e posteggiai la macchina nel primo spazio disponibile. Spensi il motore, presi lo zaino che avevo sbattuto in terra dalla parte del passeggero e mi avviai alla cassa con un'espressione scura e accigliata. Quando varcai l'entrata e mi trovai di fronte al grande spazio verde, mi guardai attorno scocciata. Il prato era affollato di ragazzi che si godevano le vacanze estive, e vedendo i loro sorrisi e la loro leggerezza mi chiesi perché mai io non potessi sentirmi così spensierata. *Perché la mia vita è così complicata?*, mi domandai ancora furiosa.

«Ciao, che bella sorpresa, sei in anticipo» mi sorprese Francesco alle spalle, abbracciandomi.

Io mi scossi dai miei pensieri. «Sì, ho finito di studiare prima... non vedevo l'ora di vederti» e lo baciai con passione mettendogli le braccia al collo.

«Anch'io non vedevo l'ora che tu arrivassi, mi sei mancata. Sai, oggi ho la casa libera, i miei sono al lavoro... Che cosa ne dici di andarcene via io e te?» mi disse spostandomi delicatamente una ciocca di capelli dal viso mentre con l'altro braccio mi cingeva forte la vita.

«Cavolo, potevi dirmelo, ho appena pagato il biglietto» lo rimproverai brusca.

«Ma che bei piccioncini!» commentò con fare canzonatorio Manuela passandoci accanto con una birra ghiacciata in mano.

Presa alla sprovvista, mi staccai da Francesco e la salutai percependo la sua battuta come un'intromissione gratuita e senza senso. «Siete tutti al solito posto?» le chiesi poi osservando il suo striminzito bichini nero.

«Sì, al solito albero e nella solita posizione. Che noia la vita!» esclamò teatralmente sistemandosi i capelli con fare civettuolo e inarcando la schiena per far risaltare il seno.

Notando il suo atteggiamento provocatorio mi irrigidii.

«Che c'è, sei arrabbiata?» mi domandò bevendo una lunga sorsata di birra.

«No, cioè sì. A dire la verità ho litigato con mia madre» le confessai pentendomi immediatamente di averglielo detto.

«I genitori sono solo una gran rottura di palle! Io non vedo l'ora di andarmene di casa» mi disse ridendo a squarciagola.

A stento sorrisi alla sua battuta. Nonostante i problemi che ognuna di noi aveva in famiglia, non mi sembrava corretto insultare i genitori definendoli ed etichettandoli con termini offensivi e svilenti. Mi accorsi che lei si era fermata a studiarmi. *Forse si aspetta che le dia ragione, ma io non dico certe cose.*

«Va be', torno dagli altri» e si allontanò scocciata.

«Dai, andiamo anche noi» mi disse Francesco stringendomi la vita. «Facciamo il bagno, ti va?». Io gli sorrisi e lo seguii facendomi guidare.

Qualche passo davanti a noi, Manuela camminava ancheggiando e continuando a bere birra come fosse acqua. Osservai i suoi movimenti sinuosi e qualcosa mi strisciò sottopelle, una gelosia che non avevo mai provato prima. *Lei è indubbiamente più sicura di me, ha avuto anche più ragazzi e ha molta più esperienza*, constatai vedendo il suo portamento altezzoso e sentendomi inferiore. Poi, irritata dai miei stessi pensieri negativi, distolsi lo sguardo e abbracciai Francesco.

Quando arrivai nel punto in cui c'erano tutti gli altri, li salutai, sistemai le mie cose sull'erba e corsi in acqua con Francesco, che non smetteva di guardarmi e stringermi a sé. Quando uscimmo dall'acqua, ci stendemmo vicino ai nostri amici, e lui ci fece ridere a lungo con le sue battute e i suoi racconti divertenti. Mi piaceva quel suo lato buffo e semplice, che avevo imparato a conoscere con il passare del tempo.

Quando restammo da soli sotto l'albero perché tutti gli altri si erano buttati in piscina, mi disse: «Allora, dopo tutte queste belle risate mi vuoi dire cosa è successo? Questa volta tua madre deve aver esagerato, a giudicare dai tuoi occhi».

Mi incupii. «Sì, oggi ha davvero superato ogni limite» gli spiegai sulla difensiva. Francesco mi piaceva, gli avevo parlato dei miei problemi e più di una volta gli avevo confessato che non vedevo l'ora di andarmene a studiare lontano, ma in quel momento non avevo proprio voglia di raccontargli ciò che era accaduto. Desideravo solo divertirmi – almeno per qualche ora – e fingere di essere come tutti gli altri ragazzi della mia età. «Ti va un gelato?» gli domandai cambiando discorso.

«Perché no?» rispose lui alzandosi e aiutandomi ad alzarmi a mia volta.

Proprio in quel momento, Manuela arrivò con passo lento e si sdraiò sul suo telo steso per terra.

«Noi andiamo al bar, vuoi qualcosa?» le chiesi prendendo i soldi dallo zaino.

«Un'altra birra, grazie».

«Non stai bevendo un po' troppo?» le domandò Francesco.

Manuela alzò un sopracciglio e facendo una smorfia con la bocca esclamò: «Perché invece non ne prendi una anche alla tua ragazza? Così la pianti di rompere» e scoppiò in una fragorosa risata.

Mi sentii ferita. «Cosa vorresti dire?» le chiesi irritata.

«Ah, niente, era solo una battuta. Insomma, non è colpa tua se sei così perfettina: sei brava a scuola, sei sempre in orario, lavori e non bevi. O meglio, se lo fai, bevi davvero poco. Di' la verità: ti sei mai presa una sbornia da ribaltarti per terra e vomitare tutto? Ti sei mai sballata davvero?» mi domandò provocatoria sistemandosi l'elastico degli slip e poi accarezzandosi lentamente il ventre all'altezza dell'ombelico.

Notai che Francesco seguiva i suoi movimenti. «Non tormentarla, lei non è come te!» esclamò lui serio senza smettere di guardarla.

«Oh, scusa. Guarda che ce l'ha la bocca per difendersi. Non ha bisogno di te la ragazzina» gli sputò in faccia, evidentemente indispettita dal suo intervento a gamba tesa.

«Io faccio quello che voglio e non sono così perfetta come dici tu. E sì, non mi sono mai ubriacata» le risposi con un senso di disagio e di non vissuto che mi faceva sentire inferiore agli altri.

«Dai, allora facci vedere! Cosa ne dici di spararti qualche birra?» cercò di tentarmi Manuela strizzandomi un occhio. «Non ne hai voglia? Ti fai una bella bevuta e così non ci pensi più!».

Spostai lo sguardo da lei a Francesco e indecisa pensai: *Una sola birra cosa potrà mai farmi? Almeno la smetterà di dirmi che sono miss perfettina. Una sola e poi basta...*

Giorgia

Il tempo passava e Giorgia continuava a controllare nervosamente l'ora, aspettando con ansia l'arrivo di Andrea per poter giocare di nuovo con lui. Ogni dieci minuti entrava e usciva di casa: uno sguardo all'orologio sulla parete della cucina e uno sguardo al sentiero.

Verso le quattro sua sorella era rientrata dalla piscina e si era fatta una lunga doccia per poi chiudersi in camera in mezzo ai libri. Le era sembrata strana, nervosa e traballante sulle gambe. Giorgia aveva anche sentito un forte odore, che non sapeva cosa fosse. E dopo il suo arrivo, Segi aveva abbaiato per un bel po', stranamente agitato.

Quel pomeriggio, però, non le importava di Sara e di tutto il resto, voleva solo che Andrea arrivasse il più presto possibile. Aveva già preparato un tavolino sotto il portico del fienile per fare merenda, e nel frattempo il cane le girava attorno osservando ogni suo movimento e abbaiando come a voler attirare la sua attenzione. «Arriva, vero?» gli chiese accarezzandogli la testa senza togliere gli occhi dal sentiero che continuava a rimanere deserto.

Passarono le mezz'ore e poi le ore fino a quando, stanca di aspettare, si sdraiò sul divano e senza rendersene conto scivolò in un sonno pesante davanti alla televisione accesa.

Marta rientrò in casa alle sei intimando al cane di smetterla di abbaiare e trovò la figlia sul divano che dormiva tranquilla. Dietro di lei c'era Raffaella, che con un sorriso sulle labbra chiamò il figlio: «Andrea, è ora di andare».

«Forse è in bagno» le disse Marta andando a bussare alla porta. «Andrea, la mamma ti sta aspettando» ma non ebbe alcuna risposta. Allora aprì e vide che non c'era nessuno. «Magari è di sopra. Con questo caldo si sarà addormentato anche lui. Aspetta, chiedo a Sara di dare un'occhiata, visto che è tornata dalla piscina» e sporgendosi sul primo scalino gridò: «Sara, hai visto Andrea?». Marta era ancora arrabbiata con lei per tutte le cose che si era sentita dire quella mattina.

«No, non l'ho visto» le rispose la figlia con un tono di voce asciutto e sbrigativo.

A quanto pare, non si è calmata, pensò Marta e sospirando andò a svegliare Giorgia.

La bambina si destò e con un'espressione smarrita cominciò a guardarsi attorno, stropicciandosi gli occhi. «Mamma, è arrivato Andrea?».

«Ma come, non è qui con te?» le chiese Raffaella cominciando ad agitarsi. «Gli avevo detto di non andare a pescare da solo al canale, spero che non mi abbia disobbedito. Marta, posso fare una telefonata a casa?».

«Certo. Il telefono è in cucina» le rispose con apprensione.

Raffaella compose il numero e aspettò che il figlio rispondesse, ma il telefono squillò a vuoto.

Marta prese per mano Giorgia e si avvicinò all'amica sempre più irrequieta. «Magari è fuori a giocare e non sente...».

«Mamma, posso andare a cercarlo?».

«No» la frenò subito sua madre cingendole le spalle. «A queste cose devono pensare i grandi» le spiegò spostando poi lo sguardo dai suoi occhi a quelli dell'amica.

Raffaella era sempre più nervosa e spaventata. «Forse è andato davvero a pescare... vado a cercarlo!» e si precipitò fuori di casa.

«Fammi sapere!» gridò Marta andando a chiudere la porta. *Speriamo non sia successo niente... meno male che Giorgia è qui sana e salva.*

Più tardi, mentre apparecchiava la tavola per la cena, Giorgia rifletteva sul fatto che Andrea avesse preferito andare a pescare piuttosto che venire a giocare con lei. *Perché ce l'ha con me?*, si chiese piegando un tovagliolo. *Ma io so di chi è la colpa, è tutta colpa di quell'antipatico!*

Proprio in quel momento il telefono squillò e sua madre si precipitò a rispondere preoccupata. Giorgia la vide impallidire e sul suo viso comparve una smorfia di disperazione e incredulità.

Giorgia intuì subito che qualcosa non andava.

Mentre Marta tremante riattaccava il ricevitore, rientrò Filippo, che si accorse subito dello sguardo spaventato della moglie.

«Che succede?» le chiese corrucciando la fronte.

«Andrea è scomparso. Non lo trovano da nessuna parte».

27

1° settembre 1989

Giorgia

Quando sentì sua madre dire che Andrea era scomparso, Giorgia si sentì mancare la terra sotto i piedi. Quella parola, *scomparso*, la scosse profondamente e una strana sensazione si impadronì di lei.

Nei giorni successivi, mentre le ricerche del suo amico venivano portate avanti dalla polizia, lei si rifugiava spesso nella stanza in cui erano soliti giocare insieme e, stando in piedi al centro, si guardava intorno stranita continuando a pensare a cosa potesse essere accaduto.

Ma dove sei finito? Vedrai come ti sgriderà tua mamma!

Marta

Le ricerche di Andrea iniziarono subito e la polizia si mobilitò non appena la famiglia ne denunciò la scomparsa. Per giorni le campagne furono setacciate, i canali perlustrati, i sentieri percorsi più volte avanti e indietro.

In preda all'ansia, Marta trascorse diverse notti senza chiudere occhio ma accolse con grande piacere il fatto che Filippo fosse tornato a dormire accanto a lei. La sua vicinanza le fece capire molte questioni che si stavano trascinando oramai da mesi, e osservarlo dormire le diede la forza di affrontare il momento difficile che stavano attraversando.

All'alba del 1° settembre, il trillo del campanello la svegliò di soprassalto. Scese velocemente le scale, aprì la porta e si trovò davanti una signora anziana che abitava poco distante da loro.

«Mi spiace avervi svegliato a quest'ora, ma volevo dirvelo subito: Andrea è stato ritrovato nei dintorni del canale. *È morto. Qualcuno lo ha investito e poi se n'è andato, lasciandolo lì senza soccorrerlo*».

Giorgia

Svegliata dal suono del campanello, Giorgia era uscita dalla sua camera e, nascosta in cima alla scala a origliare quello che succedeva di sotto, *aveva sentito tutto*.

La voce della vicina che annunciava la morte di Andrea le fece mancare il respiro e scuotendo la testa da una parte e dall'altra cominciò a ripetersi che quella vecchia e lagnosa signora mentiva. Che niente di quello che stava dicendo era vero.

Poi, presa da una rabbia indomabile, strinse forte i pugni, le nocche le si fecero bianche e gli occhi si chiusero con violenza come due serrande che cadono precipitosamente verso il basso.

Paonazza in viso, si mise a gridare a squarciagola, con urla acute e disperate. La sua voce era carica di dolore, un dolore lancinante e profondo che le spezzava il cuore.

Sara

Udendo le grida strazianti di mia sorella, mi precipitai da lei e quando la vidi in quello stato, l'abbracciai forte per tentare di calmarla. «Basta Giorgia» le dissi sentendo la rigidità del suo corpo. «Per favore smettila» le sussurrai prendendola in braccio e cullandola. «Non fare così *bambolina*, ci sono qui io ad aiutarti».

Nel frattempo arrivarono anche i miei genitori, cerei in viso e con gli occhi sbarrati.

«Fermati Giorgia!» urlò mia madre strappandomela dalle braccia, mentre lei continuava a contorcersi per liberarsi dalla sua stretta.

Mio padre mi si avvicinò e senza dire nulla mi abbracciò forte. «Falla smettere papà, ti prego» lo supplicai staccandomi subito dopo da lui e correndo a chiudermi in camera.

Marta

Dopo aver saputo della tragedia, Marta si trincerò per ore dietro un silenzio assordante pregno di significati non espressi. Soffocati.

«Che cosa facciamo adesso? Devo chiamare Raffaella?» chiese alla fine al marito.

Filippo l'abbracciò e dandole un bacio tra i capelli le disse: «Aspetta ancora un po', adesso è troppo presto».

Stringendolo forte a sé, Marta si sciolse in un pianto disperato. Il pensiero che Andrea fosse morto era così straziante e doloroso da sentirsi confusa e inutile.

Non posso fare più niente per lui, si ripeteva pensando a tutte le volte che lo aveva portato a casa in macchina e ai pomeriggi in cui lo aveva trovato lì da loro a giocare con Giorgia. Il pensiero di una morte così violenta, precoce e troppo *vicina* a loro la disorientava e la metteva in allarme. *Meno male che le mie figlie stanno bene*, si diceva con un senso di impotenza che la stava lentamente divorando.

«E se fosse capitato a Giorgia o a Sara? Cosa avremmo fatto, Filippo?» gli chiese appoggiandosi al suo petto.

«Non pensarci nemmeno» la consolò lui.

In quel momento, Marta sentì il marito così vicino che quasi stentava a crederci. «Scusami» gli disse istintivamente. «Sono stata troppo dura in questi mesi. Non avrei dovuto trattarti in quel modo. Mi odi?» gli domandò con gli occhi velati di lacrime e il cuore schiacciato da tonnellate di macigni.

Filippo la guardò intensamente. «Io non ti odio, Marta. Preferirei solo un po' più di tranquillità. Lo so che non vorresti comportarti così...» e la strinse di nuovo in un forte abbraccio.

Filippo

Scosso dalla tragica morte di Andrea, Filippo era preoccupato, soprattutto per Giorgia. Sapeva bene che per lei sarebbe stata molto dura. *Era il suo migliore amico. Come farà a superare la sua perdita? Lei è ancora piccola e non è forte come noi*, si diceva ripensando agli atteggiamenti chiusi che la figlia aveva assunto da qualche tempo.

E chi può essere stato a fare una cosa simile? Investire un bambino e poi andarsene senza fermarsi ad aiutarlo...

Giorgia

Il funerale di Andrea si svolse nella chiesa di Sant'Angelo due giorni dopo. Alla funzione partecipò una folla infinita di persone e furono davvero tanti coloro che, non avendo trovato posto all'interno, rimasero fuori, seguendo la Messa dal sagrato o dal parco di fronte. L'intera comunità si era vestita con il pesante manto nero del lutto, le serrande dei negozi erano abbassate e un silenzio fermo e logorante pareva regnare in ogni casa, via, piazza.

Molti erano accorsi anche per il clamore mediatico che il caso aveva sollevato e sia i telegiornali che i quotidiani, regionali o nazionali, avevano raccontato la triste storia di Andrea. Ovunque ci si girasse c'erano titoli di testate giornalistiche più o meno importanti che dichiaravano che la caccia al responsabile era ancora aperta. Si parlava di omissione di soccorso e omicidio. La polizia continuava a indagare, a fare domande a tutti, e aveva emesso un comunicato in cui specificava che qualsiasi indizio, anche in forma anonima, sarebbe stato preso in considerazione pur di trovare il colpevole.

L'opinione pubblica aveva già deciso che, chiunque egli fosse, doveva sicuramente essere un poco di buono e un vigliacco. Gli argomenti politici, il credo religioso, i dibattiti etici potevano in qualche modo dividere l'opinione comune, ma l'omicidio di un bambino innocente e indifeso schierò tutti dalla stessa parte: chi aveva sbagliato doveva pagare.

Giorgia lo sapeva bene e in quei giorni non riusciva a smettere di ripetersi: *io so chi è stato...*

In piedi tra i primi banchi, senza riuscire a dire una parola, fissava la piccola bara chiara coperta di fiori bianchi. Stringeva la mano di Sara e se ne stava chiusa in una sorta di mondo parallelo, senza percepire in alcun modo i rumori attorno a sé o la voce di don Paolo che parlava dall'altare.

Giorgia sembrava assente, impassibile, ma fu proprio lì in chiesa, al funerale di Andrea, che decise...

28

Metà settembre 1989

Marta

Dopo il funerale di Andrea, la vita di tutti i giorni ricominciò a scorrere più lenta di prima e con molte difficoltà. Marta non si capacitava di quello che era successo e se prima era protettiva, dopo l'accaduto si fece estremamente apprensiva e inflessibile. Decise che Giorgia non sarebbe più andata a gironzolare in campagna, nemmeno nei campi di famiglia, e le ordinò che per nessun motivo al mondo avrebbe dovuto avvicinarsi al canale.

Il pomeriggio in cui Marta le dettò queste nuove regole, la bambina la guardò con aria distaccata.

«Hai capito quello che ti ho detto?» le chiese la madre prendendola per le spalle e scuotendola. «Non è uno scherzo! Hai visto che cosa è successo ad Andrea? Vuoi che accada qualche cosa di brutto anche a te?».

Giorgia si liberò dalla sua presa e le cinse il collo con le braccia. La donna ricambiò l'abbraccio ma la sua preoccupazione non diminuì. Il comportamento della figlia, infatti, era decisamente peggiorato negli ultimi tempi. Parlava ancora meno di prima e si era chiusa in se stessa come una chiocciola che si rintana nel suo guscio sicuro dove nessuno può più toccarla. A volte rispondeva a monosillabi, però solo e quando ne aveva voglia.

«Sì, credo che tu abbia capito» le sussurrò ascoltando il suo battito cardiaco accelerato che sembrava frantumarle il petto.

Giorgia socchiuse le labbra e iniziò a dirle qualcosa all'orecchio... Marta l'ascoltò con le lacrime agli occhi perché era dal giorno del funerale di Andrea che non pronunciava una frase per intero.

Sollevata e speranzosa, la donna abbassò le difese e provò ad ascoltarla senza mettere paletti tra loro.

Un istante dopo, tuttavia, sgranò gli occhi...

Ma cosa... cosa sta dicendo?, pensò e allontanando piano la figlia da sé l'avvertì: «Giorgia, questo gioco non è divertente. Ti devi togliere dalla testa tutte queste cose, è chiaro?» le ordinò fissandola negli occhi e trattenendo l'impeto di metterla in punizione.

«Tu non mi credi» le disse Giorgia stringendosi nelle braccia.

Marta stava diventando sempre più nervosa. Odiava quando la figlia le diceva le bugie... *e lei sapeva bene che era una menzogna...*

Prima della morte di Andrea era già tutto difficile e adesso doveva gestire anche quella situazione: una figlia chiusa, che non si esprimeva e che si inventava fatti mai accaduti.

«Sei cattiva con me!» gridò Giorgia correndo in camera.

«Ma certo!» sbottò sua madre rossa di rabbia. «Sono sempre io la mamma perfida, quella che non ascolta! Invece ti dico io come stanno le cose: io ti spiego e tu non capisci mai niente! E poi devi smetterla di dire bugie, maledizione!» si sfogò con il fiato corto e il sudore che le scendeva lungo le tempie.

Ma perché tutto questo, Signore?, pensò facendosi il Segno della croce.

Sara

Verso la metà di settembre iniziò il nuovo anno scolastico e io ricominciai con poche energie. Quello che era successo ad Andrea mi aveva sconvolto e vedere mia sorella così provata mi faceva stare male.

Cercavo di aiutarla in tutti i modi: di sera mi mettevo a letto con lei e le raccontavo delle favole per tentare di distrarla e per penetrare nella cortina di diffidenza che si era costruita attorno. Tutti i miei tentativi, però, erano vani.

La situazione in famiglia si era in qualche maniera alleggerita. Per lo meno non eravamo più costrette a sentire i continui litigi tra i nostri genitori, che parevano aver trovato un equilibrio, per quanto precario. Anche se la tristezza e il dolore erano una costante nella vita di tutti noi, la *normalità* appariva esattamente come doveva essere ed ero sollevata nel vedere che papà era tornato a dormire accanto alla mamma.

Ciò che invece si stava deteriorando era la storia con Francesco. Erano settimane che non riuscivo più a fare l'amore con lui. Dopo quella giornata in piscina in cui venni spinta a bere, nacque in me la sensazione che tutto si fosse sporcato di una *patina di menzogna*. Non ero più capace di rilassarmi né di *fidarmi* ciecamente di lui, così decisi di lasciarlo.

Anche i rapporti con Manuela si erano incrinati. Lei mi chiamava anche a casa per cercare di parlarmi ma io la maggior parte delle volte tagliavo corto. Ero arrabbiata per i comportamenti provocatori che continuava a tenere nei miei confronti e avevo chiesto di cambiare classe per evitare di vederla tutte le mattine. Molte volte mi chiedevo perché le piacesse così tanto provocare o manovrare le persone per far fare loro cose che altrimenti non avrebbero mai compiuto.

Dopo tutta la delusione, l'amarezza e le notti in bianco che da settimane mi tenevano costantemente sul filo del rasoio e che facevo fatica a gestire, decisi di concentrarmi su ciò che sicuramente mi avrebbe dato più soddisfazioni: lavorare, studiare e arrivare al diploma di maturità con il massimo dei voti.

Quel sabato di metà settembre, all'uscita da scuola, feci un respiro profondo e mi misi le mani in tasca, pronta per dirigermi alla stazione degli autobus. Lungo la strada, all'improvviso, mi ritrovai accanto Manuela, che mi aveva rincorsa e stava fumando una sigaretta con la solita aria di donna vissuta che le piaceva tanto sfoggiare davanti agli altri. «Sembri seria... cosa ti succede? Ultimamente sei strana con me» esclamò sistemandosi lo zaino su una spalla.

«Non ho niente, va tutto bene» le risposi tagliente senza farmi più alcun problema nell'esternare le mie opinioni. Un tempo, il temperamento esplosivo di Manuela in un modo o nell'altro mi intimoriva a tal punto che non riuscivo a esprimere pienamente quello che mi passava per la testa. *Adesso, invece, era tutto diverso...*

«Oh, come siamo suscettibili oggi...» e buttò fuori una lenta nuvola di fumo. Era sorpresa dal mio atteggiamento così freddo e distaccato.

La sua battuta non mi scalfì per nulla e mi feci ancora più rigida e inflessibile in volto.

Vicino a noi camminavano molti altri studenti, quando uno di loro urtò inavvertitamente Manuela. «Ehi, razza di imbecille, vuoi guardare dove metti i piedi?» urlò lei scocciata.

Il ragazzo, intimorito, le fece un cenno di scuse con la testa bassa e proseguì svelto per la sua strada.

«Ma perché devi sempre prendertela con gli altri?» la attaccai fermandomi di botto e fissandola negli occhi.

«Come?» mi chiese lei con aria stupita.

«Hai capito benissimo. All'inizio non eri così... Perché sei arrivata al punto di provocare le persone in questo modo? Sei sempre pronta ad aggredirle, deriderle, spingerle a commettere azioni che in altri momenti non farebbero mai. Cosa ci guadagni a comportarti così? Ti piace così tanto indurre gli altri a trasgredire?» sbraitai in mezzo alla gente. «Pensi davvero che chi ti sta vicino lo fa perché ti vuole bene?» continuai come una tempesta implacabile, senza alcun freno, libera di distruggere qualsiasi cosa.

Manuela trattenne per un attimo il fiato e rimase immobile, senza riuscire a proferire una sola parola.

«Be', ti dico io come stanno le cose, visto che non sai fare altro che metterti in mostra. Le persone che ti stanno accanto hanno paura di te e della tua aggressività. Con le tue stupide risate e le tue battute insensate convinci sempre tutti a fare quello che ti pare. Ma sai perché ti comporti così? Perché sei solo una povera insicura, sciocca e per di più infelice!».

Ero contenta di averla ferita con le mie parole intrise di veleno e soprattutto di essermi liberata di lei dicendole tutto quello che pensavo veramente.

Lei impallidì, buttò a terra il mozzicone di sigaretta schiacciandolo con la punta della scarpa e incrociò le braccia al petto con l'aria indispettita di chi è stato colpito nel vivo.

Sapevo di averla affondata e sempre più felice di fronte al suo mutismo le sorrisi maligna come mai ero stata in vita mia. «Stai lontana da me. Non cercarmi più. *Tu per me sei morta!*» esclamai puntandole un dito contro. Poi, tremante di rabbia, mi allontanai lasciandola di stucco e con gli occhi velati di pianto.

Dopo tutto quello che mi aveva fatto non ero in grado di sopportarla un minuto di più. Non volevo più subire la sua influenza negativa che mi confondeva e mi portava fuori strada. Per colpa sua erano successe cose a cui nessuno avrebbe più potuto *porre rimedio* e non mi importava più nulla di quella ragazza che mi aveva insegnato la *disobbedienza*.

Come ho fatto a credere che lei fosse molto più libera di me?, mi chiesi ripensando a tutto ciò che era successo. *La trasgressione porta solo guai, soltanto disgrazie,* mi convinsi asciugandomi le lacrime con il dorso della mano e pensando a quanto la mia vita fosse un disastro.

Due giorni dopo, alla fine di una lezione andai in bagno, entrai nel primo posto libero e chiusi a chiave la porta. Subito dopo sentii arrivare due ragazze e riconobbi immediatamente la voce di Manuela, mentre l'altra non sapevo chi fosse.

«Hai capito cosa mi ha detto quella cretina? Cazzo, sembrava tutta mogia e ingenua e invece era una vipera!» dichiarò aprendo l'acqua di un rubinetto.

«Dai, fregatene» le suggerì l'altra con la leggerezza di chi non è affatto interessato all'argomento. «Tanto non hai perso niente».

«Hai ragione, *devo pensare solo a Francesco...* Adesso è libero!» esclamò Manuela sghignazzando e accendendo una sigaretta.

Sentii l'odore acre del tabacco riempirmi le narici e d'istinto mi portai una mano sulla bocca, stupita dalla rivelazione che avevo appena sentito. *Le piace Francesco?*, mi chiesi passandomi le mani tra i capelli.

E mi vennero in mente tutti i suoi sguardi furtivi quando io e Francesco stavamo insieme e uscivamo con lei e gli altri. Una volta l'avevo anche sorpresa a guardarmi con espressione arcigna ma era stato un attimo talmente fugace che catalogai l'episodio come un equivoco, un abbaglio... anche se un brivido sottopelle mi aveva suggerito altro.

«Chissà, adesso che è depresso perché quella stronzetta lo ha lasciato, magari si accorgerà di me» ipotizzò Manuela sempre più divertita.

«Da quanto tempo ti piace? Non è che la tipa...» disse l'altra ragazza riferendosi a me «lo aveva capito?».

Sentii che anche lei stava tirando fuori una sigaretta dal pacchetto.

«Mi piace da giugno, dalla fine dello scorso anno scolastico. È carino, no? Io me lo porterei volentieri a letto» le confessò ridendo di gusto.

Digrignai i denti dalla rabbia.

«Non credo che la brava e casta Sara se ne sia accorta» dichiarò Manuela sprezzante e astiosa. «Ho sempre cercato di non darlo a vedere. All'inizio non mi capacitavo che un tipo come lui potesse piacermi».

«Io ti conosco bene» le lasciò intendere l'altra. «Francesco è solo un capriccio per te, da lui vuoi solo una cosa...».

Attesi la risposta di Manuela.

«Non saprei, diciamo che più i ragazzi sono occupati, più adoro portarli via alle loro fidanzate. È divertente, no?».

Proprio in quel momento arrivò un rumoroso gruppo di ragazze, che così interruppero la conversazione che stavo origliando.

Sconsolata mi appoggiai a una parete e con le lacrime che mi rigavano il viso chiusi gli occhi massaggiandomi le tempie.

Sentire quelle parole così cattive mi fece riflettere su quanto Manuela fosse superficiale e senza scrupoli. *Una poco di buono, come direbbe la mamma...*

La stessa sera, dopo aver finito il mio turno in pizzeria, mi stavo dirigendo al parcheggio sul retro dove avevo lasciato la macchina, quando improvvisamente mi bloccai: vicino all'auto c'era Francesco, in piedi con le braccia incrociate, che mi aspettava con aria contrita e gli occhi tristi.

«Cosa ci fai qui?» gli chiesi faticando a mantenere un tono distaccato e facendogli segno di allontanarsi dalla portiera. «Non ho voglia di parlare con te».

«Sara, io non ti capisco! Perché mi hai lasciato? Cosa ti ho fatto?» mi domandò senza spostarsi di un millimetro. Umiliato e confuso dagli eventi che lo avevano travolto, era alla disperata ricerca di spiegazioni.

Io però non avevo alcuna intenzione di tornare sui miei passi. «Spostati Francesco, lasciami andare. Se arrivo a casa tardi, mio padre si arrabbia» e tentai di mandarlo via.

A quel punto, lui mi afferrò per i polsi e mi spinse contro la macchina. «Dimmi perché!» gridò con gli occhi pieni di lacrime.

Vedendo il suo dolore ebbi un tuffo al cuore. Il ragazzo che tanto mi amava mi stava supplicando di dire *la verità*. Per un istante pensai di raccontargli *tutto*, poi però prevalse *la paura*.

«Lasciami o mi metto a gridare» lo minacciai cercando di tenere i nervi ben saldi.

Capendo la mia determinazione, lui mi lasciò e fece un passo indietro. «Sara, io ti amo. Cosa farò senza di te?» mi chiese sofferente. Disperato.

Serrai gli occhi per un attimo e respirai profondamente, poi mi girai di spalle e infilai la chiave nella portiera. «Fai quello che vuoi» gli dissi pensando a *tutto quello che era successo*.

«Sara, per favore, ascoltami» provò a convincermi cingendomi le spalle, ma io mi divincolai come se fossi stata attaccata da uno sciame di api. «Vai via. È finita!» gridai soppesando ogni parola con l'intento di farglielo capire. Di *ferirlo*. Poi mi rifugiai in macchina e me ne andai.

Guardando nello specchietto retrovisore, vidi allontanarsi la figura di Francesco con le braccia lungo i fianchi e piansi lacrime amare. *Ho dovuto farlo. Non avevo scelta.*

Non mi importava ciò che avevo scoperto, cioè che Manuela da mesi si era infatuata di lui. Era una cosa di poco conto, un dettaglio insignificante in confronto al motivo per cui *avevo dovuto allontanare Francesco e gli altri* dalla mia esistenza.

Qualche giorno dopo l'incontro con Francesco mi accordai con Sabrina per vederci a pranzo in un pub. Quando arrivai, mi accorsi a malincuore che c'era una grande confusione e pensai che avrei fatto davvero fatica a stare in un luogo così rumoroso e caotico. Il locale era affollato di giovani che sedevano intorno a lunghi tavoli di legno e al vocio delle persone si sommava la musica in sottofondo.

«Sara, sono qui!» mi chiamò Sabrina alzandosi in piedi e sbracciandosi.

Mi feci coraggio e andai da lei. «Che chiasso c'è qui» le dissi nella speranza di poter uscire al più presto all'aria aperta.

«Sì, però vedrai che si mangia davvero bene. Fanno degli hamburger che sono una favola».

Abbozzai un sorriso tirato. «Se lo dici tu».

Dopo avermi studiato per un lungo attimo, mi chiese: «Mi vuoi dire cos'hai? Ultimamente sei strana, nervosa, sembri arrabbiata con il mondo».

«Niente. È tutto a posto» le risposi forse un po' troppo acida.

«Sì, come no? Ti conosco troppo bene per non accorgermi che c'è qualcosa che non va. Non sei la solita Sara. Cos'è successo?».

Sbuffando le diedi una risposta sbrigativa. «Credo dipenda dal fatto che io e Francesco ci siamo lasciati».

«Be', ti ricordo che sei stata tu a piantarlo... Perché non sei rimasta con lui se ti piace ancora?».

«Sabrina, io ti voglio bene, ma non mi va di parlarne. Ti dico solo che non andavamo più d'accordo, mi aveva stancato».

«Okay, come vuoi, lasciamo perdere il discorso. Cosa ne dici se ordiniamo? Magari mangiando ti sentirai meglio» mi propose per alleggerirmi l'umore.

Mentre aspettavamo che arrivassero i nostri hamburger, mi raccontò che non vedeva l'ora di andare all'università e che tanti suoi amici più grandi di noi le dicevano che quel mondo era molto più bello del liceo.

Io l'ascoltavo con difficoltà, non riuscivo a concentrarmi sulle sue parole e la mia mente sembrava afferrare solo pochi stralci del suo discorso. All'inizio non me ne preoccupai e diedi la colpa al rumore e alla confusione del locale, ma poco dopo la vista mi si annebbiò, il respiro si fece corto e cominciai ad avvertire un forte peso sul petto.

«Non riesco a respirare, aiutami» la scongiurai all'improvviso sudando freddo e aggrappandomi saldamente al tavolo.

Spaventata dalla mia reazione e dal mio pallore, Sabrina mi accompagnò fuori, mi fece sedere per terra e andò a prendermi un bicchiere d'acqua.

«Ecco, bevi lentamente. Vuoi che chiami i tuoi genitori?» mi chiese preoccupata, accarezzandomi i capelli.

«No, no» risposi con la voce strozzata e tenendo il bicchiere con le mani tremanti.

Piano piano ripresi il controllo del mio corpo, ricominciai a respirare normalmente e il peso al torace si alleggerì fino a scomparire.

Sabrina mi studiava preoccupata. «Stai meglio?» mi domandò sfiorandomi una guancia. «Hai ripreso colore».

«Sì, grazie, sta passando. Probabilmente in questo periodo sto avendo troppi pensieri».

Rientrate nel locale, Sabrina aspettò con pazienza che mi aprissi.

«Non posso negare di essere sotto pressione... Prima la morte di Andrea, poi la ripresa della scuola e il mio calo di rendimento. Sai che non riesco più a mantenere i voti nella mia solita media? Il rapporto con mia madre è sempre faticoso, mentre Giorgia si è chiusa in un mondo tutto suo. Ci mancava la mazzata finale...».

«Ti riferisci a Manuela e Francesco?».

«Già, proprio a loro».

«Senti, per quanto riguarda Manuela ti consiglio di lasciarla perdere, si è comportata davvero male con te. Quando mi hai raccontato quello che avevi sentito nei bagni della scuola, sono rimasta senza parole. In realtà mi ero accorta che era gelosa di te» mi confessò «ma pensavo che le sarebbe passato in fretta. Da quando i genitori si sono separati è cambiata, sembra un'altra persona».

«Affari suoi. Anch'io ho un sacco di problemi ma non vado a rompere le scatole agli altri» le dissi astiosa.

Proprio in quel momento, il cameriere ci portò i nostri hamburger con patatine fritte e si allontanò augurandoci buon appetito.

«Se sapessi che situazione vivo a casa... Sono preoccupata soprattutto per Giorgia, non è più la stessa».

«Cioè?» mi chiese addentando il panino.

«La morte di Andrea l'ha sconvolta... Era il suo migliore amico e credo che adesso, senza di lui, sia tutto molto più complicato. Si sente sola e ha perso il suo punto di riferimento».

Sabrina appoggiò il panino sul piatto e si pulì la bocca con il tovagliolo. «Ci credo. La morte di quel bambino è stata una tragedia per tutti, figuriamoci per lei! Chissà dov'è adesso quel bastardo che l'ha investito e poi è scappato. Sembra che si sia volatilizzato nel nulla. Mio Dio, ma chi farebbe una cosa simile?».

Io ingoiai una patatina e guardai con disgusto il panino ancora intatto che avevo davanti. «Chiunque sia stato è solo un vigliacco, un maledetto vigliacco che ha rovinato la vita alla famiglia di Andrea e alla mia. Ho paura che Giorgia non ne verrà fuori».

Sabrina si accigliò. «Non dire così, io credo che riuscirà a superare questo momento così difficile».

«Lo spero tanto, è che la vedo così triste... Mia madre, poi, non ha nessuna comprensione nei suoi confronti. Anzi, la sta schiacciando...».

29

Sara

14 luglio 2016, commissariato

Il commissario Martini picchiettò le dita sul tavolo, deciso a ottenere una confessione piena e a mettere al proprio posto ogni tassello di quel caso così intricato.

«Quell'estate, quindi, è stata la rovina di tutti quanti voi, giusto?» mi domandò passandosi una mano sulla barba appena accennata.

«Sì... ma prima di continuare posso andare in bagno? Vorrei lavarmi...» gli ripetei per l'ennesima volta guardando il sangue sulle mie mani e sui miei vestiti.

«Mi spiace Sara, ma non possiamo interrompere proprio adesso, non dimentichi che stiamo registrando. Prima mi deve dire tutto, solo allora potrò lasciarla andare».

«Ha ragione. D'altronde dovrei saperlo bene, visto che sono un avvocato» pensai a voce alta nel tentativo di abbozzare un sorriso.

«Bene, allora riprendiamo, per favore. Volendo riassumere, possiamo dire che lei aveva grossi problemi in casa: i suoi non andavano d'accordo, anche se cercavano di non darlo a vedere, il suo rapporto con Francesco era finito e Giorgia dopo la morte del suo amico si era chiusa in se stessa. In più, Sara, lei era soffocata da sua madre, che non la faceva respirare, e aveva interrotto ogni rapporto con Manuela. Cosa accadde dopo? Mi vuole dire finalmente perché voleva scappare da tutti e da tutto? Le ricordo che Sabrina ci ha detto ogni cosa... ma ho bisogno di sentire la sua versione».

Io mi sporsi in avanti. «So bene cosa le ha riferito Sabrina... ma lei è a conoscenza solo di una parte della storia: il finale. E mi creda: non è sufficiente per comprendere appieno la situazione».

«Invece capisco molto più di quanto lei pensi. Ho capito che lei era giovane e inesperta e per sua sfortuna si è fatta trascinare in *giochi* che non avrebbe dovuto fare. E questo, glielo dico sinceramente, mi rattrista molto più di quanto lei immagina...» mi disse studiandomi.

«Ha figli, commissario?» gli chiesi all'improvviso tuffandomi nel suo sguardo duro e impenetrabile.

«Sì, una ragazza di diciotto anni. E lei non vuole scappare di casa...» alluse per spingermi a rispondere alle domande precedenti.

Sorrisi amaramente. «Anch'io all'inizio sognavo dei figli, ma poi vi ho rinunciato. La mia vita sentimentale è stata un disastro dopo l'altro, ho mandato in fumo persino il mio matrimonio. Avrei tanto voluto Francesco come compagno di vita, invece è andato tutto a rotoli e sono dovuta fuggire lontano, altrimenti sarei sicuramente impazzita. *Non ho avuto scelta.* Ho persino *infranto la promessa* di occuparmi di mia sorella. Credo che il mio trasferimento a Milano l'abbia ferita profondamente. Nei primi tempi mi chiedeva spesso quando sarei tornata a casa, poi piano piano smise di domandarmelo. Penso si fosse sentita abbandonata da me».

«Mi racconti, Sara» e io tornai con la mente a quel lontano ma purtroppo ancora vivo e pungente passato...

30

Autunno 1989

Sara

Dopo aver lasciato Francesco, cercai di concentrarmi sullo studio e rinunciai persino a uscire con i miei amici, compresa Sabrina che quando poteva veniva a trovarmi a casa per chiacchierare con me. A scuola mi capitava di incrociare Manuela, ma la ignoravo come si evita un appestato. Avevo saputo che negli ultimi tempi aveva cercato di mettersi con Francesco, ma lui l'aveva mandata a quel paese senza troppe cerimonie, dicendole che era solo una fanatica esibizionista e gli aveva rovinato la vita. Ebbi così un'ulteriore conferma che Francesco era davvero innamorato di me... e provai una profonda stretta al cuore piena di *risentimento* e *rimpianto* per le occasioni perdute.

Quando non studiavo, mi caricavo di lavoro e in pizzeria mi resi disponibile anche per alcune sere durante la settimana. Darmi da fare con tutta me stessa nello studio e nel lavoro, in modo da non avere tempo né energie per pensare a ciò che *mi tormentava*, era *l'unico modo per sopravvivere, l'unica via di salvezza*. In altre parole, vivevo le giornate con una sorta di filtro che mi proteggeva dal mondo esterno.

Nonostante la mia pena, apprezzavo che mia madre in qualche modo avesse allentato la presa su di me. Era diventata meno oppressiva e pensai che il suo cambiamento fosse la conseguenza del mio nuovo stile di vita. Non trovavo altra spiegazione. *Una donna come lei non può certo cambiare da un giorno all'altro*, pensavo ogni volta che uscivo di casa per recarmi al lavoro e lei mi salutava con aria serena. Era chiaro che il fatto che non uscissi più per semplice divertimento le dava una certa tranquillità. A parte qualche raccomandazione di fare attenzione in macchina, sembrava che il suo atteggiamento provocatorio e i suoi pensieri ansiosi si fossero come assopiti in qualche angolo remoto dell'anima.

Ma se il rapporto con mia madre era migliorato, quello con Giorgia era a un punto morto. Non avevo ancora trovato il modo per aiutarla a superare il momento difficile che stava vivendo e ogni parola che mi usciva dalla bocca pareva inutile e senza senso. *Come posso alleviare il suo dolore?*, mi chiedevo tutte le volte che la guardavo accoccolarsi a letto sempre più silenziosa. Il suo mutismo era per me una vera e propria stilettata nel fianco e ogni parola non detta era come una voragine che si apriva sotto i miei piedi. Sentivo che *stavo perdendo* mia sorella sotto un mantello scuro e tetro intriso di incomunicabilità, ma non avevo la più pallida idea di come raggiungere e aggiustare il mondo in cui si era rifugiata quella piccola e dolce bambina.

Nonostante mi tenessi occupata fino allo sfinimento, la sera faticavo a prendere sonno e spesso mi ritrovavo a fissare il buio con un peso sul petto che quasi mi soffocava. Una sensazione così opprimente e spiacevole che a fatica ero in grado di dominare.

Anche mia madre era preoccupata per Giorgia, ma dalle sue espressioni perplesse mi ero accorta che con il passare delle settimane la sua apprensione si era trasformata in qualche cosa di subdolo, in una specie di fastidioso disagio. Conoscevo bene mia mamma e sapevo interpretare i suoi atteggiamenti. Avevo oramai capito che il modo di comportarsi di Giorgia era diventato per lei *motivo di imbarazzo*: lei voleva che sua figlia fosse *normale*, esattamente come tutti gli altri bambini, perché il giudizio degli altri era sempre al primo posto. Ecco cosa rincorreva ogni giorno mia madre: la normalità, l'apparenza, l'uniformarsi con la massa.

Un pomeriggio, mentre studiavo in camera mia con la porta aperta, ascoltai le raccomandazioni che stava facendo a Giorgia: «Dal dottore devi fare la brava e non gli devi dire *proprio tutto*... Per esempio, non parlargli dei litigi che ogni tanto abbiamo in casa. Hai capito?» le chiedeva con un tono apparentemente gentile che nascondeva una buona dose di *vergogna* camuffata da un'infima strategia.

Ascoltando il tacchettio nervoso di mia madre che se ne andava avanti e indietro per la stanza sfoderando la sua tattica sottile, serrai forte i pugni dalla rabbia. Percepii quelle parole come il sibilo minaccioso di una freccia che mi passava accanto all'orecchio. Non mi capacitavo del modo furbo e tagliente con cui aveva il coraggio di *istruire* Giorgia. Era un comportamento meschino che mi dava letteralmente il voltastomaco.

Presa dalla collera chiusi la porta della camera e mi gettai a capofitto nel libro di storia, convincendomi che la cosa migliore fosse non fare niente. Non agire in alcun modo. Muovere un solo dito verso mia madre non sarebbe servito a nulla. *Litigare con lei non avrebbe senso. Non ho le forze per affrontarla, non adesso, e comunque non cambierebbe la situazione perché lei non mi ascolterebbe*, mi dissi immaginandomi mia sorella seduta sul divano con l'atteggiamento remissivo e stanco di chi non ha più modo di farsi comprendere. Figurarmi Giorgia in quelle condizioni precarie mi suscitava una sensazione di inadeguatezza e impotenza. *Prima ero io il suo bersaglio preferito, adesso purtroppo è Giorgia. E io non ho nessun potere. Come mi piacerebbe andarmene lontano da qui!*

Giorgia

Giorgia era spossata dalle raccomandazioni che Marta continuava a ripeterle. Le parole le scivolavano addosso ma a lei non importava affatto di andare dal dottore, voleva solo starsene sul divano a guardare i cartoni animati. Spesso sentiva il desiderio di scappare a casa di Andrea e avrebbe dato qualsiasi cosa pur di poter percorrere un'altra volta quel sentiero per giocare con lui e raccontargli tutto quello che le passava per la testa. Anche salire sullo scuolabus era diventato una sofferenza, il posto vuoto di fianco le provocava un'angoscia straziante.

Aveva la sensazione che dentro di lei si fosse rotto qualcosa e di frequente cadeva in un'apatia totale, chiudendosi nel silenzio: non le importava più nulla della scuola, dei giochi con gli amichetti, delle attenzioni della madre, delle coccole del padre che cercava di farla parlare e nemmeno di Sara, che in qualche modo *la stava abbandonando*.

Giorgia sentiva sua sorella distante e lontana. Le mancava il rapporto con lei, però non sapeva se fosse giusto raccontarle *il suo segreto. La mamma mi ha detto che queste cose non si possono dire. Se ne parlassi a Sara, anche lei direbbe che sono una bugiarda?*, si chiese. Nel dubbio, decise che non avrebbe mai rivelato niente a nessuno. E non era intenzionata a cambiare idea.

Marta

Marta odiava la situazione che si era creata e faceva sempre più fatica a tollerare il silenzio di Giorgia.

Un pomeriggio la maestra la invitò a scuola per un colloquio e lei si presentò con Filippo. Anche lui voleva capire. Marta all'inizio si era opposta dicendogli che se la sarebbe cavata benissimo anche da sola, ma di fronte alla determinazione del marito non aveva potuto fare altro che acconsentire.

Quando l'insegnante iniziò a parlare di Giorgia dicendo che c'era *qualche problema*, Marta cominciò ad agitarsi, e quando poi suggerì loro di far visitare la figlia da un medico specialista, Marta avvertì come un pugno dritto allo stomaco. Ascoltare le parole di quella maestra dall'aria distinta la infastidirono a tal punto che a stento si trattenne dall'alzarsi e andarsene via. Il fatto che un'estranea, per quanto molto più colta e preparata di lei, le facesse un appunto così privato e delicato, le fece rizzare i peli delle braccia. Per fortuna c'era Filippo, che vedendo la sua reazione fu molto bravo a gestire la situazione, dicendo alla maestra che avrebbero fatto tutto il possibile per aiutare Giorgia.

«L'abbiamo già portata da diversi medici, cosa crede questa maestrina?» esclamò mentre usciva dall'istituto scolastico a passo spedito.

«Non prendertela, Marta» le disse il marito mettendole una mano sulla spalla, che lei indispettita spostò via con rabbia.

«Cosa crede quella? Che non siamo in grado di badare a nostra figlia?» sbraitò in mezzo al marciapiede accelerando il passo e stringendo la borsa tra le mani fino a farsi venire le nocche bianche.

«Non ha detto questo. Hai ascoltato bene le sue parole?» le chiese sospirando, raggiungendola.

Marta si fermò di colpo e lo fissò dritto negli occhi. «Non vorrai darle ragione, vero? Non ci provare, Filippo, quella non sa un bel niente di Giorgia! Chi si crede di essere? Solo perché fa la maestra è convinta di sapere cosa succede nelle case degli altri?» sputò fuori velenosa.

Lui le prese la mano e le parlò con calma. «No Marta, lei ci ha detto che non sa più come comportarsi con la bambina e che è in difficoltà. Ci ha dato un consiglio sensato. Il problema è un altro, Marta: dobbiamo capire cosa sta succedendo a Giorgia».

Percependo il dispiacere nella voce del marito, Marta si lasciò accarezzare la mano. «Lo so, Filippo» gli sussurrò incerta, incapace di mettere da parte il risentimento verso l'insegnante. Poi fece un respiro profondo. *Ma perché la vita è così ingiusta con me?*

Filippo

Filippo non sapeva più cosa fare per risollevare la figlia. Il suo unico desiderio era rivedere il sorriso spontaneo di Giorgia e l'allegria nei suoi occhi, ma la situazione era dura, anche perché Marta non lo aiutava in questo compito.

Quando ascoltò le parole della maestra, si preoccupò ancora di più ma non le considerò come un'offesa personale. Anzi, gli sembrò una buona idea la proposta di portare Giorgia da uno specialista che lo aiutasse a ritrovare la sua bambina. La morte di Andrea era ancora una ferita troppo dolorosa e sperava con tutte le sue forze che la tragedia che viveva Giorgia fosse in qualche modo recuperabile.

Pensando a tutte queste cose, Filippo si passò una mano tra i capelli. *Marta è troppo orgogliosa per ammetterlo, ma ho il presentimento che Giorgia abbia assolutamente bisogno di aiuto.*

31

Inverno 1990

Giorgia

Passarono i mesi e Giorgia cominciò a essere seguita da uno psicologo che con pazienza e professionalità riuscì a scalfire il muro di difesa che lei si era costruita per proteggersi dal mondo esterno.

La sua valvola di sfogo divenne il disegno e alla fine di ogni seduta Giorgia diceva di stare bene e che voleva andare a casa a disegnare. Allora si appartava in camera seduta ai piedi del letto e trascorreva intere ore sui suoi fogli... che però non mostrava a nessuno. Sapeva che la madre avrebbe voluto vederli ma lei li nascondeva in un angolo vicino all'armadio, sotto un'asse del pavimento allentato.

Mamma non deve trovarli..., pensava ogni volta che li terminava e li nascondeva lì, piegati per bene.

Era stato lo psicologo a chiederle di disegnare, e lei gli portava fogli colorati con casette e bambini felici. Non aveva nessuna intenzione di mostrargli i suoi *veri disegni. Nemmeno lui deve sapere*, si diceva ogni volta che ripensava al suo *segreto*.

Sara

Nonostante fossero passati diversi mesi dalla morte di Andrea, all'inizio del nuovo anno la polizia non aveva ancora chiuso il caso e continuava le indagini in silenzio. La morte del bambino sembrava in costante attesa di una giustizia che stentava a farsi avanti.

Un pomeriggio di gennaio, mentre scendevo le scale per fare una pausa dallo studio, udii la voce di Raffaella in cucina: mi bloccai di colpo e mi appoggiai al muro con la schiena ad ascoltare la sua voce spezzata. Me la immaginavo seduta al tavolo con un fazzoletto tra le mani per asciugarsi le lacrime.

«Lui era tutto per me» diceva singhiozzando. «Adesso la mia vita non ha più senso».

«Lo so, ma devi reagire, Raffaella. Non puoi lasciarti andare» la spronava mia madre con voce ferma.

Io deglutii a fatica, cogliendo nel tono della sua voce una certa ipocrisia: come poteva dare consigli lei che aveva avuto la fortuna di non subire un simile lutto?

«Credi che sia facile?» sbraitò all'improvviso la mamma di Andrea. «Tu non sai cosa vuol dire. Tutti mi dicono che devo andare avanti e che prima o poi la verità verrà a galla. Be', io non ci credo. Quel bastardo che ha fatto del male ad Andrea è riuscito a farla franca! Tu non puoi sapere cosa significa vivere senza un figlio. Aveva tutta la vita davanti, era solo un bambino, capisci? Dio mio, dovreste smettere tutti quanti di dirmi quello che è meglio per me, perché nessuno di voi sa come si sta!».

Tesa e angosciata, sentivo il cuore battermi forte nel petto e sperai che mia sorella, addormentata nella stanza dei giochi, non sentisse tutto quel trambusto.

«Hai ragione» l'assecondò mia madre. «Nessuno può capire... nemmeno io».

Udendo il suono di una sedia spostata e poi il pianto convulso di Raffaella, ipotizzai che le due donne si stessero abbracciando e mi chiesi con una lacrima che mi scivolava silenziosa sulla guancia quanto tempo fosse passato dall'ultima volta che mia madre mi aveva stretta a sé. *Non me lo ricordo nemmeno,* mi risposi con un dolore allo stomaco tornando nella mia stanza.

Marta

Agli occhi di sua madre, Giorgia piano piano riacquistò un minimo di normalità e anche se spesso si chiudeva ancora nei suoi lunghi silenzi, a Marta sembrava che la situazione stesse sensibilmente migliorando. Dalla scuola non aveva più avuto richieste di colloqui che potessero in qualche modo farla sentire una madre inadeguata, e ne era felice. Non essere più chiamata per il mutismo di sua figlia la faceva sentire finalmente fuori dal pantano melmoso in cui erano finiti dopo la morte di Andrea.

Quando pensava a lui, Marta si faceva il Segno della croce e ringraziava il Signore che le sue figlie fossero ancora vive. C'erano persino momenti in cui durante la notte andava a controllare che Sara e Giorgia nel sonno respirassero normalmente. *Per fortuna non è capitato a me...*

Tutto sommato le pareva che la vita trascorresse serena e in fondo non desiderava altro. Avere un marito lavoratore e delle figlie uguali agli altri la faceva stare relativamente tranquilla e l'aiutava a tenere a bada l'ansia. Per lei, ogni giorno era come camminare su un ponte instabile, perché non sapeva mai dove l'ansia l'avrebbe condotta: un attacco d'ira, l'impulso irrefrenabile di spaccare qualcosa oppure correre via lontano gridando *lasciatemi in pace!* A volte, quando Giorgia non parlava con nessuno, avrebbe voluto prenderla a ceffoni, per quanta rabbia provava. Il non avere il controllo sulla figlia, il non sapere cosa le passasse per la testa, aveva messo a dura prova la sua pazienza e il suo equilibrio.

Tra gli eventi positivi di quel periodo c'era anche il fatto che Sara si fosse data una calmata: le sue uscite in nome del divertimento erano praticamente cessate ed era contenta che tutta quella smania di buttarsi a capofitto nel mondo fosse stata messa da parte per dare la precedenza al sacrificio del lavoro e dello studio. Era grata al Signore per questo, perché gestire le problematiche di entrambe le figlie contemporaneamente sarebbe stato troppo per lei. Non sarebbe stata in grado di affrontarle.

Era inoltre riuscita a ricucire in qualche modo il rapporto con suo marito ed era certa che lui non l'avrebbe mai lasciata. Era convinta che Filippo fosse troppo tradizionalista per permettersi uno scandalo di quel tipo. In alcuni momenti aveva pensato che lui se ne potesse andare per colpa di quella maledetta ansia che la tormentava, invece tutti i tasselli stavano piano piano tornando al loro posto. Magari con alcuni pezzi sbeccati e diverse crepe ancora da aggiustare, ma comunque tutto le sembrava praticamente normale.

E così decise che dal mese di marzo Giorgia non sarebbe più andata dallo psicologo. *Non ne ha più bisogno. Sta benissimo!*, decise un giorno osservandola guardare i cartoni animati.

Filippo

Seduto a tavola davanti a un piatto fumante di pasta, Filippo guardò la moglie corrucciando le sopracciglia.

«Credi davvero che sia una buona idea, Marta?» le domandò posando gli occhi anche su Sara che stava mangiando.

«Sì, oramai Giorgia sta bene. Il dottore ha fatto un buon lavoro e non c'è più bisogno di spendere soldi per le sedute. Insomma, ha ripreso a parlare, no?» e si sedette a tavola accarezzando i capelli neri e lisci di Giorgia che le sorrideva.

Filippo osservò tutte e tre le donne di casa posando lo sguardo su ognuna di loro: Marta aveva negli occhi un'espressione di risolutezza e tenacia e sarebbe stata irremovibile nella sua decisione, Sara pareva intimorita dalla situazione e Giorgia sorrideva silenziosa.

Non era certo che tutto andasse bene, qualcosa gli sfuggiva. Non sapeva nemmeno lui cosa, ma aveva l'impressione che sotto sotto qualcosa nella sua famiglia si fosse frantumato. Qualcosa che aveva irrimediabilmente cambiato le sorti di tutti per sempre.

Non poteva negare di essere preoccupato, anche perché pochi giorni prima la polizia aveva annunciato la chiusura del caso... senza che il colpevole dell'omicidio di Andrea fosse stato trovato.

Con un immenso sforzo, Filippo mise da parte tutte quelle sensazioni negative e si nutrì della sicurezza di sua moglie che adesso gli sorrideva speranzosa.

«Se lo dici, tu mi fido» le disse senza troppa convinzione.

«Perfetto, allora è deciso, da oggi in poi niente più dottore» esultò trionfante Marta. «Sei contenta piccola?» chiese poi a Giorgia. La bambina l'abbracciò forte, senza dire una parola.

32

Estate 1990

Sara

Nel mese di giugno sostenni l'esame di maturità e sebbene avessi cominciato l'anno scolastico con un calo nel rendimento, riuscii a diplomarmi con il massimo dei voti. Anche Sabrina ottenne un ottimo risultato e mi propose di uscire per festeggiare. In un primo momento le dissi che non ne avevo voglia ma davanti alla sua insistenza cedetti e ci accordammo per vederci a pranzo in una pizzeria del centro. D'altra parte erano mesi che non mettevo il naso fuori di casa ed era arrivato il momento di *superare* quella *paura*. Di tornare alla vita "normale".

«Allora, sei contenta?» mi chiese mentre ci sedevamo al nostro tavolo. «Insomma, sei stata davvero brava, hai avuto anche i complimenti dei prof. I tuoi cosa ti hanno detto?».

«Mio padre è davvero felice e orgoglioso mentre la mamma... be', ritiene che io abbia fatto solo il mio dovere. Lei è così» commentai accarezzandomi le ginocchia. «Caspita, è una vita che non esco» constatai guardandomi attorno.

«Già, ti sei rintanata in casa per mesi. Adesso però basta, siamo in estate e devi uscire più spesso. Promettimelo!».

«Va bene, ci proverò» le risposi con un sorriso tirato.

«E hai già pensato a come organizzarti per l'università?».

«Oh, qui viene il bello! Voglio andare a Milano e iscrivermi a Giurisprudenza. Papà sa già tutto ed è d'accordo, ma mia madre ne è ancora all'oscuro e francamente non so come la prenderà».

«Sarà meglio che gliene parli il prima possibile. Via il dente, via il dolore» mi suggerì fissandomi con i suoi grandi occhi castani e il suo sguardo arguto. «Sara?» mi chiese poi, portandosi le mani sotto il mento.

«Sì?».

«Come stai adesso?».

«Sto meglio» la tranquillizzai. «È stato un anno difficile ma il periodo più brutto è passato. Ora mi aspetta un nuovo percorso di studi e non vedo l'ora di cominciare».

«Allora ti do una notizia che ti farà sicuramente piacere. A Milano c'è una mia amica, Elena, che cerca una coinquilina. Potrebbe interessarti? Abita a pochi minuti dall'università. Se vuoi, ti lascio il suo numero di telefono».

Sentii un'emozione fortissima serrarmi la gola, quasi da provocarmi le vertigini. Non riuscivo a crederci... Erano mesi che aspettavo quel momento e il fatto di essere tanto vicina al mio obiettivo mi elettrizzava. Ero indubbiamente felice: la possibilità di ricominciare da capo era a portata di mano e non me la sarei lasciata sfuggire per nulla al mondo, anche se questo voleva dire scontrarmi duramente con mia madre.

Due giorni dopo, nel tardo pomeriggio, chiesi a mia mamma di sedersi sul divano perché avevo bisogno di parlarle. Giorgia se ne stava accanto a lei con un album da disegno immacolato in una mano e un pastello nero nell'altra. C'era anche papà, che era rientrato prima del solito per darmi una mano nell'impresa.

«Cosa sono tutti questi misteri?» mi domandò con un'espressione già alterata che era impossibile non notare.

«Marta, ascoltala per favore. Per lei non è facile...» le fece presente suo marito con il tono di chi non vuole sentire repliche.

Lei deglutì e io cominciai ad andare avanti e indietro per la stanza sfregandomi le mani per l'agitazione.

«Te ne vai, vero?» volle sapere Giorgia... e un tuffo al cuore mi investì all'improvviso. Nei suoi occhi neri e profondi lessi il bisogno che aveva di recuperare il nostro rapporto.

«Sì...» le risposi con un filo di voce «ma non per sempre. Solo per studiare» mi affrettai ad aggiungere.

«Ma di cosa stai parlando?» mi chiese mia madre pallida come un cencio e con le labbra viola dalla rabbia.

«Mamma,» cominciai timorosa «vorrei andare a studiare Giurisprudenza a Milano e papà è d'accordo» le comunicai tutto d'un fiato stringendo i pugni.

Per alcuni istanti nella stanza aleggiò una pesante tensione e il caldo dell'estate si trasformò in un gelo impenetrabile. In una lastra di ghiaccio che solo mia madre aveva il potere di frantumare.

Non sapevo davvero cosa aspettarmi e attesi nervosamente il suo verdetto senza fiatare. Avevo i muscoli del corpo contratti in una sorta di paralisi e la consapevolezza che mio padre fosse lì vicino non riusciva a tranquillizzarmi in alcun modo. Lei non se ne rendeva conto ma il suo carattere instabile e i suoi malumori erano come dei tornado: travolgevano tutti e tutto senza dare modo agli altri di proteggersi. Di mettersi al riparo. Dove arrivava, era capace di annientare qualsiasi sicurezza, di destabilizzare ogni decisione già presa. Era un'esperta nel calpestare e reprimere le aspirazioni personali.

«Va bene» mi disse sorprendentemente, infrangendo il silenzio e sgretolando il gelo. «Se è quello che vuoi, non sarò certo io a trattenerti qui. È giusto che tu vada a studiare nelle migliori università e se quella che hai scelto si trova a Milano, vorrà dire che ci andrai. D'altra parte, io e tuo padre abbiamo lavorato e risparmiato duramente per darti un futuro» mi spiegò accarezzandosi le ginocchia.

Non potevo credere a quelle parole e rimasi a bocca aperta lasciando cadere le braccia lungo i fianchi.

«Parli sul serio?» le chiesi subito dopo.

«Certo. Pensavi che te lo impedissi? Be', ti sbagliavi. Sapevo che questo momento prima o poi sarebbe arrivato e mi ero preparata. In ogni caso verrai a casa per le feste e durante l'estate, no? Vai, vai pure a studiare» concluse riprendendo colore.

Ancora attonita mi girai verso mio padre per capire se fosse tutto vero quello che stava succedendo. Lui mi sorrise e si passò una mano sulla barba incolta.

Io ero già pronta a una scenata senza precedenti a colpi di porte sbattute, grida e isterismi, invece tutto si era svolto in modo pacifico. Sentii il desiderio di abbracciarla ma ero troppo sorpresa per farlo e mi limitai a ringraziarla con un filo di voce.

Guardando la postura curva di mia madre e i suoi occhi lucidi, mi resi conto di avere davanti una donna con tante fragilità mai risolte. Era una persona che si era evidentemente rassegnata al fatto che io fossi cresciuta. Oppure c'era qualcosa che mi sfuggiva...

33

Fine settembre 1990

Sara

Dopo aver parlato a mia madre dell'università, contattai Elena, l'amica di Sabrina, e affittai la camera che sarebbe diventata la mia casa durante l'anno accademico. Insieme a papà, che mi seguì passo dopo passo, andai anche a Milano per fare un sopralluogo, mentre mamma rimase sempre in disparte senza interferire sull'evolversi dei fatti.

Finalmente arrivò il giorno della partenza: una domenica mattina di fine settembre particolarmente uggiosa e grigia. Mio padre aveva già caricato le valigie e mi stava aspettando fuori, mia madre era in cucina e Giorgia stava guardando i cartoni animati sdraiata sul divano.

In camera mia, agitata ed emozionata, guardavo fuori dalla finestra i campi che si estendevano fino alla linea dell'orizzonte. Una parte di me desiderava scappare lontano da lì ma l'altra si sforzava di non cadere nella tentazione di ritornare sui miei passi e non allontanarmi da casa. Ciò che mi dispiaceva di più era lasciare da sola mia sorella. Sospirai profondamente, diedi un'ultima occhiata alla stanza e mi chiusi la porta alle spalle. *Se resto qui ancora un po', non sarò più in grado di andarmene. Giorgia dovrà cavarsela senza di me...*, pensai sentendo un intenso dolore al petto.

Quando scesi di sotto, mia sorella mi venne incontro tenendo in mano un foglio da disegno ripiegato. «Ecco, questo è per te. Ti aspetto a Natale per fare il presepe insieme».

Trattenendo a stento le lacrime, la ringraziai per il disegno e la presi in braccio stringendola forte. «Contaci. Vedrai che il tempo volerà e poi ti chiamerò spesso, *bambolina*».

«Okay, allora ti aspetto» e dopo averla rimessa per terra la vidi scappare in camera sua con gli occhi lucidi. Quando sentii la porta sbattuta con forza, sussultai con angoscia, mentre una tempesta di emozioni infuriava violenta e inesorabile dentro di me.

«Starà bene, vedrai» mi disse mia madre aiutandomi a infilare il giubbino.

Rimasi sorpresa da quel gesto così affettuoso. «Certo, non vado via per sempre» commentai cercando di stemperare quella strana atmosfera di dolcezza che si era creata tra noi due. *Dovrei abbracciarla?*, mi domandai incerta e imbarazzata, abbassando lo sguardo.

Quando lo alzai, ci ritrovammo faccia a faccia, occhi negli occhi. Lei adesso era davanti a me e mi aveva appoggiato le mani sulle spalle. «Fai la brava e studia. Abbi cura di te».

Tra noi scorreva un mare di emozioni contrastanti: tenerezza, divergenza, amore, odio, incomprensione, caparbietà. Provavo un sentimento di tristezza per non essere riuscita a farmi capire dalla donna che mi aveva dato la vita e che avrebbe dovuto conoscermi più di chiunque altro. Mi spiaceva che le nostre posizioni diverse ci avessero messe l'una contro l'altra e mi rendevo perfettamente conto che nessuna delle due riusciva a superare la barriera che ci separava. Non eravamo capaci di cedere e scioglierci in un abbraccio consolatorio che potesse mettere fine all'astio che si celava dietro i suoi modi gentili e affettuosi. E io, con tutta la mia buona volontà, non riuscivo proprio a *perdonarla*.

«Sì mamma, farò la brava» ebbi solo il coraggio di dirle.

Lei sospirò profondamente e mi tolse le mani dalle spalle, ritornando seria come al solito. «Mi raccomando, chiama quando arrivi».

«Va bene, ci sentiamo più tardi» e in quel momento presi atto che probabilmente non avremmo mai trovato un punto d'accordo. Gli anni in cui l'abbracciavo erano passati da tempo e non sarebbero più tornati.

Uscii di casa infilando in tasca il disegno di Giorgia e salii in macchina senza voltarmi indietro.

Marta

Marta osservò Sara salire in auto e allontanarsi lungo il vialetto. Era diventata grande la sua bambina, pensava stringendo forte i pugni per il dispiacere e la collera che le dava una sensazione di soffocamento. Rabbia perché aveva capito che con lei aveva sbagliato tutto, che i suoi atteggiamenti oppressivi e stressanti avevano indotto la figlia a percorrere sentieri bui fatti di colpe e disobbedienza.

Ah, se mi fossi comportata diversamente, forse lei non sarebbe stata costretta ad andarsene così lontano, per di più da sola, in una città che non conosce dove dovrà cavarsela in tutto e per tutto. Forse, se fossi stata capace di dominare la mia ansia... E se invece il mio comportamento non fosse la causa delle sue difficoltà? È inutile tormentarmi, tanto non lo saprò mai, visto che non posso affrontare questo discorso con lei. Ma non voglio nemmeno pensare che la colpa sia solo mia. Anzi, se voglio resistere al peso che mi opprime devo convincermi che non c'entro niente.

Fuggire, negare, rifiutarsi di affrontare la realtà era l'unica maniera a sua disposizione per continuare a sopravvivere.

Filippo

Arrivati davanti alla stazione, Filippo aiutò Sara a scaricare le sue due valigie e la accompagnò al binario del treno che l'avrebbe condotta a Milano. Era incerto se affrontare l'argomento ma visto che il convoglio era in ritardo di quindici minuti, tentò di capire meglio.

«Sara, so che non è il momento più adatto» disse guardando la folla di persone in partenza «ma prima di salutarti voglio essere sicuro che sia tutto a posto. Sì, insomma, sono mesi che non sei più la stessa e ho l'impressione che tu mi tenga nascosto qualcosa di importante. Sai che con me puoi parlare liberamente».

Sara si irrigidì e deglutì a fatica. «Non ho niente, papà» si affrettò a rispondere. «Davvero, non ti devi preoccupare. Penso che stare lontana dalla mamma mi aiuterà. La conosci, no? I nostri rapporti non sono semplici».

Lui le sorrise poco convinto. «Va bene, se lo dici tu...» e lasciò la frase appesa a mezz'aria.

Il brusio della gente si stava facendo decisamente forte ed egli capì che non sarebbe riuscito a convincere Sara a confidarsi con lui.

«Papà, ti prego, non essere apprensivo come la mamma» lo rimproverò lei con una smorfia divertita. «Altrimenti mi convincerò che sto scappando anche da te!».

Filippo corrucciò la fronte e aggrottò le sopracciglia. «Scappando?».

«Scusa papà, mi sono espressa male. Sarà l'emozione che gioca brutti scherzi» tentò di spiegargli sorridendo.

«D'accordo, cercherò di stare tranquillo. Fai buon viaggio Sara» e la strinse a sé dandole un bacio sulla fronte. In quell'abbraccio, Filippo percepì tutta la fuggevolezza della figlia.

Sara

Seduta vicino al finestrino, salutai mio padre con una mano. *Oh, papà, se solo...* ma non riuscii a terminare il mio stesso pensiero.

Quando il treno partì e la sua figura divenne sempre più piccola, capii che era arrivato il momento di mettere da parte i miei rammarichi e le mie colpe. Nessuno era in grado di darmi una mano, di trovare una soluzione per uscire dal pantano in cui mi trovavo.

Sospirando tirai fuori dalla tasca il foglio che mi aveva dato Giorgia: al centro c'era il disegno di noi due felici che ci tenevamo per mano e, sotto, la scritta *Ti voglio bene e ti aspetto*.

Accarezzai il foglio con delicatezza e guardando meglio i volti di tutte e due non mi sfuggì che, nonostante il sorriso disegnato con cura, gli angoli delle nostre bocche parevano piegati in una strana smorfia. Era come se mia sorella avesse percepito che eravamo cambiate. Che dentro di noi si fosse rotto qualcosa.

Dalla morte di Andrea ci siamo allontanate, però lei crede ancora in me e questo disegno lo dimostra. Non posso lasciarla sola. Devo rimediare ai miei sbagli e fare di tutto per aiutarla perché lei è mia sorella. Devo farlo anche se questo mi costa uno sforzo immane. Perlomeno ci proverò quando mi riprenderò. Se mai riuscirò a riprendermi...

Giorgia

Chiusa nella sua stanza, nel tardo pomeriggio di quella domenica Giorgia sentì la madre rispondere al telefono e capì che Sara era arrivata a destinazione nella sua nuova casa. Per quanto si sforzasse, non riusciva proprio a immaginare il posto dove era andata a vivere. Aveva trascorso la giornata a svolgere i compiti per tutta la settimana, in modo da non soffermarsi a pensare a lei.

Nonostante i rapporti con Sara non fossero più stretti come un tempo, sentiva già la sua mancanza. La decisione di non raccontarle *il suo segreto* e di aver accettato lo strano e insolito comportamento a tratti sfuggente della sorella non le aveva mai impedito di volerle bene. E tutte quelle emozioni non voleva confidarle a sua madre che, durante la giornata, le era parsa molto pensierosa, come se stesse da un'altra parte con la mente.

Giorgia aveva quindi deciso di tenersi per sé la nostalgia che le aveva suscitato la partenza di Sara e sperava solo che il Natale arrivasse il più presto possibile.

Mentre terminava i compiti, però, il pensiero che Sara non avrebbe dato un'occhiata ai quaderni per controllare che fosse tutto a posto le fece salire le lacrime agli occhi e proprio in quel momento sentì squillare ancora il telefono. D'istinto, come se quel trillo l'avesse riscossa, ricacciò indietro le lacrime e ascoltò la voce di sua madre che salutava Raffaella, la mamma di Andrea.

«Come stai cara?» le chiese Marta con una leggera incrinatura nella voce che a Giorgia non sfuggì.

Aspettò che la madre riprendesse a parlare e capì che stava cercando in tutti i modi di chiudere la conversazione. Giorgia si era accorta che il rapporto tra le due donne non era più lo stesso e immaginò che, per Raffaella, venire lì da loro fosse troppo doloroso. Da quando Andrea era morto, la sua mamma usciva di casa il meno possibile e spesso se ne stava a letto l'intero giorno a piangere.

La situazione era difficile e Marta, a parte qualche timido e goffo tentativo di consolarla, non si era sforzata più di tanto per portarle un aiuto. A Giorgia, questo comportamento non era sfuggito.

34

Natale 1990

Giorgia

Quando arrivarono le vacanze di Natale, Filippo andò a prendere Sara in stazione e nel frattempo Giorgia, che non vedeva l'ora di riabbracciare la sorella, tirò fuori le scatole con gli addobbi per l'albero e le statuine per il presepe. In quei tre mesi, in cui erano rimaste lontane, si erano sentite spesso al telefono, ma Giorgia a volte aveva avuto l'impressione che sua sorella fosse distante e frettolosa come se volesse chiudere la conversazione il più presto possibile. Altre volte, invece, le sembrava che Sara volesse continuare a proteggerla come faceva una volta.

Giorgia le aveva raccontato che la mamma la stava mettendo a dura prova: le stava sempre con il fiato sul collo, controllava che si comportasse sempre *come si deve* e le ricordava in continuazione che a scuola doveva mostrarsi diligente, rispondendo all'insegnante in modo educato.

«Non voglio essere richiamata per farmi dire che fai scena muta o che hai un atteggiamento *strano*. Adesso che non ti faccio più andare da quel dottore, devi fare la brava. Sempre. Hai capito?» le chiedeva fissandola con i suoi occhi neri e profondi. Quando invece la trovava a testa china sul suo album da disegno con il pastello nero stretto tra le dita, esclamava: «Non capisco davvero perché tu ti perda a disegnare, mi sembri grande per questo genere di cose. Non sarebbe meglio che andassi a giocare un po' all'aperto?».

Ogni volta che Marta le parlava in questo modo, Giorgia sentiva una forte fitta al petto. Il disegno era diventato il suo modo di esprimersi e sua madre la faceva sentire in colpa, come se disegnare fosse una cosa da bambini piccoli e di poca importanza. Così, davanti alla realtà, decise di disegnare solo di sera, dopo che la mamma se ne era andata dalla sua camera dandole la buonanotte in modo piuttosto freddo e distaccato. *Da quando Sara è a Milano, la mamma è diventata ancora più antipatica*, pensava ogni volta che sentiva i suoi passi allontanarsi lungo il corridoio.

Dall'altra parte del filo, Sara sospirava e le diceva di non ascoltarla, ma per lei era difficile sopportare la situazione.

Quando la macchina di papà arrivò, Giorgia si precipitò fuori per accogliere la sorella. «Sara!» gridò vedendola scendere dall'auto. Ma Sara, quando la vide, impallidì all'improvviso e a Giorgia non sfuggì quel sottile cambiamento.

«Ecco la mia *bambolina*! Come stai?» le chiese riprendendo colore e abbracciandola forte.

«Bene. Allora facciamo il presepe insieme?» le domandò entusiasta.

Suo padre stava prendendo la valigia nel baule. «Dalle il tempo di entrare» le disse sorridendo, ma Giorgia prese la mano della sorella e cercò di non pensare a quella sorta di rimprovero.

«Sai, il viaggio in treno è stato lungo e adesso sono stanca. Va bene lo stesso se lo facciamo domani?».

«Sì, me lo prometti?».

Sara si abbassò alla sua altezza e le diede un bacio sulla guancia. «Promesso, *bambolina*» e Giorgia, esultando, la trascinò in casa.

Sara

Stesa nel mio letto, ferma ad ascoltare il silenzio della campagna, fissavo il soffitto. Non riuscivo ad addormentarmi e la luce fioca che filtrava dagli scuri socchiusi mi faceva pensare. Il ritorno a casa era stato difficile e dopo quasi tre mesi di lontananza mi rendevo conto che andare via dal paese in cui ero nata era stata la soluzione migliore per il mio futuro e il mio equilibrio psicologico. L'università, i nuovi amici e la nuova casa mi avevano dato la forza necessaria per *reagire* a ciò che mi era successo.

Stando a Milano ero anche riuscita ad accantonare il ricordo di Francesco, anche perché avevo chiesto a Sabrina, che sentivo regolarmente al telefono, di non raccontarmi nulla che lo riguardasse. All'università avevo persino cominciato a uscire con un nuovo ragazzo ma poi la cosa non era decollata. A quel punto avevo deciso di concentrarmi solo sugli studi.

Ero tornata a casa con una certa preoccupazione ma il benvenuto di mia madre, che si era spinta a darmi un bacio veloce sulla guancia, mi aveva decisamente sorpresa. Ferma sulla soglia della cucina ero rimasta immobile e talmente attonita che più di ricambiare quel gesto inaspettato con un sorriso incerto non avevo saputo cos'altro fare. Allontanandosi poi in fretta verso i fornelli, con una tiepida nota di calore mi aveva detto: «Sarai stanca, vai a farti una doccia. La cena è quasi pronta» e quelle insolite parole intrise di attenzione mi avevano riempito di gioia e di stupore.

Più tardi, a tavola, avevo raccontato come si svolgeva la mia vita a Milano. Negli occhi di mio padre avevo visto orgoglio e soddisfazione mentre da quelli di mia madre era emersa soprattutto la rassegnazione di avere una figlia oramai grande che riusciva a cavarsela benissimo anche senza di lei. *Almeno si sta sforzando di starmi vicina*, avevo pensato assaporando quello che sembrava un nuovo inizio nel nostro rapporto. *Forse la lontananza l'ha aiutata a riflettere...*

Rannicchiandomi sul fianco ancora incredula riguardo il comportamento più morbido di mia madre, sospirai e conclusi che era ancora presto per abbassare la guardia. Mi serviva dell'altro tempo per *capire* e *perdonare...*

Giorgia mugugnò e si mosse. «No, no!» cominciò a gridare agitandosi nel sonno. «Vai via! Via da me!» continuò scoprendosi e scalciando violentemente con i piedi, fino ad appallottolare il piumone in fondo al letto.

Mi misi a sedere e a guardare mia sorella, mentre un nodo in gola mi impediva quasi di respirare. Dall'ultima volta che avevo dormito a casa, Giorgia era peggiorata e i suoi incubi sembravano essere ancora più opprimenti e spaventosi. Vedendo la sua inquietudine e sentendo il terrore nella sua voce, capii subito che aveva dei grossi problemi e compresi con grande dispiacere che mia madre, in mia assenza, aveva sottovalutato la situazione.

Allarmata dal tremore incontrollabile del suo corpo che si faceva sempre più violento, mi avvicinai a lei, presi la trapunta, la coprii e l'abbracciai forte accarezzandole delicatamente la schiena.

«Va tutto bene, ci sono io con te» la consolai nel tentativo di calmarla.

«Ti voglio bene Sara» sussurrò lei tra i singhiozzi convulsi, stringendosi a me ancora di più.

«Ti voglio bene anch'io, *bambolina*».

Aspettai con pazienza che si tranquillizzasse e si riaddormentasse, poi tornai nel mio letto. *Credo sia arrivato il momento di parlare con la mamma.*

Il mattino seguente scesi in cucina, dove mia madre era intenta a preparare una torta.

«Buongiorno» la salutai.

«Sei già sveglia? Pensavo volessi dormire un po' di più».

Alzai un sopracciglio sorpresa. *Quando ero a casa, di solito irrompeva in camera per buttarmi giù dal letto il prima possibile e adesso vuole che dorma fino a tardi? Non capisco più niente. Come può essere cambiata così tanto?*, mi domandai perplessa.

«Hai dormito bene?».

«Sì, grazie». *Santo cielo, in tutta la mia vita è la prima volta che mi chiede se ho dormito bene! Non la riconosco più*, pensai per poi farmi coraggio e affrontare l'argomento "sorella".

«Senti mamma, vorrei... sì, insomma, ti vorrei parlare di Giorgia».

Lei smise all'improvviso di mescolare l'impasto della torta e alzò lo sguardo. Adesso eravamo occhi negli occhi.

«Ah sì? E cosa vorresti dirmi?».

Mi abbassai sulle mani i polsini della felpa, sentendomi come una bambina che sta trasgredendo una regola ferrea. Nonostante questo, continuai e mi azzardai a chiederle: «Sei sicura che Giorgia stia bene?».

Lei si incupì, appoggiò su un piatto il cucchiaio di legno con cui stava lavorando l'impasto e si mise le mani sui fianchi.

«Sara, tua sorella sta benissimo».

Vedendo la sua espressione contrariata e inflessibile, temetti di avere spezzato quel fragile e incerto rapporto che si era appena instaurato tra di noi. *Lei mi tende la mano e io cosa faccio, la rifiuto? Rischio addirittura di distruggere tutto?*

«Ieri sera ha fatto un incubo e tremava così tanto che mi sono spaventata. Mi ci è voluto un po' di tempo per riuscire a tranquillizzarla» le spiegai domandandomi se mentre io ero a Milano, lei andasse da Giorgia per aiutarla. *Devo sapere la verità*, mi dissi, *anche se questo mi porterà a litigare di nuovo.*

Mia madre prese una sedia e si accomodò senza staccarmi gli occhi di dosso.

«Giorgia sta bene ed è una bambina perfetta. Oramai capita sempre più raramente che di notte faccia *i capricci*, anche perché mi sembra grandicella per queste cose. Non è più una neonata e se la cava benissimo da sola».

Ecco la risposta che mi aspettavo, non si smentiva mai.

«Ne sei sicura? Perché questa notte ho avuto l'impressione che sia peggiorata da quando sono andata a Milano. Mi dispiace vederla così» le confessai abbassando lo sguardo.

«Senti Sara, tu concentrati sui tuoi studi, perché saranno quelli che ti aiuteranno. Adesso abiti lontano e quel che è fatto è fatto. Pensa solo alla tua vita, che a quella di Giorgia pensiamo io e tuo padre».

Ferita da quella risposta fredda e distaccata che di fatto mi escludeva dalle dinamiche famigliari, rimasi per qualche secondo a fissarla chiedendomi cosa volesse dire con *quel che è fatto è fatto*. Il suo sorriso tirato mi fece desistere dal continuare quell'interrogatorio e il nostro confronto terminò così, con una sensazione di solitudine che afferrò e strinse forte il mio cuore facendomi sentire un'estranea nella casa in cui ero nata.

35

Sara

14 luglio 2016, commissariato

Il commissario Martini, in piedi di fronte a me, batté improvvisamente un pugno sul tavolo. «Senta Sara, prima mi ha detto che il legame tra lei e sua sorella si era in qualche modo allentato, mentre adesso mi viene a raccontare che andavate ancora d'accordo. Mi vuole dire la verità una volta per tutte?».

«Io non le ho mentito!» gridai. «Il rapporto con Giorgia è precipitato proprio nel Natale del 1990» continuai con la voce tremante e gli occhi colmi di lacrime «quando mia madre in poche parole mi disse di non darmi pena per lei. Quel discorso così strano mi colpì profondamente e purtroppo ebbi un sospetto sul perché me lo avesse fatto e sul motivo per cui volesse escludermi dalla vita famigliare...».

«Cosa vorrebbe dire? Cosa aveva capito sua madre? È quello che penso io, Sara?» mi interrogò il commissario scuro in volto.

«Oh, quello che lei vorrebbe sapere glielo racconterò, ma non adesso. In questo momento voglio e devo continuare. Se non lo faccio, lei non potrà capire le dinamiche di tutta questa vicenda, gliel'ho già detto e ripetuto non so quante volte!».

«Va bene, prosegua pure, se pensa che questo possa alleggerire il crimine di cui si è macchiata. Ma si ricordi che qualsiasi cosa dirà, le mani *sporche di sangue* le ha lei...» esclamò rimettendosi seduto.

Esausta mi appoggiai allo schienale. Sentivo un forte dolore alle tempie ma mi feci forza e ripresi da dove ero stata interrotta dal commissario.

«Con il tempo, oltre a continuare gli studi all'università, mi trovai un lavoro a Milano come cameriera per non pesare del tutto sulla mia famiglia. In questo modo, oltre a guadagnare un piccolo stipendio, avevo la scusa dei turni e quindi le mie visite a casa divennero sempre più sporadiche. Mia madre la sentivo al telefono e mi trattava abbastanza bene. Sì, insomma, con lei non avevo più litigato e il nostro rapporto burrascoso si era trasformato in una sorta di cordialità fasulla e in una specie di tacito accordo. Ma in fondo non poteva che essere così... Grazie alla lontananza, io potevo finalmente vivere la mia vita come meglio credevo, mentre lei poteva continuare la sua con le sue regole, imposizioni, ansie e paranoie... concentrando tutta l'attenzione su Giorgia».

Sentivo la testa dolermi sempre di più, ma non potevo fermarmi. E sebbene i ricordi di quel periodo portassero con sé dolore e amarezza, andai avanti a raccontare.

«Era come se mia sorella rappresentasse la sua possibilità di *riscatto*, visto che con me *aveva fallito*... Da non credere, vero? La donna che aveva lavorato tanto per darmi un futuro, e di questo le sarò per sempre grata, mi vedeva come un fallimento e dopo la mia partenza per Milano cercò di far diventare Giorgia *la figlia perfetta*, quella che io non ero stata. Mia sorella, che non poteva più contare sul mio aiuto, all'inizio divenne ancora più triste per essere rimasta sola e poi, vedendomi tornare a casa solo sporadicamente, cominciò a covare un forte risentimento nei miei confronti. Per di più, quando avevamo la possibilità di stare insieme, il nostro legame non era più quello di una volta, perché con il passare del tempo lei era diventata un'adolescente problematica che non si lasciava avvicinare da nessuno mentre io ero oramai una giovane donna che cominciava a intravedere il suo futuro e la sua carriera a Milano. Era come se le nostre strade si fossero divise per sempre».

Il commissario mi fissò con attenzione. «Quindi possiamo dire che durante gli anni dell'università i rapporti tra voi due si lacerarono del tutto?».

«Sì, purtroppo. Io ero diventata un'estranea ai suoi occhi e anche papà non sapeva più come comportarsi con lei. Dopo la laurea, venni assunta in un rinomato ufficio legale poco distante dal Duomo. Era il 1996, esattamente sei anni dopo il mio arrivo a Milano, e a quel punto la mia vita diventò ancora più frenetica: lavoravo come assistente di uno degli avvocati divorzisti più pagati della città e mi davo da fare notte e giorno per stare al passo con le pratiche che mi venivano assegnate. Non avevo quasi tempo di mangiare e dormire, figuriamoci ritornare a casa. Quando potevo, chiamavo e parlavo con mio padre o con mia madre, mentre Giorgia iniziò a non venire più nemmeno al telefono. Il mio povero papà continuava a dirmi di stare tranquilla, che le cose andavano bene e che lui era orgoglioso di me, ma dalla sua voce mi sembrava sempre più stanco e avevo la sensazione di averlo abbandonato a se stesso. Quando riattaccavo, mi ponevo molte domande... ma alla fine continuavo la mia vita cercando di non pensare ai *problemi irrisolti* che mi ero lasciata alle spalle».

Il commissario mi versò un bicchiere d'acqua. Oramai aveva capito che per arrivare alla fine di quella storia avrebbe dovuto per forza assecondarmi.

«Se lei andava a casa sporadicamente e suo padre non le riferiva i problemi che c'erano in famiglia, come faceva ad essere informata delle condizioni di sua sorella?» mi chiese.

«Mio padre mi confessò tutto. Era l'autunno del 2000 e lui venne a trovarmi a Milano, nell'appartamento che avevo preso in affitto dopo aver lasciato la casa di Elena. Quel giorno, mentre bevevamo un caffè, gli chiesi di essere sincero e di raccontarmi la verità. "Papà, adesso che siamo soli vorrei che tu mi dicessi davvero come stanno le cose. Oramai ho 29 anni e non sono più una bambina. So che mi vuoi proteggere ma è arrivato il momento di dirmi *tutto*" lo spronai stringendogli le mani. Lui aveva le spalle pesantemente curve e fu in quel momento che mi resi conto di quanto fosse invecchiato negli ultimi anni. La mia roccia si stava piano piano sgretolando davanti ai miei occhi».

«Cosa le disse suo padre?».

«Mi raccontò che la casa senza di me non era più la stessa ma si affrettò a precisare che era giusto che io continuassi sulla strada che avevo scelto. "Non voglio farti sentire in colpa, però quando c'eri tu la vita era più semplice, forse perché ci siamo sempre capiti. Con Giorgia, invece, è tutto più complicato..." mi confessò sofferente in volto. "Nonostante lei abbia 19 anni, tua madre la tratta ancora come una bambina. E questo non aiuta. Non vuole che vada all'università perché, secondo lei, è meglio che resti a casa. Mi ripete che finché ci siamo noi due, lei starà bene. Non vuole nemmeno che frequenti le ragazze della sua età e le ha messo in testa l'idea che il mondo è un posto terribile e pieno di pericoli. Giorgia invece è molto intelligente" mi disse con la voce incrinata "anche se ammetto che ha degli atteggiamenti strani: a volte si isola nella sua stanza e non parla con nessuno ma cinque minuti dopo vuole uscire e scappare di casa. È come se vivesse perennemente sulle montagne russe: un momento va tutto bene, poi all'improvviso arriva una discesa vertiginosa e subito dopo una ripida salita. Io però sono convinto che se andasse avanti a studiare oppure cominciasse a lavorare come tutti gli altri, starebbe meglio. Sai, ha tentato di uscire con qualche amica delle superiori e ogni tanto l'ho accompagnata, proprio come facevo con te" mi disse con aria nostalgica "ma poi non l'hanno più chiamata. Lei non mi racconta mai niente e io non so come arrivare al suo cuore. Qualcosa l'ha profondamente turbata, Sara, ma io da stupido non sono mai andato a fondo di questa storia e ora mi pento di non averlo fatto. Quando era piccola, la portavamo dallo psicologo ma tua madre all'improvviso ha deciso che non era più necessario perché secondo lei era guarita. Io non mi opposi e pur intuendo che non fosse una buona idea, la lasciai fare. Invece ho sbagliato, avrei dovuto impedirglielo, maledizione!"».

«Cosa pensò, Sara, sentendo suo padre parlare in quel modo?».

«Rimasi di stucco: non aveva mai dialogato con me così apertamente e mi resi conto che tra lui e mia madre non c'era solo qualche divergenza, come avevo immaginato, ma una voragine di problemi mai affrontati in modo adeguato. E come poteva essere diversamente? Nessuno, infatti, aveva mai insegnato loro che le difficoltà coniugali si possono risolvere anche andando da un bravo terapista di coppia. Erano due persone umili che si erano spezzate la schiena sui campi e nonostante papà fosse una persona intelligente e di larghe vedute, non avrebbe mai parlato dei suoi problemi coniugali davanti a uno sconosciuto. Di quello sono sicura».

«Va bene. Dunque, suo padre le confessò di essere in crisi sia con la figlia sia con la moglie e di non sapere dove sbattere la testa, giusto?».

«Sì, e io purtroppo rimasi immobile davanti a quell'uomo confuso che era stato ferito dalle vicissitudini della vita. Non riuscii a fare nulla per consolarlo e gli dissi semplicemente: "Mi dispiace, papà". Sì, pronunciai solo quelle sciocche e inefficaci parole, che servirono soltanto a strappargli un sorriso forzato dietro il quale si nascondeva una profonda rassegnazione. Era sempre stato lui a confortarmi, non il contrario, e nonostante i miei 29 anni mi sentivo ancora la sua bambina. Era il *ruolo* che mi spettava e che non volevo lasciare per nessun motivo... perché se mi fossi azzardata a espormi e a dirgli anch'io *la verità*, sarei crollata sotto *il peso delle responsabilità*».

«Cosa successe dopo la visita di suo padre, Sara?».

«Niente di importante, mi limitai a portarlo in giro per Milano raccontandogli come si svolgevano le mie giornate e mostrandogli i posti che frequentavo. Diciamo che mi impegnai a proseguire la mia vita e, come se avessimo fatto un patto silenzioso, non parlammo più del suo rapporto con la mamma. A dire il vero, non discutemmo più nemmeno di Giorgia e capii che l'essermi venuto a trovare era stato un modo per fuggire, almeno per un giorno, dalla situazione che tanto lo schiacciava. Prima che se ne andasse, lo strinsi forte e gli diedi un bacio sulla guancia promettendogli che presto sarei tornata a casa per un fine settimana. In realtà, dentro di me, speravo che il mio capo mi oberasse di lavoro, in modo da non avere nemmeno il tempo per *pensare* e fare i conti con i miei *sensi di colpa*. E così negli anni successivi le mie visite a casa si ridussero a due all'anno. In quel periodo ebbi diverse storie d'amore, che finirono tutte in un fallimento, ma nel frattempo misi da parte un bel po' di risparmi. Vivevo da sola, non avevo figli e il denaro era la mia unica valvola di sfogo, l'unica soddisfazione. Che tristezza, vero?» sottolineai al commissario guardandolo dritto negli occhi.

Lui sospirò. «Credo di sì... Senta Sara, se non era sua intenzione tornare a casa, cos'è successo per farle cambiare idea?».

«Nella primavera del 2006 mio padre ebbe un infarto, ecco la ragione che mi spinse a tornare. Quando mia madre mi chiamò per avvertirmi dell'accaduto, mi precipitai a casa e ci rimasi per un mese intero. In quelle lunghe settimane cercai di aiutare la mia famiglia e quando mi resi conto che mia mamma non era in grado di gestire la campagna e la parte finanziaria, decisi di fermarmi un altro mese. Così facendo, presi in mano la situazione. Piano piano mio padre si riprese... quel tanto che bastava per ammettere di non essere più in grado di occuparsi di tutto e convenire con me che affittare la terra ad altre persone era la soluzione migliore. L'affitto dei terreni avrebbe permesso ai miei genitori e a Giorgia di vivere più che dignitosamente, e così lo aiutai a sistemare le cose. Mia madre, vedendo quanto mi davo da fare per aiutarli, un pomeriggio mi raggiunse mentre stavo seduta su una panchina all'esterno della casa a godermi il tepore della primavera».

E mi fermai a ripensare alla strana sensazione che avevo provato tornando a casa dopo così tanto tempo. Lei non aveva voluto che andassi in albergo come desideravo e mi aveva preparato la stanza vicina a quella che era stata la mia vecchia camera da letto, dove dormiva ancora Giorgia.

E così, in quell'ufficio del commissariato, frastornata dagli eventi percepii di nuovo la sensazione di "mi sento fuori posto" che avevo provato in quei due mesi quando mi coricavo.

«Sara, a cosa sta pensando?».

«Oh, a niente. O meglio, a tutto. A dire il vero, ripensavo a quanto mi rendesse inquieta dormire nella stanza degli ospiti. Facevo fatica a capire dove fosse il confine tra la ragazza giovane, inesperta e impaurita che se ne era andata da quella stessa casa e la donna che ero diventata».

«Va bene, ma ritorniamo a sua madre: cosa le disse quel pomeriggio?».

Sospirai. «Si sedette vicino a me, nervosa: lo capii perché si tormentava le mani e stava a testa china. Fu in quel momento che compresi pienamente quanto fosse stanca e preoccupata per papà. La realtà dei fatti era che ci eravamo date da fare tutte e due per rimettere in sesto la situazione, in due ruoli diversi che però convergevano verso lo stesso obiettivo: aiutare mio padre. L'unica che si era estraniata del tutto era Giorgia, che si limitava a fare quel poco che le veniva ordinato da mia madre e poi spariva per ore a passeggiare nei campi. Era anche capitato che la trovassimo seduta vicino al canale...» raccontai al commissario. «Ritornando a mia madre, quel pomeriggio con grande fatica si spinse a dirmi parole che non avevo mai sentito uscire dalla sua bocca: "Grazie per l'aiuto". In tutta la mia vita, non mi aveva mai ringraziato, se non in modo ironico, ed era la prima volta che il suo tono di voce non era duro e distaccato ma dolce e quasi intimo. "Di niente, mamma" le risposi con un sussurro, sorpresa. Quel giorno ebbi l'impressione che volesse dirmi dell'altro, ma poi si alzò di scatto e rientrò in casa in fretta e furia. E con mio grande rammarico, *tutto il resto* rimase sepolto sotto strati di polvere e sentimenti repressi. Ma una cosa è certa: se lei non mi avesse ringraziata e parlato in quel modo, molto probabilmente avrei fatto ritorno a Milano appena la situazione fosse migliorata. Invece quel *Grazie per l'aiuto* mi spinse a riflettere su una possibilità che non avevo mai voluto prendere in considerazione: tornare a vivere nel paese in cui ero nata per stare vicino alla mia famiglia».

36

Estate 2006

Sara

E così durante l'estate del 2006 lasciai Milano e tornai a vivere nella zona in cui ero nata. Visto che da anni mi ero abituata alla frenesia della metropoli, invece di trasferirmi nel piccolo paese dei miei scelsi di prendere in affitto un appartamento nella città in cui avevo studiato e in cui abitava anche Sabrina, che lì lavorava come psicologa. Per qualsiasi cosa, mi bastava percorrere pochi chilometri e avrei raggiunto in fretta la mia famiglia.

Sabrina fu felice del mio ritorno, anche se in un certo senso non ci eravamo mai lasciate, visto che ci telefonavamo spesso e che, appena poteva, veniva a trovarmi.

La scelta di andar via da Milano comportò il mio licenziamento dallo studio legale in cui lavoravo e con i risparmi messi da parte decisi di aprire un'attività tutta mia. Nel giro di un anno inaugurai il mio studio legale, riallacciai i rapporti con persone che avevo conosciuto prima di partire e ne conobbi di nuove.

Anche mio padre fu contento del mio ritorno, sebbene spesso mi chiedesse se fosse davvero quello che desideravo. «Non dovevi tornare per me. Per noi. Il mio infarto non è un problema e Giorgia l'avremmo gestita. Di soluzioni potevamo trovarne tante, Sara, e mi sento in colpa per tutto questo» mi confessava con dispiacere.

Io lo rassicuravo dicendogli che la decisione che avevo maturato era stata una mia scelta e che niente mi aveva in alcun modo influenzata. Non gli raccontai mai del *Grazie per l'aiuto* che mia madre mi aveva detto, forse perché per la prima volta in vita mia avevo qualcosa di speciale da condividere solo con lei.

Con il tempo, papà smise di tormentarsi e tutti ci abituammo a una nuova vita. Con mia madre il rapporto si stabilizzò su un piano più adulto rispetto a prima: spesso mi chiedeva di andare a pranzo da loro la domenica e quando avevamo degli alterchi si faceva perdonare preparandomi delle torte. Le nostre divergenze riguardavano soprattutto il modo in cui trattava Giorgia. Io sostenevo che aveva bisogno di aiuto mentre lei mi rispondeva che non c'era nulla di cui preoccuparsi e che era perfettamente in grado di gestire la situazione.

Quando andavo da loro, mia sorella mi rivolgeva a malapena la parola e mi fissava con uno sguardo duro e scontroso. Io però facevo finta di niente, decisa più che mai a recuperare il nostro rapporto. Glielo dovevo. A volte riuscivo a liberarmi dal lavoro prima del solito e le chiedevo se volesse venire con me a fare compere, ma lei declinava i miei inviti dicendomi che non ne aveva voglia oppure che non le importava di spendere soldi in cose futili come gli abiti.

In pratica, il rapporto con mia madre era decisamente in ripresa, mentre quello con mia sorella era in picchiata libera verso gli abissi più profondi. Nulla di quello che mi inventai per riallacciare il nostro legame riuscì a scalfire il sentimento di avversione che Giorgia provava nei miei confronti. Persino mia madre si spinse a farle pressione perché uscisse con me, ma ottenne una reazione così spropositata che non si azzardò più a insistere.

A parte i miei problemi con Giorgia, per il resto riuscii a rimettermi in piedi e a costruirmi una nuova vita, facendo di tutto per ricominciare con *ogni tassello* al posto giusto. In quel periodo conobbi anche l'uomo che in seguito divenne mio marito. Le mie giornate trascorrevano abbastanza serenamente, sebbene non fossi ancora riuscita a fare pace con le mie *fragilità* e i miei *fantasmi del passato*, che seppellivo sempre più a fondo dentro di me. Un giorno, però, una di queste *ombre* mi si materializzò davanti...

Stavo bevendo un aperitivo con Sabrina in un bar del centro e quando sollevai lo sguardo, mi trovai negli occhi di Francesco. Per un attimo nessuno dei due parlò, ma poi lui tentennante fece qualche passo verso di me. «Sei davvero tu?» mi chiese stupito ancora prima di salutarmi.

«Sì, sono proprio io. Come stai?».

«Oh, io bene, ma anche tu a quanto vedo» e mi fissò intensamente. «Mi avevano detto che eri tornata... e mi ero ripromesso che sarei passato per un saluto ma poi gli impegni, sai...».

«Non preoccuparti, credo sia meglio così... e spero che anche tu stia bene. Grazie per la chiacchierata, Francesco» lo liquidai freddamente. Perché nonostante fossero passati tanti anni e tutti e due fossimo oramai adulti, il solo vederlo mi aveva scatenato emozioni che stentavo a nascondere e reprimere. Il suo aspetto curato, il suo fisico asciutto e quel filo di barba così affascinante mi avevano colpita dritta allo stomaco. Era decisamente un bell'uomo e se tra noi non ci fossero stati tanti *ostacoli*, avrei tentato di uscire ancora con lui. Un'altra storia tra di noi però era *impossibile* e io avevo conosciuto un'altra persona che mi faceva stare bene.

Lui abbassò lo sguardo. «Sì, è meglio così, hai ragione. Buona serata a tutte e due» e si allontanò con un sorriso malinconico. Poco dopo, Sabrina mi disse che lui conviveva con una donna dalla quale aveva avuto una bambina.

Quel nostro incontro casuale e le parole della mia amica furono l'occasione per *ricordarmi* che il sentimento che c'era stato tra noi... e che ancora bruciava e sanguinava come una ferita aperta... *non poteva che essere morto e sepolto.*

37

Sara

14 luglio 2016, commissariato

«Quindi lei nell'estate del 2006 era tornata a casa e aveva ricominciato da capo. Bene, Sara, adesso che mi ha spiegato dettagliatamente la sua storia mi vuole finalmente raccontare cosa è accaduto una settimana fa? Eravamo rimasti al punto in cui, il 7 luglio, sua sorella l'aveva cacciata di casa. Vi siete riviste prima di oggi?» mi domandò liquidando il passato con una certa superficialità. Io però ero ancora troppo ancorata a quegli anni per riuscire a parlare del presente.

«Non credo che lei abbia davvero capito quanto la mia vita sia stata difficile» lo accusai fulminandolo con lo sguardo e piazzandogli le mani sporche di sangue davanti alla faccia. «Lei non riesce proprio a comprendere i sentimenti che per tanto tempo mi hanno tormentato e che tuttora mi devastano. Ma se non ha la pazienza di ascoltarmi fino in fondo, non potrà mai capire quello che è successo. Lei è un illuso, commissario. Un uomo che se ne sta seduto dietro una scrivania a giudicare le azioni degli altri, limitandosi ad applicare la legge senza spingersi oltre. Ecco che cos'è lei: un semplice spettatore che cancella i sentimenti e non si lascia coinvolgere dallo stato d'animo delle persone che sta interrogando e torchiando. D'altra parte, un po' la capisco, sa? Perché un uomo come lei, nella sua posizione, non può permettersi di farsi coinvolgere dai sentimenti, altrimenti rischierebbe di giustificare l'accusato...».

Il commissario rimase in silenzio. Mi fissava ma avevo l'impressione che le mie parole non lo avessero minimamente scalfito. Il mio tentativo di ferirlo per fargli capire ciò che provavo era stato un fallimento totale. D'un tratto mi vergognai del mio comportamento e cominciai a tremare.

«Senta Sara, ho capito benissimo quello che le è successo e so bene che il suo passato è stato segnato da innegabili traumi, ma adesso è arrivato il momento di riannodare il passato con il presente, non si può più rimandare l'inevitabile» mi disse prendendomi le mani con delicatezza. «Mi guardi bene...» e lasciò che tra noi scorresse un canale silenzioso fatto di empatia e comprensione che sino a quel momento non avevo visto «non sono qui per giudicarla ma per fare giustizia. Il mio ruolo non è sempre facile e con lei non voglio infierire, perché la vita l'ha già punita abbastanza. Adesso, in questo momento, mi spieghi perché si è ridotta in questo stato...».

La voce tranquilla e risoluta del commissario mi arrivò dritta al cuore: un estraneo che mi aveva trovata inginocchiata per terra, sporca di sangue e in stato confusionale, in pochissimo tempo era riuscito ad abbassare le mie difese personali. E di fronte a tanta comprensione smisi di esternare le giustificazioni con le quali fino a quel momento avevo cercato di placare la mia coscienza.

«Ha ragione» gli dissi torcendomi le mani. «È arrivato il momento di dire *tutta la verità*».

38

Sara

12-13 luglio 2016

Dopo che il 7 luglio Giorgia rifiutò la mia proposta di cenare insieme e mi mandò via, non ci incontrammo più per diversi giorni ma ci parlammo solo al telefono. Ero sempre io a chiamarla per accertarmi che stesse bene e visto che lei era sfuggente e irritabile mi contenevo il più possibile per non provocarla e non scatenare la sua collera, che poi le avrebbe causato forti emicranie. Io però non ero tranquilla e per mettere a tacere la paura costante che mi accompagnava giorno e notte senza darmi tregua, più di una volta passai in macchina davanti a casa per controllare la situazione: vedere le luci accese attraverso le finestre era per me un sollievo.

Martedì 12 luglio la chiamai all'ora di pranzo dal mio ufficio. «Ciao Giorgia, sono io. Come stai oggi?» le domandai facendomi sentire il più possibile disinvolta.

«Ancora tu! La vuoi finire di tormentarmi con tutte queste stupide attenzioni? Guarda che non mi serve più il tuo aiuto. Mi hai abbandonata tanto tempo fa e ho imparato a cavarmela benissimo da sola. Non ho bisogno di te, sei una sorella inutile. Anzi, forse lo sei sempre stata! Te lo dico una volta per tutte: smettila di preoccuparti per me, stammi lontana!» e riattaccò lasciandomi impietrita, sconcertata.

Quelle parole così fredde e taglienti, pronunciate con agghiacciante tranquillità, furono un pugno nello stomaco e tutti i miei buoni propositi si frantumarono contro il muro di ostilità che la *mia bambolina* aveva innalzato nei miei confronti. Era la prima volta che mi parlava in quel modo e mi resi conto che la realtà superava di gran lunga ciò che mi ero immaginata: il sentimento che mia sorella provava verso di me non era solo avversione ma *odio profondo*, carico di *rancore*.

Giorgia

Giorgia era *felice* di aver *pugnalato* la sorella, erano anni che attendeva di farlo e finalmente era arrivato il momento giusto. Spesso le aveva risposto in maniera sgarbata e offensiva, ma prima di quel giorno non si era mai spinta a dirle ciò che pensava davvero.

Adesso Sara non è più un problema e un altro tassello del mio piano è sistemato. Ora posso concentrarmi sul resto...

Dopo aver chiuso quella brusca telefonata, riassettò la cucina e salì al piano superiore, in quella che era stata la camera dei suoi genitori. L'ambiente era buio, solo un leggero bagliore filtrava attraverso le imposte chiuse. Accese la luce e si guardò attorno: il letto era ben fatto e sopra, distesi con cura, c'erano due abiti femminili. *Deciderò più tardi quale indossare, cara mamma...*

Si diresse poi verso l'armadio, lo spalancò e con una mano si mise a sfiorare gli abiti di sua madre e le camicie che tante volte suo padre aveva messo per andare a caccia. Il ricordo di Segi che lo accompagnava riaffiorò nella sua mente. *Povero cane, era così buono*, pensò con una scrollata di spalle. Poi si avvicinò alla cassettiera, dove sua mamma teneva i gioielli di famiglia, nascosti tra candidi fazzoletti di puro cotone e la biancheria per la casa. Dal primo cassetto sfilò una cartellina chiusa con un elastico e la strinse forte al petto. Poi spense la luce e uscì dalla stanza chiudendosi la porta alle spalle.

Tornata di sotto, si precipitò fuori e si diresse nel fienile. Aprì la porta dello stanzino tanto amato da suo padre e rimase un attimo immobile, aspettando che i suoi occhi si adattassero al buio. Poi entrò e si mise ad ammirare *la pesante sedia* che qualche settimana prima, con tanta fatica, aveva trascinato lì e sistemato vicino al muro.

«È perfetta. E adesso il tocco finale!» esclamò aprendo la cartellina e tirando fuori i fogli contenuti al suo interno. Dopo aver appoggiato tutto per terra, con del nastro adesivo cominciò ad appendere i fogli alle pareti. Si muoveva lentamente, con meticolosità e pazienza. Voleva assaporare ogni istante delle sue azioni.

Se sono arrivata sin qui, lo devo solo a me stessa, pensò sorridendo, fiera di sé, *e finalmente farò quello che doveva essere fatto...*

Sara

Dopo la telefonata mi ripresi quanto bastava per rimettermi al lavoro e con estrema fatica cercai di non pensare alle parole intrise di odio che Giorgia mi aveva rivolto. Quella sera però, esausta e stanca di tutto, mi rintanai nel mio appartamento. Non avevo voglia di niente, tantomeno di fare un passaggio in macchina davanti a casa per cercare una tranquillità fittizia e sfuggente quanto una bolla di sapone che si libra in aria leggera e luminosa per poi scoppiare all'improvviso e schiantarsi a terra. Preferii annegare le mie pene in una bottiglia di vino bianco... fino a svenire ubriaca a letto ancora vestita.

Quando però la ragione riusciva a prendere il sopravvento sulla nebbia provocata dall'alcol, ecco che i miei *fantasmi del passato* si facevano largo tra i ricordi, diventando sempre più vividi e insistenti. A quel punto io li scacciavo *gridando* e la nebbia si ricompattava fitta e impenetrabile.

Il mattino seguente, mercoledì 13 luglio, mi svegliai con un tremendo mal di testa. Mi trascinai faticosamente fuori dal letto e mi rimisi in sesto, per quanto era possibile, con una doccia gelata e del caffè forte amaro. Quando mi guardai allo specchio prima di uscire, mi dissi che il mio aspetto era più che sufficiente per ingannare tutti sul mio vero stato d'animo: mostrarmi debole, confusa o ferita era un lusso che non potevo permettermi.

Arrivata in ufficio, la mia segretaria Luisa mi diede il benvenuto con il suo solito sorriso e le chiesi di portarmi un caffè: quello che avevo bevuto a casa non mi bastava.

Mentre mi sedevo alla scrivania e appoggiavo la borsa su un tavolino, Luisa entrò con una tazzina fumante. «Ecco qua. Come va questa mattina?» mi chiese soffermandosi sul mio aspetto. Mi domandai se avesse notato qualcosa, un particolare qualsiasi che potesse tradire i postumi della sbornia...

«Bene» le risposi asciutta. «Grazie Luisa, adesso puoi andare, ho un sacco di lavoro...».

«Certo, come vuoi. Ti chiedo solo una cosa: hai sentito la notizia del giorno?».

Io corrucciai la fronte: il mio tempo era troppo prezioso per perderlo dietro i pettegolezzi o notizie locali di poca importanza. Luisa lo sapeva bene ma ogni tanto cadeva nella trappola della chiacchiera facile. Lo faceva soprattutto quando mi vedeva seria e preoccupata: era il suo modo per tentare di distrarmi dai miei pensieri. A volte la sua "strategia" funzionava, ma c'erano giorni – proprio come quella mattina – in cui non avevo la pur minima pazienza di stare al gioco.

«Va bene, me ne vado, messaggio ricevuto» esclamò alzando le mani in segno di resa. «Comunque ti ho lasciato il quotidiano qui sulla scrivania, nel caso ti venisse voglia di fare una pausa e sapere quello che è successo...».

«Già, come se non avessi altro da fare» e bevvi il caffè in una sola sorsata per poi buttarmi a capofitto nel lavoro.

Due ore dopo, Luisa mi passò la telefonata di un cliente e dopo i convenevoli risposi alla sua domanda: «Sì, signor Baroni, ho esaminato la sua pratica e in questo momento sto valutando in che modo procedere».

Mentre ascoltavo le sue osservazioni, buttai un occhio al giornale e lessi il titolo in prima pagina. Un brivido inspiegabile mi trapassò la nuca.

«Signor Baroni, facciamo così: le passo la mia segretaria per fissare un appuntamento il prima possibile, visto che l'udienza in tribunale è imminente. Mi perdoni ma adesso devo proprio lasciarla». Dall'altra parte del filo, il cliente disse qualcosa che non ricordo nemmeno più.

So solo che quella notizia riportata a caratteri cubitali in prima pagina fu una strana eco ai miei ricordi e mi inquietò a tal punto che per tutta la giornata accusai un malessere generalizzato. E la sbronza non c'entrava per niente...

39

14 luglio 2016

Giorgia

La sveglia trillò a lungo prima che Giorgia riuscisse ad aprire gli occhi. Erano anni che non dormiva così tranquilla e rilassata. Con calma la spense e si sedette a riflettere su quanto si sentisse bene quella mattina. Un sorriso le si dipinse sulle labbra e scese dal letto per prepararsi. Aveva deciso la sera prima quale abito indossare per l'occasione.

Trenta minuti dopo prese il cellulare e scrisse una e-mail alla sua editor, la persona che rileggeva i suoi testi prima della pubblicazione.

Ti informo che ho deciso di interrompere immediatamente la nostra collaborazione. Non è mia intenzione continuare a scrivere romanzi o racconti di qualsiasi tipo. D'ora in poi non potrò più scrivere una sola parola... perché quello che avrebbe dovuto succedere... oggi finalmente si realizzerà. E io troverò la pace. Una pace che cerco da tutta la vita...

Giorgia

Dopo aver inviato l'e-mail, si preparò un caffè e bevendolo si fermò per un lungo istante ad ammirare la campagna, che già a quell'ora del mattino prometteva un'altra giornata all'insegna di un caldo soffocante. Quando la tazzina fu vuota, uscì di casa dirigendosi verso il fienile.

Sabrina Astolfi

Seduta alla scrivania del suo studio, Sabrina ascoltava con attenzione la signora di mezza età che aveva in cura da circa un anno e osservando le sue espressioni cercava di carpire e capire i pensieri che si celavano dietro le sue parole. Come Sabrina sapeva bene per averlo studiato a lungo sui libri di psicologia, il non detto è molto più importante del detto e a volte si esprime attraverso i gesti ciò che non si osa confessare nemmeno a se stessi.

Mentre la signora gesticolava e parlava con rabbia del marito che non riusciva proprio a capirla, lei diede un'occhiata alla notifica che le era appena arrivata sul cellulare. Con un tuffo al cuore guardò l'orologio: aveva ancora quarantacinque minuti di seduta e non poteva assolutamente interromperla.

Chiamerò appena la signora avrà finito. Spero solo che mi dica qualcosa di utile per aiutarla, adesso non c'è davvero più tempo. Forse avrei dovuto insistere per farla ricoverare...

Sara

La mattina di giovedì 14 luglio mi recai in ufficio con un'insolita sensazione di disagio che mi era rimasta appiccicata dal giorno prima e non mi aveva dato tregua, nemmeno durante la notte. *Quella notizia* letta sul giornale mi aveva turbata e mi si era affacciata alla mente molto spesso. Non sapevo spiegarmi il motivo, sentivo solo uno strano presentimento.

Cupa in volto chiesi a Luisa di non passarmi nessuna telefonata ed entrai nel mio studio con l'intenzione di buttarmi a capofitto nel lavoro. Quando mi chiusi la porta alle spalle, feci un profondo respiro e cominciai a camminare nervosa avanti e indietro arrovellandomi la mente: *il passato stava raggiungendo il presente* e mi avvertiva che era arrivato il momento. Anche quella notte ero stata tormentata dal solito incubo, lo stesso che mi aveva sorpreso sulla macchina di Sabrina mentre andavamo al mare. Quella voce agghiacciante mi aveva di nuovo gridato che *non c'era più tempo*, che dovevo salvare Giorgia dalla confusione e dalla rabbia che la dominavano.

La mia testa era affollata da un groviglio di pensieri e la mia coscienza mi incitava ad affrettarmi. A fare la cosa giusta per lei, la *mia bambolina*. Più ci riflettevo, più i miei occhi si riempivano di lacrime che mi annebbiavano la vista: il tempo che stavo perdendo pareva dilatato in un caleidoscopio fatto di tinte nere, cupe e grigie come la pece.

Lo stomaco mi si serrò in una morsa e le gambe cominciarono a tremare. Stavo male ma quella era la cosa giusta da fare. E da fare subito.

Senza indugiare ulteriormente presi il cellulare dalla borsa e chiamai Giorgia. Era il momento di informarla.

Il telefono iniziò a squillare e nell'attesa pregai che mia sorella rispondesse. Al terzo squillo mi portai nervosamente una mano sulla fronte: la preoccupazione cominciava a salire come un termometro impazzito. Altri squilli a vuoto, il quarto, il quinto, il sesto...

Lei non rispondeva e io entrai nel panico. Con il fiato corto riagganciai e d'istinto presi la borsa e uscii dall'ufficio di corsa.

«Sara, c'è qualcosa che non va?» mi chiese la mia segretaria vedendomi così agitata.

Mi fermai un attimo e strinsi forte la borsa senza riuscire a guardarla negli occhi.

«Non mi sento bene, Luisa, pensa tu al lavoro. Per qualsiasi urgenza... be'... non lo so. Occupatene tu per favore» e scappai fuori sbattendo il portoncino.

Mentre guidavo lungo la strada che mi divideva da Giorgia, il mio stato d'ansia era tale che mi pareva di non riuscire più a ragionare. I pensieri mi si accavallavano nella mente in modo confuso e non ero più in grado di riordinarli, di riprendere il controllo della situazione. Tutto era andato a rotoli e niente e nessuno avrebbe potuto fermare il meccanismo...

Ciò che era successo tanti anni prima era talmente grave che non potevo più nasconderlo. Sentivo la necessità di raccontarle *tutto*. Oramai non avevo più scampo, lo sapevo fin troppo bene, e quelle maledette immagini mi scorrevano davanti agli occhi senza fermarsi. *Giorgia deve sapere*, pensai spingendo sempre più in basso l'acceleratore. La strada era deserta e il rettilineo davanti a me assomigliava a un tunnel senza fine dove l'asfalto era cosparso di una sostanza nera e appiccicosa.

Avevo l'impressione di rivivere i tremendi istanti che mi avevano *consumata* e *logorata* per anni. Mi assalì una violenta nausea. Ero stanca di tutto, il senso di colpa era devastante e oramai insopportabile. *Cosa starà facendo? Perché non mi ha risposto?*, mi ripetevo in continuazione aggrappandomi saldamente al volante. *È sempre così ambigua, fredda e distaccata dalla realtà... Devo arrivare il prima possibile.*

«Perché è così lunga questa strada? Maledizione!» gridai e improvvisamente la mia attenzione fu catturata dal canale...

Senza rendermene conto mi ritrovai sulla corsia opposta, finché un clacson suonato più volte mi risvegliò da quell'intontimento.

«No!» urlai disperata sterzando all'ultimo momento.

Il conducente dell'altra auto gesticolò e inveì contro di me, spaventata, confusa e in un mare di sudore. Il cuore mi batteva così forte che la cassa toracica sembrava sul punto di scoppiare... e la mia anima si stava lentamente sgretolando...

La mia vita è finita. Devo salvare almeno lei..., mi ripetevo guardando lo specchietto retrovisore e osservando l'altra macchina allontanarsi.

«Non capite. Nessuno può capire. Nessuno!» sbraitai asciugandomi il sudore con il dorso di una mano.

Prima di tutto devo sistemare Giorgia. Devo accertarmi che starà bene quando non potrò più badare a lei. Mi aiuterà Sabrina, ne sono certa, e mia sorella capirà. Deve comprendere..., sperai accelerando e guardando dritto davanti a me.

Mentre sfrecciavo sulla strada deserta, fissando l'asfalto nero che sembrava volermi risucchiare e soffocare, le mie colpe e *quelle tremende immagini* si fecero ancora più pesanti e opprimenti...

Quando il cellulare all'improvviso squillò, io trasalii e gridai. Un grido di paura. Pallida e tremante, cercai nervosamente il telefono nella borsa appoggiata sul sedile del passeggero.

«Sì?» chiesi in preda all'agitazione.

«Sara, per l'amor del cielo, dove sei?» mi domandò Sabrina preoccupata. «Ti devo parlare, è urgente».

«Io... io sto andando da Giorgia. Adesso non ho tempo. Ho già preparato tutto. Quando sarà il momento, capirai. Per favore...» e mi interruppi un attimo per deglutire e frenare l'istinto di scoppiare a piangere. «Se puoi perdonami. Io non volevo...».

«Ma cosa stai dicendo?» disse Sabrina con voce salda e determinata. «Adesso tu mi ascolti. Devi assolutamente fermarti e chiamare la polizia. Potrebbe essere pericolosa. In questo momento è probabile che non sia in grado di controllarsi!».

Mi passai una mano tra i capelli che mi si erano appiccicati al viso. «Non posso fermarmi» bisbigliai stringendo forte il telefono. «Devo andare da lei e salvarla. *La mia bambolina*...».

«Di cosa stai parlando, Sara?» mi chiese stordita, intuendo che ero in preda al panico.

«Lo capirai presto» le risposi misteriosa.

«È per il periodo che stai passando? Se è così, vedrai che ne verrai fuori. Ti aiuterò io, lo sai che puoi contare su di me e che ci sarò sempre. Adesso però dammi retta, accosta e aspettami lì. Dimmi dove ti trovi, ti raggiungo subito. Hai capito?».

«Non posso Sabrina...» e riattaccai.

Sabrina Astolfi

Seduta alla scrivania del suo studio con la cornetta del telefono in mano, Sabrina rimase basita dal modo brusco in cui Sara aveva chiuso la comunicazione. Incredula e preoccupata, si mise a pensare alle lattine di birra che aveva visto qualche giorno prima sotto il suo letto, al forte odore di alcol proveniente dal cesto della biancheria sporca, all'incubo che Sara aveva avuto in macchina mentre andavano al mare e agli atteggiamenti scostanti e ambigui che l'amica aveva assunto da una settimana.

Agli occhi di Sabrina, Sara era chiaramente distratta, lontana e spesso sovrappensiero, e tutti quegli atteggiamenti le avevano fatto nascere dei sospetti... C'erano dei particolari che Sara non le aveva voluto raccontare e lei lo sapeva benissimo.

All'improvviso si è chiusa in se stessa. E se tutto fosse collegato alla difficile situazione psicologica della sorella? Ma cosa c'entra lei con la e-mail che mi ha scritto Giorgia?

Mentre rifletteva su tutto questo, afferrò svelta le chiavi e uscì in fretta dallo studio per andare a prendere la macchina.

C'è qualcosa di grave che la turba... ma cosa? In ogni caso, dovrà passare in secondo piano. Prima devo aiutare Giorgia, è troppo instabile e potrebbe farle del male...

Arrivata alla sua auto, si sedette al volante e mettendo la retromarcia per uscire dal parcheggio chiamò con il vivavoce il 113.

«Polizia, chi parla?» rispose una voce roca dall'altra parte del telefono.

«Sono la dottoressa Sabrina Astolfi, mi serve aiuto, è un'emergenza!».

40

Sara

Quando vidi la casa in lontananza, cominciai a tremare e il respiro mi si spezzò. Avevo strane macchie nere davanti a me e stavo come scivolando in uno stato di paralisi. *Respira, Sara, non puoi crollare proprio adesso*, pensai strizzando forte gli occhi. *Ma cosa mi succede?*

Arrivata in velocità nel cortile, frenai all'ultimo momento sollevando una nuvola di polvere e mi precipitai fuori dall'auto. Volevo correre da Giorgia ma il caldo e le gambe deboli mi fecero inciampare e cadere a terra.

«No!» gridai, incapace di alzarmi, e tutta la tensione di quelle ore sfociò in un pianto disperato e lacerante. Sotto il sole cocente, nel silenzio della campagna deserta, circondata da un mare di granturco fitto e impenetrabile che pareva volermi soffocare, sfogai tutta la rabbia che mi tenevo dentro da anni.

Piansi a lungo e poi, sporca di terra, mi rimisi in piedi aggrappandomi con tutte le forze alla portiera rimasta aperta. Con passo trascinato arrivai alla porta di casa, completamente spalancata. Tutto era silenzioso e immobile, come se qualcuno avesse fermato lo scorrere del tempo, come se gli orologi si fossero bloccati su quegli istanti maledetti... La tragedia riemersa a galla con prepotenza sembrava sospesa, in attesa di una sentenza da parte del destino.

Entrai e ispezionai ogni stanza. «Giorgia, dove sei?» dissi a voce alta guardandomi intorno. Tutto era in perfetto ordine e Morfeo se ne stava raggomitolato in un angolo. L'argenteria era stata lucidata, gli oggetti sopra i mobili erano allineati in maniera precisa, i cuscini sul divano uno vicino all'altro, la coperta piegata per bene e riposta su un bracciolo. Nell'aria aleggiava un buon profumo di gelsomino e la cucina era uno specchio.

Dove sei finita?, mi chiesi spostandomi i capelli dalla faccia. Avevo il viso sporco di terra, la camicia madida di sudore, le ginocchia che sanguinavano sotto i pantaloni strappati nella caduta di poco prima.

«No, la prego!» udii in lontananza... e nel sentire quelle parole disperate mi paralizzai. L'aria era impregnata di afa pressante, eppure un brivido di freddo mi corse lungo la schiena.

Rimasi in ascolto, ma non sentii più niente.

E se fosse la mia immaginazione?, mi chiesi accarezzandomi il collo e cercando di convincermi che la mia mente mi stava giocando un tiro mancino.

«Dove sei Giorgia? Io devo... devo assolutamente parlare con te» farfugliai singhiozzando.

«Che ci fai qui?» mi domandò all'improvviso mia sorella arrivando da fuori e fermandosi sulla soglia. Io sussultai per lo spavento. «Ma cosa ti è successo?» mi chiese.

«Io... io ti devo parlare, *bambolina*» le dissi stringendo gli occhi. Non la vedevo bene: il riflesso del sole alle sue spalle era in netto contrasto con la penombra della stanza e mi impediva di metterla a fuoco. Un particolare però mi inquietò e mi mise subito in allarme: mia sorella teneva una mano dietro la schiena e indossava un abito che avevo già visto...

La studiai meglio e quando il ricordo riaffiorò nella mia mente, ebbi un tuffo al cuore e venni assalita dalla paura... *Mio Dio, Sabrina aveva ragione...*

Giorgia fece una smorfia grottesca e piegò la testa di lato. I suoi lunghi capelli neri ondeggiavano come uno scuro e tetro paramento funebre. «Oh, adesso mi chiami *bambolina*...» e pronunciò quelle parole con un tale astio che ogni lettera era una coltellata in pieno petto.

D'istinto indietreggiai. E Giorgia avanzò.

Lei si avvicinava sempre di più, finché mi ritrovai con le spalle al divano... e la strada sbarrata.

«Siediti» mi ordinò piazzandosi davanti a me.

Mi sedetti tremante, senza smettere di tenere d'occhio la mano nascosta dietro la schiena.

«Stai bene?» le domandai.

«Certo, sto benissimo!» esclamò sorridendo. «Tu invece mi sembri piuttosto malandata. Che cosa ti è successo? La grande donna di mondo, la signora perfettina è crollata ed è ritornata qui tra noi poveri plebei, eh?» sfuriò con gli occhi fuori dalle orbite.

Arretrai con la schiena. Non sapevo davvero come prenderla.

«Allora, cosa ti è capitato?» insistette sedendosi lentamente accanto a me.

«Sono caduta» le spiegai tesa. «Come vedi, anch'io sono una persona normale. *E commetto errori come tutti gli altri*» aggiunsi.

Giorgia rise sarcastica, fino a farsi venire le lacrime agli occhi. Poi all'improvviso si fece seria e mi fissò con un'espressione di odio smisurato. «Vuoi sapere davvero cosa sei?» mi domandò appoggiandomi la mano libera su una spalla.

Deglutii a fatica e scossi la testa.

«Be', visto che non lo sai te lo dico io: sei una vigliacca» mi sibilò all'orecchio. «Una schifosa codarda».

Adesso sentivo il suo alito che odorava di caffè.

«Mi hai lasciata qui da sola con lei per andare a studiare a Milano. *E lei non credeva a una sola parola*» continuò allontanandosi. «Ma non ti preoccupare, *ho pensato a tutto io. In fondo ha avuto quello che si meritava...*».

Ma cosa sta dicendo?, mi chiesi smarrita e terrorizzata. *A che cosa nostra madre non credeva?* Non riuscivo a capire, però mi accorgevo sempre di più di essere in pericolo.

Con calma mi sfilai i sandali. «Fa caldo, ti spiace se resto a piedi nudi?» le chiesi cercando di mostrarmi tranquilla.

«Certo che no» mi rispose sorridendo. «Fai come se fossi a casa tua... anche se sono anni che non abiti più qui con noi» mi rinfacciò tagliente.

«Noi?» le chiesi titubante.

«Certo, *con me, mamma e papà*. Vedi di non fare la finta tonta!» sbraitò alzandosi di colpo.

Sconcertata e sconvolta da quelle parole, che furono un pugno nello stomaco, non riuscii a dire nulla e rimasi immobile, senza toglierle gli occhi di dosso.

«Senti Sara, ora te ne devi andare. Non posso stare qui con te, devo sistemare una faccenda» aggiunse scocciata dondolando il busto.

Un dondolio spettrale che mi fece rabbrividire.

«Davvero?» improvvisai prendendo tempo. «Che cosa devi fare di bello?» le chiesi alzandomi sulle gambe tremanti.

Lei sorrise. Un sorriso sbieco, crudele, vendicativo.

«*Devo uccidere una persona*» mi rispose con una semplicità disarmante.

Mi sentii mancare la terra sotto i piedi e la testa cominciò a girare. Mi pareva di essere al centro di un uragano, gli eventi mi roteavano attorno impazziti e io non ero in grado di fermarli. Non avevo alcun controllo su quello che stava accadendo.

Non sapevo mi odiasse così tanto, pensai disorientata.

Feci un respiro profondo, mi avvicinai a lei a piccoli passi e con cautela le misi le mani sulle spalle. Volevo farle sentire l'affetto che provavo nei suoi confronti.

Giorgia posò lo sguardo sulla mia mano e fece una smorfia di disgusto. «Credi davvero che bastino le tue attenzioni per fermare tutto?» e con un colpo secco mi spostò. «Sei solo una povera illusa e te lo dico per l'ultima volta: vattene da qui!».

Di fronte alla sua rabbia esplosiva mi diressi a piccoli passi verso la porta di casa facendo attenzione a non darle le spalle. *Cosa devo fare? Sì, ecco, devo chiamare la polizia. In macchina... sì... ho lasciato il cellulare in macchina*, pensai passandomi una mano tra i capelli.

Vedendomi arretrare, Giorgia mi si fiondò addosso e fu in quel momento che vidi ciò che teneva nascosto dietro la schiena...

Furiosa e traboccante di rabbia, mi puntò *un lungo coltello* bloccandomi contro la porta.

«Anzi, credo sia meglio che tu rimanga. Così assisterai allo spettacolo!» gridò spingendomi la lama alla gola.

«Giorgia, ti prego...» bisbigliai respirando a fatica «non fare così. Io ti voglio bene...».

«Io invece ti odio» mi disse tagliente. «E adesso muoviti, ti porto in un bel posto...».

Sabrina Astolfi

Quando Sabrina riattaccò, la polizia aveva già avviato le procedure per l'emergenza. «Spero solo di arrivare in tempo. Ma perché non mi ha ascoltata?» si chiese spingendo l'acceleratore.

«Potrei chiamarla. Sì!» decise attivando il comando vocale.

«Chiama Giorgia Beltrami» ordinò alla voce metallica del telefono che le chiedeva come potesse aiutarla.

«Non ho capito. Ripeti» le suggerì la voce.

«Chiama Giorgia Beltrami maledizione!» urlò Sabrina battendo un pugno sul volante.

Controllò sul display il nominativo e aspettò. Il telefono squillava. «Dai, rispondi» implorò.

Gli squilli si fecero numerosi e ad ogni tentativo fallito, Sabrina pregava che non fosse successo nulla di irreparabile.

Sara

Inorridita guardavo la scena che avevo davanti agli occhi con un senso di nausea devastante. Giorgia, *con addosso un vecchio abito di nostra madre*, mi aveva portata all'interno del fienile, nella stanzetta dove papà teneva i fucili da caccia...

Mi aveva fatta sedere su una sedia malandata senza bloccarmi in alcun modo. A trattenermi lì, bastavano le sue minacce: «Se ti alzi, ti sparo con questo fucile. Ti è tutto chiaro?».

Io deglutii a fatica e lei si mise a pulire la lama del coltello con uno straccio. «Deve essere lucente e immacolata...» disse osservando il suo prigioniero.

In un angolo, imbavagliato e legato a una pesante e vecchia sedia, *c'era don Paolo*, che mugugnava e strabuzzava gli occhi pieni di lacrime e terrore. Supplichevole, mi guardava come se fossi l'unica sua speranza di salvezza e tentava in tutti i modi di divincolarsi, ma i nodi alle braccia si stringevano sempre di più.

Vedendolo lì, con l'orlo della tonaca strappato che strisciava sul pavimento sporco e polveroso, mi venne in mente con orrore ciò che avevo letto il giorno prima sulla pagina d'apertura del quotidiano. Quel titolo, che mi aveva messo in agitazione senza darmi tregua, annunciava che *il religioso era improvvisamente scomparso.*

Il mio terrore si fece ancora più grande quando osservai attentamente le pareti. Appesi uno vicino all'altro, con estrema cura e precisione, c'erano *decine di disegni tutti uguali* che rappresentavano *un prete con gli occhi chiari e una bambina dai capelli neri con in mano un coltello.* Li vedevo in quel momento per la prima volta ma ne riconobbi subito il tratto e non ebbi alcun dubbio: li aveva fatti Giorgia quando era piccola.

Impallidendo e provando brividi di freddo, mi accorsi anche che mia sorella si stava innervosendo sempre di più nel sentire i lamenti del parroco: se ne andava avanti e indietro per la stanza pulendo compulsivamente la lama del coltello con lo straccio e biascicava parole incomprensibili con un tono di voce che si faceva più astioso e aggressivo di momento in momento.

Con una mano cercai allora di fargli un cenno per dirgli che *doveva calmarsi.*

Don Paolo smise di lamentarsi e di dimenarsi.

«Tesoro, stai bene?» le chiesi incerta.

Giorgia si bloccò di colpo, si fermò dal lucidare la lama e gettò lo straccio per terra sollevando una nuvola di polvere.

«Ma certo» mi rispose guardandomi dritta negli occhi «non potrei essere più felice. Oggi finalmente dopo tutti questi anni *renderò giustizia ad Andrea*. Il colpevole si merita una giusta punizione, non trovi?».

A quelle parole inghiottii un boccone amaro. «Non capisco... Ma di cosa stai parlando?».

«Che sciocca che sei... *parlo dell'assassino di Andrea. Lui!*».

Don Paolo strabuzzò gli occhi e io, scioccata da quella pesantissima accusa, d'istinto mi alzai.

«Non muoverti!» gridò lei gettando il coltello a terra e afferrando il fucile per puntarmelo addosso. «Vuoi morire Sara?».

Mi bloccai immediatamente e portai le mani in alto. «No, non voglio...» dissi rimettendomi seduta. «Però lui non può pagare per un delitto che non ha commesso. Io ti devo parlare, Giorgia».

Lei si mise il fucile dietro la schiena e raccolse il coltello. «Guarda che cosa mi hai fatto fare, dovrò pulirlo un'altra volta. Accidenti a te! Ma non hai ancora capito che non mi importa niente di quello che dici? E poi tu cosa ne vuoi sapere? Io li ho visti quel pomeriggio al campo estivo e so che cosa è successo. Lui gli dava fastidio e l'ha fatto fuori perché non parlasse. Ne sono certa» mi disse ricominciando a pulire la lama.

Aggrottai la fronte. Ero sempre più confusa e non capivo proprio di cosa stesse parlando. Cosa c'entrava il parroco in tutta quella storia?

«Giorgia, non so cosa tu...» e lasciai in sospeso la frase sentendo una macchina in lontananza. La porta era rimasta socchiusa.

«Ti andrebbe di spiegarmi?» le chiesi alzando il tono della voce nel tentativo di coprire il rumore dell'auto.

«Questo bastardo ha messo le mani addosso ad Andrea!» sbraitò rancorosa indicando il prete. «*È stato lui a ucciderlo!*».

Il parroco, ansimante e angosciato, mi guardò implorando aiuto.

Io abbassai gli occhi e all'improvviso ricordai tutto il disagio che provava mia sorella... e che mia madre considerava *capricci*. Vennero a galla come cadaveri: i suoi lunghi silenzi, il rifiuto di andare a catechismo o in chiesa, i pianti prima di fare la Prima Comunione...

Disperata mi presi la testa tra le mani e cominciai a singhiozzare.

«Ma perché non hai detto niente a nessuno?» le domandai. *Lui non c'entra. Oh mio Dio, non può essere...*, pensai subito dopo.

«Non è vero che non ho detto niente a nessuno, la mamma lo sapeva e pensava che mi fossi inventata tutto! Lei ha già avuto quello che si meritava e adesso pagherà lui per quello che ha fatto» sentenziò andando dritta davanti al prete e puntandogli il coltello alla gola.

41

Un fascio di luce illuminò la stanza. «Giorgia non farlo!» gridò una voce proveniente dalla porta.

Lei si voltò confusa, evidentemente presa alla sprovvista. «E tu che ci fai qui? Come ti permetti?».

Sulla soglia c'era Sabrina, che alla vista del coltello si immobilizzò e sollevò le mani. «Passavo di qui, Giorgia, ero preoccupata per te. Ascoltami, metti a terra quel coltello e parliamo».

«Non posso. *Devo ucciderlo*» replicò lei sorridendo.

«Sara, stai bene?» mi chiese sottovoce.

Io le feci un cenno di assenso con la testa.

«Okay, adesso ci penso io» e tornò a rivolgersi a mia sorella. «Perché *devi* farlo? Raccontami tutto dall'inizio, io lo so che ti porti dentro questo segreto da anni. Coraggio, credo sia arrivato il momento di liberarti...» la incitò.

Giorgia abbassò l'arma e scoppiò a piangere. Un pianto silenzioso, in cui le lacrime sporche di rimmel scivolavano sul suo viso paonazzo per la rabbia.

«Quando ero piccola» cominciò a spiegare «quest'uomo ha... non riesco nemmeno a dirlo da quanto mi fa schifo. E io purtroppo ho visto tutto. Poi Andrea è morto e questa bestia è stata trasferita chissà dove. Sapevo che c'era qualcosa che non andava. Ero solo una bambina ma sentivo che quello a cui avevo assistito era sbagliato. La mamma non mi credeva... Continuava a dirmi che i preti non fanno certe cose, che don Paolo era buono e che io stavo mentendo. "Sei solo una bugiarda!" mi aveva gridato un pomeriggio in cui mi ero sfogata con lei».

«E cosa le dicesti quel giorno, Giorgia?» le chiese Sabrina avvicinandosi cauta.

«Le replicai che invece era tutto vero! Che questo maledetto aveva cambiato Andrea. Lui non era più lo stesso bambino, non veniva più a giocare con me e io soffrivo. Anzi, ero disperata perché lui, che era il mio migliore amico, mi disse che non potevamo più esserlo perché secondo don Paolo io non gli volevo davvero bene. Durante il campo estivo mi ero accorta che Andrea aveva cambiato atteggiamento nei miei confronti ma non raccontai niente a nessuno... Mi tenni tutto dentro: il dolore, la delusione, la sensazione di essere stata tradita dalla persona che ritenevo un fratello. Questo verme gli aveva fatto il lavaggio del cervello inculcandogli l'idea malsana che i maschi e le femmine non possono essere amici. E quando quel pomeriggio di fine agosto, mentre tutti erano indaffarati a raccogliere i pomodori in campagna, Raffaella mi disse che presto Andrea sarebbe venuto da me a giocare, non mi sembrava vero. Ero felicissima e non vedevo l'ora che lui arrivasse. E invece...».

Con gli occhi iniettati di rancore e desiderio di vendetta, tornò a sollevare il coltello contro don Paolo, mentre io osservavo la scena in stato confusionale tormentandomi le mani. Fu di nuovo Sabrina a calmarla, parlandole lentamente e avvicinandosi ancora un po'.

«Ascoltami Giorgia, non guardare lui e parla con me. Che cosa hai visto esattamente quel giorno?».

Mia sorella abbassò il coltello isolandosi in un posto remoto che solo lei poteva vedere. Poi tornò alla realtà e riprese a raccontare.

«Era un giorno di inizio estate e la mamma mi aveva costretta a partecipare al campo estivo della parrocchia. Io non volevo andarci perché don Paolo non mi stava per niente simpatico, aveva qualcosa che non mi convinceva, mi sembrava una persona ambigua e troppo severa. Andrea in quel periodo era già cambiato nei miei confronti, piccole sfumature che però avevo colto. Dopo pranzo mi misi a giocare in una delle aule che la scuola aveva messo a disposizione dei bambini. Ricordo che erano due grandi aule con le pareti ricoperte di disegni e noi giocavamo sparpagliati qua e là. C'era chi rideva e chi dormiva a bocca aperta appoggiato al muro. Quando uscii dall'aula per andare a cercare Andrea, uno sbruffone che detestavo mi si piazzò davanti minaccioso chiedendomi dove stessi andando. Io gli risposi che cercavo il mio amico e lui, sempre più divertito, mi informò che *il mio fidanzato* era in chiesa ad aiutare don Paolo. Poco dopo, senza che me ne rendessi conto, la mia vita cambiò... Dio, quel figlio di put... Se solo avessi avuto il coraggio di fermarlo. Ma ero troppo piccola. Nessuno mi aveva detto che gli adulti possono commettere azioni tanto deplorevoli. Nessuno, nemmeno la mamma...». E si zittì allontanandosi ancora con il pensiero.

Sabrina lanciò uno sguardo al parroco, che adesso respirava a fatica. «Stia calmo» gli sussurrò. «Giorgia, ci sei?» chiese subito dopo, spostando l'attenzione su mia sorella.

Lei raddrizzò la testa e la fissò con i suoi occhi neri colmi di rammarico e impotenza. «Certo, io...» farfugliò gesticolando. «Maledizione, dove ero rimasta?» urlò poi infuriata.

«Stai tranquilla, va tutto bene» la rassicurò Sabrina. «Stavi dicendo che eri andata a cercare Andrea, ti ricordi dove?».

«Ah, sì, in chiesa. Sgattaiolai fuori da una finestra senza farmi vedere dagli animatori, attraversai il parco che risuonava del verso delle cicale e di soppiatto mi infilai nella sala del catechismo. Da lì mi diressi in punta di piedi verso la sagrestia. La porta era accostata e sentii Andrea parlare sottovoce. Non capivo cosa dicesse, ma qualcosa mi si mosse nel petto... come un serpente che ti striscia addosso fino a soffocarti con le sue spire. Quando mi sporsi quel tanto che bastava per spiare quello che stava accadendo...» e si interruppe visibilmente provata.

«Cosa ne dici di fare una pausa? Andiamo in casa al fresco, beviamo un bicchiere d'acqua e poi vai avanti a raccontare. Dai, metti giù quel coltello...» provò a convincerla Sabrina notando in mia sorella un lievissimo tentennamento.

«No, non mi freghi!» gridò Giorgia riprendendo il controllo della situazione e mettendosi dietro il parroco. Con una mano gli puntava la lama alla gola e con l'altra gli tirava i capelli. «Vuoi sentire il resto della storia oppure vuoi solo salvare la pelle a questo bastardo pedofilo?».

«Va bene, ti ascolto» l'assecondò svelta Sabrina.

«La stanza era illuminata solo da una finestrella rotonda che si trovava sopra una grande croce e lui» disse strattonando il prete «era seduto su una sedia. Teneva Andrea sulle ginocchia, gli accarezzava la schiena e gli parlava all'orecchio sorridendogli. Io non riuscivo a sentire quello che gli diceva, ma l'espressione del mio amico era confusa. Sembrava indeciso se rimanere lì ad ascoltarlo o scappare. Poi però qualcosa che gli disse questo schifoso deve averlo convinto a restare, perché Andrea rise e lo abbracciò forte. Così, all'improvviso. Io mi sentii gelare il sangue nelle vene per la gelosia, perché con quei suoi modi subdoli aveva lentamente allontanato da me il mio migliore amico fino a portarmelo via. Avevo una voglia matta di irrompere in quella stanza e spezzare l'atmosfera intima che si era creata tra loro due, ma qualcosa mi trattenne. Forse un sesto senso o più probabilmente l'istinto di sopravvivenza, visto che poi lo ha ucciso per tappargli la bocca. Chissà, se mi fossi fatta avanti avrebbe fatto fuori anche me!» dichiarò sempre più agitata.

Io ascoltavo mia sorella incredula. *Non è possibile, lei pensa davvero che sia stato il parroco...*

«Comunque» continuò Giorgia «rimasi là a guardare, come paralizzata. Lui lo accoglieva tra le braccia con i suoi gelidi occhi chiari e un sorriso meschino stampato sulle labbra. Se non fosse stato per quell'espressione, la scena sarebbe potuta passare come una manifestazione di affetto innocente, pulita e senza nessun secondo fine... Invece la realtà era ben diversa da quella che ci si poteva aspettare da un uomo di chiesa. A un tratto Andrea lo baciò sulla guancia e questo bastardo gli infilò una mano sotto la maglietta, vicino alla cintura dei pantaloni. Andrea si scostò da lui e lo guardò un attimo. Dopo che il prete gli bisbigliò qualcosa all'orecchio, vidi che si sistemò la tonaca. Poi prese Andrea per i fianchi e se lo avvicinò alla vita... Quello che successe in seguito mi rimarrà impresso nella mente per sempre. Lui lo abbracciò forte, chiuse gli occhi e appoggiò l'altra mano sui pantaloni di Andrea. Il suo tremito qualche secondo dopo mi ferì così tanto che pensai di non reggermi più in piedi, e la sua espressione di compiacimento mi disgustò a tal punto che trattenni un conato di vomito. Non sapevo cosa fosse successo di preciso, ma intuii che era una cosa sbagliata, sporca. Eppure non riuscii a fare niente per impedirla. Vidi quell'uomo approfittarsi di un'anima innocente e non mossi un dito per salvare

Andrea... diventando in qualche modo sua complice. Non me lo perdonerò mai!».

Sabrina si passò una mano tra i capelli che oramai le si erano incollati alle tempie per colpa dell'afa. Di cose sgradevoli nella sua professione di psicologa ne aveva sentite davvero tante, ma io sapevo benissimo che quando si parlava di pedofilia faticava a mantenere il distacco etico e professionale.

«Ascolta Giorgia» le disse Sabrina lentamente «mi spiace davvero tanto che tu abbia dovuto subire un trauma così forte. Tu e Andrea siete stati vittime di una persona malata... ma non hai alcuna colpa. Quell'uomo lo avrebbe fatto comunque, con o senza di te. Sei una vittima, tesoro. Capisci quello che ti sto dicendo?».

«È vero, siamo stati vittime» ringhiò «ma io non ho fatto niente comunque! Quando lo raccontai alla mamma, lei mi rimproverò talmente tanto che pensai di aver avuto le allucinazioni. Mi fece sentire terribilmente in colpa, una colpa così pesante che non sono mai riuscita a togliermi di dosso. Mi sembra ancora di vedere il suo sguardo di rimprovero e sgomento. "Se ti azzardi a dire a qualcuno queste cose, finirai nei guai. Grossi guai! Ma ti immagini che cosa direbbe la gente? La nostra famiglia verrebbe coperta di critiche e finirebbe isolata. Guarda che la chiesa è una cosa sacra e importante, come puoi accusare un prete di un'infamia così grave? Se ti farai sfuggire anche una sola delle sciocchezze che mi hai detto, ti giuro che ti metterò in collegio! Mi hai capita bene?" mi urlò scuotendomi ripetutamente. Il collegio era un posto che a detta di molti era freddo e inospitale, un luogo dove si doveva pregare in continuazione. Si diceva che i bambini dovessero lavarsi con l'acqua gelata e che venissero puniti molto spesso, anche per i più piccoli sbagli. Tra i castighi più frequenti c'era quello per cui i ragazzini venivano chiusi per ore in una stanzetta buia. La possibilità di finire in un posto del genere mi spaventò così tanto che scappai in camera mia e non dissi più niente a nessuno».

Il prete, sempre con il coltello alla gola, adesso piangeva quasi soffocato dal bavaglio.

«Sai, Sara» e volse lo sguardo verso di me «mi sono sentita in colpa per anni, finché crescendo ho capito che quella sbagliata non ero io, ma nostra madre. *E allora gliel'ho fatta pagare...*».

«Cosa vorresti dire?» le domandai sempre più inquieta, senza capire dove volesse andare a parare.

«Credi davvero che la nostra amata mamma sia finita sotto una macchina per una tragica fatalità?» mi chiese Giorgia con espressione soddisfatta. «*Sono stata io a spingerla...* ma se non sbaglio anche tu la volevi morta... Ricordo perfettamente quella mattina in cui le dicesti di *crepare*» mi fece presente. Poi proseguì. «Avevo visto quell'auto arrivare a forte velocità e *non ho potuto resistere*. Quando te ne sei andata a studiare lontano mi sentivo sola e lei mi ha fatto vivere un inferno. Ero stanca di sentire i suoi rimproveri. Papà oramai si era arreso e non era più in grado di contrastarla in alcun modo. Lei mi stava sempre con il fiato sul collo, mi diceva come dovevo comportarmi con le persone e di frequente mi suggeriva che era meglio che stessi zitta, visti i miei *comportamenti strani*. "Se farai come ti dico io, sembrerai come tutti gli altri. Almeno provaci", mi diceva ogni volta. L'avevo sentita parlare spesso del *mio stato* con papà e il fatto che mi vedeva *diversa* dagli altri la metteva talmente a disagio che fece il possibile per *annullare* ogni mio pensiero o opinione. Mi capisci, Sara, vero? Il giorno dell'*incidente* lei si trovava proprio davanti a me... era l'occasione perfetta per essere finalmente libera. Sapessi che sollievo è stata la sua morte. Quello che non immaginavo era che morisse anche papà. In fondo che colpa aveva se non di avere sposato una donna come nostra madre?» e scoppiò in una risata isterica.

Sgomenta mi portai una mano sulla bocca e trattenni l'istinto di vomitare. «Oh no, Giorgia, cos'hai fatto? Cosa ti abbiamo fatto?» mi chiesi sentendo gli occhi riempirsi di lacrime. *Devo dirglielo, è il momento...*

Sabrina deglutì e ci osservò. Era evidente che cercava il modo di convincere Giorgia ad arrendersi.

«Non ho mai avuto dubbi, Sara, ho fatto la cosa giusta» mi disse smettendo improvvisamente di ridere. «Si meritava di morire, quella bastarda».

«Non credo che tu abbia fatto bene, Giorgia» replicai. «Se solo avessi saputo, sarei intervenuta». Poi mi alzai e mi avvicinai a lei con passo deciso.

Mia sorella si irrigidì e strattonò ulteriormente il parroco. Ora la lama toccava il suo collo. «Non fare un altro passo o gli taglio la gola!».

«*Bambolina* sono qui. Adesso penso a tutto io. Ti ho abbandonata nel momento del bisogno, ma questa volta sistemerò tutto e ti salverò. Sì, metterò ordine al caos... dammi quel coltello prima di commettere un altro errore».

Sempre più nervosa e confusa, Giorgia si guardava attorno smarrita. Incapace di decidere se dare retta a me oppure uccidere quell'uomo.

«Non avvicinarti, Sara. Per favore, non farlo» mi implorò. «Lui *deve morire*, lo capisci? Perché non mi ascolti? Sei come la mamma!» inveì contro di me viola in viso.

Io mi fermai vedendo l'espressione del prete: strizzava forte gli occhi terrorizzato e aveva il volto madido di sudore e di lacrime.

«Non è stato lui ad ammazzare Andrea» esclamai alzando le mani e scandendo bene ogni parola. «Guardalo bene, non è lo stesso prete. È stata un'altra persona a fare del male al tuo amico».

42

Stupefatta e sgomenta, mia sorella osservò quell'uomo con attenzione e cercò in lui i lineamenti del parroco che lei ricordava vividamente.

«Ma il signore al telefono, l'investigatore privato che ho ingaggiato... mi ha assicurato che è lui» mi spiegò tremante.

«Ascoltami Giorgia, non esiste nessun investigatore. Ti ricordi che spesso tu immagini cose inesistenti?» le dissi guardando con la coda dell'occhio Sabrina che non la perdeva di vista.

«Sara ha ragione» intervenne la mia amica. «Ti ricordi che il medico ti ha spiegato che soffri di allucinazioni e ti ha prescritto quelle pillole? L'importante è che tu riconosca i sintomi. Sei davvero sicura che questo prete sia l'uomo che cercavi?».

Vedendo lo sconcerto dipingersi sul suo volto, capii che Giorgia si era improvvisamente ricordata delle raccomandazioni dello psichiatra, delle mie, delle pillole che doveva assolutamente prendere, dei colloqui con Sabrina *che non era la sua editor ma la sua psicologa*, della miriade di fogli che scriveva *non perché aveva un contratto con una casa editrice* ma per esprimere tutto il suo disagio. Un disagio che la indeboliva e la fiaccava ogni giorno di più.

«Avete ragione, non è lui» dichiarò con amarezza e profonda delusione.

«Cosa devo fare adesso?» chiese poi allontanando la lama dalla gola del prete e facendo un passo indietro. Sembrava una bambina spaventata e braccata.

«Niente. Devi solo buttare a terra il coltello» le dissi abbassando le braccia. «Lui non c'entra nulla. *La colpevole sono io... sono stata io a uccidere Andrea*».

A Sabrina si mozzò il fiato e Giorgia non capiva quello che avevo appena confessato tra le lacrime.

«Quel pomeriggio di tanti anni fa stavo tornando dalla piscina e mi sentivo spossata e stanca» cominciai a raccontare con estrema fatica. «Guidare mi sembrava un'impresa titanica. Faceva un caldo tremendo e mi dava fastidio il costume bagnato sotto la maglietta che mi arrivava appena sopra l'ombelico. Un'altra cosa che mamma detestava, così come non sopportava che io andassi in piscina *a perdere tempo*... Proprio per questo motivo avevo litigato con lei la mattina, prima di uscire in preda alla rabbia e salire in macchina. Già, in fondo mamma detestava parecchie cose, ma questo non ha importanza adesso. Mentre ritornavo a casa e ascoltavo una canzone trasmessa per radio, mi chiedevo come un disco rotto perché Manuela mi avesse spinta così tanto a bere tutte quelle birre... Non riuscivo a trovare una spiegazione, però conoscevo bene il motivo per cui le avevo dato retta, trasgredendo le regole dei miei genitori: avevo bevuto per fare un dispetto alla mamma. Mi sentivo perennemente in gabbia, era un costante vivere sotto pressione» riflettei stringendomi nelle braccia. Poi ripresi a raccontare.

«E così disobbedii deliberatamente, cedendo alle provocazioni di Manuela, ma non ne fui fiera e mentre guidavo sulla strada del ritorno piangevo per la rabbia e il senso di colpa. Tra le lacrime, speravo e pregavo che la mia famiglia non si accorgesse di niente. Ero sconvolta e in più mi si chiudevano le palpebre per la stanchezza e, credo, l'effetto dell'alcol. Desideravo solo dormire, la musica non bastava a tenermi sveglia. La campagna era torrida e il cielo sgombro da nuvole assomigliava a una tavolozza azzurra senza fine e senza orizzonte. Sono strani i dettagli che si ricordano quando succede una tragedia... *Devo farcela, mancano solo pochi chilometri*, pensavo scuotendo la testa nel tentativo di rimanere vigile. La strada era deserta, il rettilineo davanti a me pareva un tunnel senza fine, eppure, quando oramai ero quasi arrivata a casa sbandai a destra, dalla parte del canale. Quello dove in estate i bambini del paese vanno a pescare».

E sorrisi malinconica ripensando a quando anch'io da piccola ci andavo insieme a mio padre.

«D'istinto, di fronte al pericolo di caderci dentro, sterzai dall'altra parte e mi aggrappai saldamente al volante finché riuscii a fermarmi. Tra il caldo, la stanchezza e il senso di colpa che non mi davano tregua mi resi conto di aver fatto una manovra rischiosa: avrei potuto finire direttamente nel canale oppure trovarmi sulla corsia opposta con il rischio di fare un frontale con un'altra auto. Realizzai a fatica e mi dissi che ero stata fortunata. Mi rimisi in marcia per tornare sulla carreggiata e questa volta avanzai lentamente, anche perché la strada che costeggiava il canale era piena di buche, la terra era secca e la macchina iniziò a sollevare una densa nuvola di polvere che mi impediva di vedere bene... A un tratto sentii un colpo più forte e per un attimo credetti di aver danneggiato irrimediabilmente l'auto. *Queste maledette buche...*, pensai spaventata. Frenai all'improvviso e spensi il motore. Il cuore mi batteva a mille e il panico stava per prendere il sopravvento. Tremante e con le lacrime che mi annebbiavano la vista scesi dalla macchina per controllare il danno. Sulla carrozzeria non c'erano segni ma quando mi chinai, restai senza fiato e la testa iniziò a girarmi... In un silenzio immobile e soffocato c'era Andrea, steso per terra con una profonda ferita alla testa...» confessai con la voce rotta.

«Dio mio, quello che più mi è rimasto impresso era la sua piccola mano che stringeva ancora la canna da pesca... D'istinto mi avvicinai a lui e lo chiamai. Non sapevo come aiutarlo. Il suo collo piegato in una posizione innaturale lo faceva assomigliare a un bambolotto rotto, mentre i suoi occhi spalancati color cenere sembravano intrappolati in una gabbia di terrore. Un senso di nausea mi attanagliò le viscere e inorridita feci due passi, caddi in ginocchio e vomitai nel canale tutta la birra che avevo in corpo. Poi tornai da lui e, schiacciata dal rimorso, non sopportai di vederlo disteso lì, sull'arida terra e tra tutta quella polvere. Allora lo presi in braccio e lo adagiai piano in un punto un po' scostato dal canale, dove l'erba era alta e creava un morbido tappeto. Lo guardai con dolcezza un'ultima volta e mi accorsi che la canna da pesca era caduta. Svelta la recuperai e la rimisi nella mano di quell'innocente bambino. La sua immagine dietro le mie lacrime era sfocata e con un dolore acuto e soffocante tornai alla macchina e guidai a tutta velocità verso casa. È così che è andata. *Sono stata io a uccidere Andrea, questa è la verità*. Sono io la vigliacca che è scappata commettendo il reato di omissione di soccorso. *Sono io quella maledetta assassina che tutti cercano...*».

Giorgia si portò una mano alla bocca e scoppiando a piangere gridò:
«Tu! Come hai potuto mentirmi in questo modo per tutto questo tempo?».

Mi avvicinai a lei a piccoli passi, mentre Sabrina mi guardava attonita, tentando faticosamente di riprendersi dalla mia confessione. Ora capiva i miei malesseri, il cambiamento degli ultimi tempi e sicuramente si chiedeva come avesse fatto a non accorgersi di niente in tanti anni di amicizia.

In lontananza si udivano le sirene della polizia.

Con gli occhi fuori dalle orbite e totalmente sconvolta, Giorgia indietreggiò e andò a sbattere contro la parete. Intrappolata tra quelle quattro mura polverose e investita con una violenza inaudita da un profondo senso di tradimento.

«Sei come tutti gli altri: una bugiarda e una schifosa ipocrita!».

Subito dopo si ammutolì improvvisamente e i suoi occhi furono attraversati da un'ombra. Le guance erano solcate da lacrime nere e il viso era una maschera di disperazione e angoscia.

Avrei fatto qualsiasi cosa per farmi perdonare ma lei chinò lo sguardo sul coltello che stringeva tra le mani tremanti... *e si tagliò la gola*.

«No!» gridai andando da lei per soccorrerla. La presi prima che si accasciasse a terra, le tolsi il coltello dalle mani e cominciai a premere le dita sotto il collo nel tentativo di fermare l'emorragia.

«No, ti prego, non morire» speravo schiacciando sempre più forte. Il corpo di Giorgia tremava e i sussulti si fecero sempre più lievi. Tentò di pronunciare qualche parola, ma dalla sua bocca uscirono solo rantoli e suoni confusi. Poi non si mosse più e i suoi occhi rimasero spalancati sul vuoto, avvolti nell'ombra della morte...

43

Sara

14 luglio 2016, commissariato

Un silenzio opprimente, carico di verità tragiche e dolorose, si abbatté su di noi come la scure del boia pronta a stroncare la vita del condannato a morte. Era come se le parole che avevo pronunciato si fossero diffuse nell'aria per poi rimanere pesantemente aggrappate alla nostra pelle.

Di confessioni, il commissario Martini ne aveva sicuramente raccolte molte, ma quando si tratta di bambini è tutta un'altra storia. Le emozioni che si provano sono difficili da assimilare e ciò che avevo rivelato non era semplice da accettare: lo dimostrava l'espressione di profonda tristezza che si era dipinta sul suo volto. E io, con mio grande rammarico, non potevo che prenderne atto.

Passandosi una mano tra i capelli, egli si schiarì la voce e fece un profondo respiro.

«Sua sorella, quindi, ha confessato di essere l'assassina dei vostri genitori mentre lei, Sara, ha ammesso di aver investito il piccolo Andrea» e fece una lunga pausa. Poi riprese guardandomi dritto negli occhi. «Ricordo bene i titoli dei quotidiani, la morte di quel bambino è stata per tutta la cittadinanza una ferita che non si è mai rimarginata» e si appoggiò stancamente allo schienale. Il suo atteggiamento era riflessivo, a tratti tentennante. Pareva faticare a riprendere il controllo della situazione e tradiva una certa debolezza. In quell'istante lessi sul suo volto il lato umano e non la maschera di autorità e distacco che aveva indossato più volte durante l'interrogatorio.

«Non so davvero come ho fatto a sopravvivere al segreto che mi sono portata dentro per così tanto tempo. Immagino che lei sia disgustato» gli dissi cercando un minimo di comprensione.

«No, Sara, si sbaglia. Credo che lei sia stata vittima delle tante pressioni psicologiche che ha subito e che Andrea, quel piccolo bambino innocente, si trovava nel posto sbagliato al momento sbagliato. Lei si è processata e condannata da sola tanti anni fa. *La sua coscienza è stata la sua condanna e la sua pena...*» affermò con voce rassegnata, ma ferma e salda allo stesso tempo. «Senza dubbio lei era giovane, oppressa da una madre prepotente e pericolosamente influenzata da Manuela, una persona senza scrupoli. Però avrebbe dovuto confessare subito, Sara. Sopportare da sola il peso del reato che ha commesso deve essere stato un inferno ma i genitori di Andrea hanno vissuto, o meglio sopravvissuto, sicuramente peggio di lei. Se avesse confessato allora, è molto probabile che un buon avvocato avrebbe trovato diverse attenuanti, anche se guidava sotto l'effetto dell'alcol. Così, invece, l'ha fatta troppo sporca...».

«Già, ne sono consapevole» confermai stringendomi nelle braccia. «Sono un avvocato e comprendo benissimo la posizione in cui mi trovo. Merito di trascorrere il resto della vita in carcere e non voglio nemmeno cercare delle attenuanti che possano in qualche modo lenire la mia pena detentiva» gli precisai con una lucidità disarmante.

Il commissario si alzò e cominciò a camminare avanti e indietro per la stanza pensando a testa china.

«Da quello che mi ha raccontato e che ho potuto capire, l'amicizia con quella ragazza è stata fuorviante, giusto?» mi domandò alzando lo sguardo.

«Sì, quel giorno ero furiosa per aver litigato di nuovo con mia madre e mi trasformai in un bersaglio facile. Ricordo ancora il pungolarmi di Manuela e la sua fastidiosa insistenza: "Be', visto che sei tanto arrabbiata, perché non ti spari una birra?" mi diceva con quel suo sorriso provocatorio. Solo in seguito mi resi davvero conto di quanto mi fossi fatta soggiogare da lei... ma oramai era troppo tardi. Subito dopo la tragedia, dentro di me davo tutta la colpa a lei per quello che era successo, ma con il tempo ho capito che l'unica colpevole e responsabile ero io. Ero io che mi ero fatta trascinare dai suoi modi di fare subdoli e velenosi. Mi usava, ecco. Era la classica persona che derideva e calpestava gli altri con una facilità dissacrante. Per lei era tutto lecito, compreso l'insinuarsi nella vita degli altri come una serpe in seno» cercai di spiegare con la voce incrinata.

«In quel periodo era particolarmente astiosa perché i suoi genitori si stavano separando e la situazione famigliare non era delle più rosee, me lo aveva detto Sabrina. Anch'io però avevo un mare di problemi, eppure non me ne andavo in giro sfogandomi sulle altre persone! Dopo la morte di Andrea, sa quante volte sono andata a cercarla sotto casa per rinfacciarle tutto? Sono stata anche tentata di metterle le mani addosso per quello che mi aveva indotto a fare. Io non volevo ubriacarmi quel giorno! Lei non immagina quante volte mi sia chiesta come sarebbero andate le cose se non avessi bevuto quelle maledette birre... Per quella scelta insensata ho rovinato il mio futuro!» urlai battendo i pugni sul tavolo.

«Manuela mi ha usata e calpestata per arrivare a Francesco. Ha tentato in tutti i modi di spingermi a trasgredire... e come una cretina ci sono cascata. Ho rovinato tutto per dimostrare a una povera disadattata che anch'io potevo fare certe cose... Ma vuole che le dica la verità, commissario?» gli chiesi con la voce carica di odio e gli occhi pieni di lacrime.

«Certo, è qui per questo, no?» mi rispose lui incrociando le braccia e osservandomi con particolare attenzione.

«La verità è che quando ho saputo della *sua morte*, ho provato un senso di sollievo. E quando ho letto sul giornale che era stata ritrovata in un vicolo buio della città con una siringa nel braccio, *ho riso di gioia*. Sì, ero contenta che fosse morta! Morta come Andrea, povero bambino. Sa che me lo sogno ancora la notte? Lui è sempre nella mia testa, non mi ha mai abbandonato. È una presenza costante e spesso ho l'impressione che mi segua» gli confidai pulendomi il naso con il dorso della mano.

«Per colpa di quella schifosa ho perso anche l'uomo che amavo. Io ero innamorata di Francesco ed ero certa che sarebbe stato il compagno della mia vita. Invece dopo l'incidente sono stata costretta a lasciarlo! Tutte le volte che lo guardavo, in qualche modo lo incolpavo per non avermi fermata quel giorno, e averlo vicino mi ricordava la morte di Andrea. Bruciai ogni lettera che mi aveva scritto con tanto amore. Sono stata costretta ad allontanare le persone che frequentavo in quel periodo, *quelle che avevano innescato la bomba*. Ho dovuto, capisce?» sbraitai alzandomi in piedi. La sedia dietro di me cadde per terra con un tonfo metallico che echeggiò tra le pareti dell'ufficio.

«L'unica che mi è sempre stata vicina è Sabrina. Lei quel giorno non c'era e adesso molto probabilmente non mi vorrà più vedere. *Ho perso tutti, sono rimasta sola!*».

«Si calmi, Sara» mi avvertì rimettendo a posto la sedia. «Altrimenti sarò costretto a sbatterla in cella finché non si sarà tranquillizzata».

Fui investita da un improvviso tremore e il fiato si fece sempre più corto: respiri brevi, quasi soffocati. Davanti ai miei occhi non vedevo più il commissario... ma le immagini della mia vita: gli anni della giovinezza bruciata e marchiata da un omicidio, Giorgia con i suoi problemi psicologici e psichiatrici, la storia con Francesco a cui avevo dovuto rinunciare, il mio matrimonio fallito, le bare di mogano dei miei genitori morti per mano di Giorgia.

Confusa udivo la voce del commissario allontanarsi sempre di più... e tornai alla realtà solo quando sentii sulle braccia la presa salda delle sue mani che mi spingevano a forza a sedermi.

«Sono una fallita, una vigliacca, e ho rovinato la mia vita e quella di tante altre persone» balbettai sempre più nervosa e irrequieta. «Perché sono stata così stupida e ingenua? Sarebbe bastato rifiutare quelle maledette birre. Avrei dovuto pronunciare un semplice "no, io non bevo", invece sono crollata sotto le lusinghe del diavolo. Tutta la mia vita è stata una farsa...».

«Sara, il passato purtroppo non lo si può cambiare e io non posso fare nulla per impedire che la giustizia faccia il suo corso. Lei ha commesso un omicidio e dovrà scontare la pena. Mi dispiace, mi creda, ma Andrea merita giustizia e niente a questo mondo potrà alleggerire il peso della sua condanna. Purtroppo per lei, la colpa di cui si è macchiata la perseguiterà per il resto dei suoi giorni. Lei, Sara, è una persona troppo sensibile per potersi liberare, attraverso questa confessione, del tormento che si porta dentro. Magari negli anni a venire riuscirà a trovare, e io glielo auguro, un fragile equilibrio che l'aiuterà a *sopravvivere*, ma non potrà mai redimersi. Perché le persone che provano sentimenti come lei, come me e come tanti altri, *non possono dimenticare*. Lei si è condannata da sola tanti anni fa».

Le parole del commissario mi colpirono come una stilettata dritta al cuore. L'analisi lucida e precisa che aveva appena esposto non poteva essere più realistica. E di fronte a una verità così cruda, tutta la mia rabbia svanì per lasciare il posto a un profondo senso di impotenza. Una cosa però mi colpì: una sfumatura per nulla sottile che mi era sempre sfuggita e che quell'uomo che nemmeno mi conosceva, o meglio che aveva visto solo il peggio di me, aveva avuto la capacità di cogliere e di mettere in evidenza. A quella riflessione accennai un sorriso triste. «Lei ha ragione... e io posso solo ringraziarla» gli dissi.

Lui mi osservò perplesso. «Non capisco cosa vuole dire. Di cosa deve ringraziarmi?».

«Non si stupisca, lei ha messo in luce una cosa importante: io mi sono sempre vista come un mostro, un essere senza sentimenti, costantemente pronto a reprimere ogni emozione. Lei invece, quasi senza accorgersene, mi ha fatto capire che sono una persona vera, che ha provato e si è fatta logorare da uno sterminato mare di sentimenti, colpe, emozioni. E come tanti altri, purtroppo, ho constatato sulla mia pelle che dietro la *normalità* di ognuno di noi, dietro *la fragilità dell'apparenza*, spesso si nascondono demoni e ombre che stentiamo a riconoscere... Io ero una brava ragazza che ha sbagliato, e poi mi sono chiusa in me stessa, congelando le mie emozioni e soffocando quel lato buono e generoso che faceva parte di me, della mia natura. Mi sono così condannata a vivere in una sorta di agonia costante, in un continuo alternarsi di paura, senso di colpa e l'assoluta necessità di mantenere l'autocontrollo, senza far emergere i miei veri sentimenti. *Ho sbagliato tutto* e adesso non rimane altro che il rammarico di non essermi fermata in tempo... in tempo per cambiare il corso degli eventi, della mia vita e di quella di tante altre persone. Sì, molto probabilmente sono solo una persona buona che ha sbagliato. Una donna *normale* che non è stata in grado di prendere la decisione giusta al momento giusto».

Il commissario mi studiò per un lungo attimo, poi fece un cenno di assenso con il capo e spense il registratore che aveva immortalato per sempre la mia confessione, la mia imperdonabile colpa. Un semplice e insignificante clic che mise fine ai miei incubi e alla mia libertà.

Epilogo

Sara Beltrami

16 maggio 2019, carcere femminile

Adesso, a distanza di quasi tre anni da quell'estenuante interrogatorio, osservo i raggi del sole che filtrano attraverso le sbarre della mia cella, lo spazio angusto e soffocante che è diventato la mia casa. La prigione non è un posto facile, è un mondo a parte fatto di regole rigide e inflessibili tra le quali cerco disperatamente di sopravvivere. Sono in isolamento perché hanno cercato di uccidermi quattro volte. Per questo motivo, in via precauzionale, chi di dovere ha deciso di trasferirmi in un'altra ala del carcere e, sola come non mi sono mai sentita, nella mia piccola cella penso e ripenso incessantemente a tutta la mia vita.

Oramai sono una donna priva di anima. Una persona vuota, l'insignificante involucro di un essere umano a cui è rimasta una sola consolazione: la lunga pena da scontare è l'unica via per espiare la colpa tremenda di cui mi sono macchiata tanti anni fa.

Andrea è costantemente nei miei pensieri e spesso siede accanto a me durante le notti fredde e buie che sembrano non voler più incontrare l'alba del nuovo giorno. Con il suo sorriso sincero e aperto, mi ripete di smettere di tormentarmi perché *non è stata colpa mia...* e che devo lasciarlo andare. Io però non ci riesco, non posso dimenticare quello che è successo. Il commissario aveva ragione quando mi disse che non mi sarei mai data pace. La mia coscienza è tuttora oppressa e soffocata dall'atroce segreto che mi sono portata dentro per anni. L'averlo confessato non ha per nulla lenito il mio dolore. Anzi ha amplificato ancora di più il mio senso di colpa che, ne sono certa, non smetterà mai di torturarmi.

Ancora oggi mi chiedo come ho potuto sopravvivere a tale orrore. Come sono riuscita a camminare, lavorare, pensare che la mia fuga da tutto e da tutti fosse in grado di *seppellire* il passato. Talvolta rifletto su quante energie ho sprecato, quanti sbagli ho compiuto, quanto dolore ho procurato. Il mio cuore a brandelli è simile a un'ancora che è rimasta incagliata sul fondo del mare e che nessuno potrà più recuperare. Se solo potessi ritornare a quei giorni... *Le persone che si amano non si dovrebbero mai ingannare né abbandonare.*

Insieme ad Andrea vedo spesso Giorgia, che si siede in fondo alla mia branda e mi fissa senza dire una parola. Indossa un abito scuro e porta i capelli sciolti che con il loro colore nero corvino contrastano con la carnagione pallida e gli occhi cerchiati di rosso. Io le bisbiglio che mi dispiace, che non avrei dovuto lasciarla, che avrei dovuto capire il dolore che si teneva dentro e i problemi che la tormentavano e la consumavano... Lei mi fissa con un'espressione neutra da cui non traspare alcuna emozione, ha uno sguardo vuoto che sembra in bilico tra l'odio e un pallido barlume di amore fraterno. Molto probabilmente spero ancora in un perdono che però *non arriverà mai*, ne sono certa. La sua presenza mi ricorda che non ho vie di fuga e che lei rimarrà sempre accanto a me per rammentarmelo.

Non ho parlato a nessuno dei miei *fantasmi*: devono rimanere nell'ombra, è quello il loro posto. Se qualcuno venisse a sapere delle mie visioni, il mio avvocato farebbe il possibile per alleggerire la mia detenzione e lotterebbe con tutti i mezzi a sua disposizione per farmi ricoverare in una struttura adeguata dove mi imbottirebbero di psicofarmaci e tranquillanti. Invece io so benissimo che sono una *persona normale*... con i miei demoni interiori. Il carcere e l'isolamento fanno per me. Peggio di così non potrei stare e questo è ciò che mi merito. Non voglio che la mia mente venga offuscata da qualche intruglio chimico. Il mio passato e le mie colpe *devono rimanere vividi*.

Di questo mio piccolo ma pesante segreto non è al corrente nemmeno Sabrina, che appena può viene a farmi visita. La prima volta è stato tutto davvero difficile, io ero impacciata e non sapevo come affrontarla: in fondo avevo ingannato persino lei. Anche se poi ho scoperto che mi teneva d'occhio da un po' e che stava cercando il modo di aiutarmi. Lo ha fatto anche il giorno in cui Giorgia si è suicidata. Quando ci siamo riviste qui in carcere, è bastato un suo sguardo per farmi capire che lei ci sarebbe stata sempre e comunque. «Non ti lascerò sola, Sara» mi ha detto. «Io dovevo accorgermene prima e per questo non mi perdonerò mai».

E così il nostro rapporto d'amicizia è ripreso da dove era stato interrotto, ma con altre abitudini: oltre a venire a trovarmi almeno una volta al mese, mi scrive lettere in cui mi racconta di come si sta occupando dei miei beni. Custodisco le sue lettere tra i miei effetti personali, in un quaderno in cui scrivo storie e racconti macabri dalle sfumature nere e raccapriccianti. Già, perché il colore nero domina la mia vita, e niente al mondo potrà mai darmi una nuova speranza.

È stata proprio Sabrina a portarmi una strana lettera che aveva trovato per caso quando le avevo dato l'incarico di sgomberare la casa e metterla in vendita. La lettera, risalente all'inverno 2006, quando io vivevo ancora a Milano, era nascosta dietro una cassettiera nella stanza da letto dei miei genitori.

Febbraio 2006

Scrivo questa lettera dopo oltre sedici anni da quel maledetto giorno d'estate del 1989 in cui ho scoperto cosa avevi fatto. Oh Sara, non so se riuscirò mai a spedirti questo scritto, mi manca il coraggio. Troppe incomprensioni ci hanno divise, fino a portarci su fronti opposti, e io non sono in grado di far cadere le barriere dietro le quali mi sono sempre nascosta. Se mai un giorno leggerai queste parole, sappi che non è colpa mia se sono fredda e poco affettuosa con te e Giorgia. Non so se questo problema sia una conseguenza dell'educazione ferrea che mi hanno imposto i miei genitori, oppure se sia solo per il mio pessimo carattere e per l'orgoglio che mi impedisce di abbassare le difese. L'unica cosa di cui sono sicura è che avrei voluto il meglio per voi, per te... ma vederti crescere così in fretta mi ha profondamente scossa e turbata. Confesso che, quando eri piccola, sognavo che saresti rimasta a vivere qui a casa per sempre.

Quel pomeriggio sono andata nel fienile per sbrigare delle faccende e ho visto il paraurti della tua macchina sporco di sangue... Ho immaginato che fosse successo qualcosa di grave e la mia vita, Sara, si è interrotta in quel preciso momento. All'inizio pensai che tu avessi investito una lepre o un animale selvatico, e me ne volli convincere anche quando scoprimmo che Andrea era scomparso. Volevo credere davvero che fosse solo una coincidenza, ma il mio sesto senso non mi dava pace. E quella notte, mentre tuo padre dormiva, andai a ripulire la macchina. Per zittire Segi, che non faceva altro che abbaiare e annusare il paraurti, gli diedi delle gocce di tranquillante. Non potevo permettere che qualcuno si insospettisse. È stata la cosa più difficile che io abbia mai fatto in vita mia. Tu, Sara, mia figlia, avevi ammazzato Andrea. La mia bambina era diventata un'assassina.

Quando ne ebbi la conferma dal tuo modo di comportarti, che cambiò radicalmente, non potei fare altro che prenderne atto. Come madre, tuttavia, avevo il dovere di difenderti. Di proteggerti da te stessa, dalla verità e dalle offese che le persone del paese vomitavano addosso a questo sconosciuto che era scappato vigliaccamente. Hai sbagliato, Sara, e io non ho mai avuto il coraggio di chiederti come fosse successo, ma di una cosa sono certa: non l'avevi fatto di proposito. Lo capii dal senso di colpa che ti portavi sempre appresso.

Allora decisi di lasciarti stare, le raccomandazioni che tanto ti avevo propinato non erano servite a niente e non c'era più nulla che io potessi fare se non lasciarti andare via da casa con la scusa dell'università. Mi è costato caro vederti partire, ma capii che eri abbastanza forte da cavartela da sola. E così non mi opposi e mi concentrai solo su Giorgia. Lei era un vero enigma e mi faceva innervosire più del dovuto, se solo fosse stata come tutti gli altri... Tu almeno ti sei adeguata alla società portandoti dentro un fardello più grande di te, ma lei era – ed è tuttora – strana. In certi momenti arriva addirittura a farmi paura. Io le dico cosa è meglio per lei e le ripeto in continuazione di comportarsi bene, ma con mio grande dispiacere non riesco a ottenere niente. La mia unica consolazione è che quando siamo in pubblico mantiene un comportamento adeguato. Se non mi vuole raccontare cosa le passa per la testa, posso solo accudirla come si deve. In realtà è come una bambina che ha continuamente bisogno della mamma, e io sono qui per lei.

Tuo padre non è al corrente dell'incidente e di come ti ho coperto. Non lo saprà mai. Ho pensato e penserò a tutto io... in fondo è quello che faccio da tutta la vita, perché gli uomini non sempre capiscono le donne.

Sono tanto stanca di tutto, Sara, molto più di quanto immagini. Quello che voglio e spero è che un giorno tu possa trovare la pace, nonostante quello che hai fatto. Non voglio nemmeno sapere in che guai ti sei cacciata quel giorno e come tu abbia fatto a sbandare in quella maniera. Però di una cosa sono certa: il mio impegno nell'educarti non è servito a niente. Con te ho fallito... e adesso cercherò di fare del mio meglio con Giorgia.

Pregherò per te, perché sei mia figlia. E i figli si devono proteggere in tutti i modi possibili e inimmaginabili. Anche quando sbagliano.

Che Dio sia sempre con te.

Mamma

Mentre leggevo la lettera, scoppiai a piangere e poi ripiegai lentamente il foglio. Da quelle frasi ebbi la dura conferma che mia madre era una donna con gravi problemi psicologici. Convinzioni malsane che la portavano a volere il controllo assoluto sulla vita della famiglia. Eppure, nella sua follia e nel suo modo acido e distaccato di sottolineare la colpa di cui *mi ero sporcata*, aveva fatto il possibile per *proteggermi*. Sbagliando, sì, perché nascondere la verità aveva corroso ognuna di noi.

Sconsolata più che mai da quella dolorosa riflessione, mi dissi che in fondo non ero poi tanto diversa dalla donna che mi aveva messa al mondo... Lei aveva paura di sapere e scoprire quello che avevo fatto, ma nonostante questo mi aveva coperto come solo l'istinto di protezione di una madre è capace di fare. Lei non mi chiese mai nulla e io non ebbi mai il coraggio di dirle ciò che era successo: *paradossalmente, tutto questo ci rendeva molto simili.*

Nel corso degli anni avevo mantenuto l'autocontrollo ed ero stata in grado di non esternare mai la rabbia, il rancore e il dispiacere: mi ero talmente abituata a tenermi tutto dentro, che la vera Sara si era prima smarrita in qualche luogo buio e poi si era rifugiata in un nascondiglio sicuro nella mia mente. L'avevo deliberatamente esclusa dalla mia vita e lasciata lì, con la convinzione che se fosse uscita dall'oscurità in cui era sprofondata avrebbe attentato al mio duro lavoro di ricostruzione, riducendolo in polvere. E questo non potevo permetterlo.

Sei mesi dopo aver ricevuto la lettera scritta da mia madre, in una mattinata piovosa e fredda venni avvertita che c'era una visita per me, e me ne meravigliai perché Sabrina mi aveva detto che non sarebbe venuta per problemi di lavoro.

Ammanettata percorsi il lungo corridoio che portava alla grande sala dove si svolgevano le visite e mentre mettevo un piede davanti all'altro mi chiedevo chi potesse essere a volermi incontrare: i membri della mia famiglia erano morti e le persone che mi conoscevano come amici e colleghi mi avevano cancellata dalla loro vita.

La pioggia picchiettava forte sul tetto e il rumore echeggiava violento all'interno delle celle, oltre le sbarre, negli uffici e nelle guardiole. «Sei pronta Sara?» mi domandò Elisa, l'unica guardia carceraria che aveva instaurato con me *un rapporto umano*: quando la sorprendo a guardarmi, capisco che prova pena per me.

«Perché me lo chiedi?» le dissi guardandola dritta negli occhi.

«Lo capirai...» rispose sospirando.

Corrucciando la fronte, mi rintanai nel mio silenzio... finché all'improvviso vidi la persona che si era spinta in quella giornata grigia e uggiosa a farmi visita. Il sangue mi si gelò nelle vene: davanti a me c'era Raffaella, la mamma di Andrea, seduta dietro un tavolo di ferro e avvolta in un cappotto nero. Pallida in viso e con gli occhi vuoti tipici di chi non ha più lacrime da versare, sembrava ancora più vecchia di come la ricordavo.

Con il fiato spezzato, mi fermai di colpo. Non ero preparata a quell'incontro, mi girava la testa e il cuore mi batteva forte, ingabbiato nel torace rigido e contratto.

«Fatti forza, Sara, lo sai anche tu che non sarai mai pronta per questo colloquio... Hai l'occasione di chiedere perdono, non sprecarla» mi suggerì Elisa appoggiandomi una mano sulla spalla.

Deglutendo a fatica, feci un cenno di assenso con il capo e muovendomi lentamente sulle gambe malferme andai a sedermi al tavolo, senza avere il coraggio di guardare quella donna negli occhi. Aveva fatto parte della mia vita e l'avevo vista così tante volte a casa mia da ragazza che nemmeno le contavo, eppure in quel momento mi pareva un'estranea. Una sconosciuta proveniente da un altro pianeta, un essere che non sa più cosa sia la felicità.

Un silenzio opprimente riempiva l'intera sala: c'eravamo solo noi due (in seguito seppi che il direttore aveva posticipato le visite degli altri detenuti per dare la possibilità a Raffaella di parlare con me in tutta tranquillità).

In quella pressante atmosfera muta e chiusa in se stessa si udivano solo i nostri respiri leggermente affannati: due donne a confronto con una palude scura e tetra di pensieri che si muovevano viscidi nella loro mente. Io ero ancora con gli occhi abbassati ma sentivo che lo sguardo di Raffaella, freddo e tagliente, mi stava sezionando come fa il medico legale sul cadavere durante l'autopsia. Lo sentivo sulla mia pelle.

«Sara...» pronunciò il mio nome con voce flebile e sottile, ma ferma e determinata. «*Perché?*». E il silenzio riprese il sopravvento.

A quella domanda strizzai gli occhi e scoppiai a piangere. «Non lo so» biascicai faticosamente scuotendo la testa.

«Guardami, Sara... Ti prego, dammi una spiegazione che possa darmi un briciolo di pace. Ti imploro in nome dell'amicizia che ha sempre legato le nostre famiglie».

Con uno sforzo enorme alzai lo sguardo e sprofondai nei suoi occhi che erano dello stesso color cenere di Andrea. Per un attimo rividi quel faccino imbrattato di sangue con gli occhi spalancati privi di vita, poi mi concentrai su Raffaella. «Sì, hai ragione» attaccai sospirando. «Ti devo una spiegazione. E ti prometto che l'avrai».

Incespicando nelle parole, le raccontai tutto per filo e per segno e lei rimase lì a fissarmi, senza mai interrompermi: intuii che cercava una ragione per la disgrazia che aveva subìto. Una spiegazione logica che potesse giustificare la morte del figlio.

«Questa è la verità che ho taciuto a tutti» le dissi infine con le lacrime che mi rigavano il viso e con un tremendo senso di colpa. Avrei fatto qualsiasi cosa per farmi perdonare, per tornare a quel momento tragico collocato nel passato e cambiare gli eventi futuri. «Se puoi, perdonami, Raffaella» mi spinsi a chiederle senza nemmeno rendermene conto. Dentro di me imperversava una tempesta di emozioni che mi faceva vacillare e girare la testa, e il rumore metallico delle manette ad ogni impercettibile movimento mi ricordava la mia condanna.

Lei teneva le mani giunte in grembo e mi fissava, incapace di mostrare qualsiasi tipo di emozione. Sospirò e deglutì faticosamente. «Sara, io non posso continuare così. Sono venuta qui per trovare una ragione alla perdita di mio figlio, un motivo che mi restituisse un minimo di pace interiore, ma non sono certa di averla trovata...» e si fermò per un lungo attimo a riflettere.

«Sì, insomma, lo sappiamo tutte e due che qualsiasi spiegazione mi darai non sarà mai sufficiente. Quello che volevo e mi serviva era vederti di persona per capire se sei sinceramente addolorata. E a giudicare dal tuo stato d'animo, penso che tu lo sia. Io sono credente, Sara, e la mia fede mi chiede di perdonarti. Così mi è stato insegnato... e questo farò... Ti perdonerò perché eri una ragazza giovane che ha commesso l'errore più grande della sua vita. E perché anche tu sei condannata a giorni bui e tristi, proprio come me. La tua pena è la mia... e la condivideremo per il resto dei nostri giorni».

A quelle parole profonde, sentite e toccanti, istintivamente allungai le mani sul tavolo: desideravo e speravo un contatto fisico con lei che sancisse il momento e mettesse fine al dolore straziante che mi scavava dentro.

Raffaella invece rimase immobile, con le mani giunte.

«Non chiedermi troppo» mi disse con la voce incrinata.

Subito dopo si alzò, posò uno sguardo pietoso su di me e si allontanò dignitosamente verso la porta da cui era entrata.

Io rimasi a guardarla andarsene lentamente: aveva le spalle curve e il cappotto scuro e lungo la faceva sembrare ancora più piccola. Era una donna indifesa e allo stesso tempo forte e salda che si era spinta ben oltre le sue possibilità, e io non potevo certo pretendere di più da lei. Quando si chiuse la porta alle spalle, vergognandomi profondamente della mia speranza, ritirai le mani e mi asciugai il viso bagnato di pianto. In uno stato di angoscia, rimasi a fissare le lacrime che avevano bagnato il tavolo: frammenti della mia colpa caduti su una lastra grigia, fredda e anonima.

Ripensare a quel momento è difficile, così come è complicato sopravvivere in questo posto. Sono giorni che penso a come farla finita e non ho detto niente a nessuno, nemmeno allo psicologo che ogni settimana viene ad accertarsi delle mie condizioni. Mi ricorda inutilmente che l'isolamento è duro e che il suo lavoro è assicurarsi che io non abbia pensieri suicidi. Ma io li ho... Spesso rifletto su come Giorgia si sia tolta la vita e mi dico che anch'io dovrei morire allo stesso modo. Poi però mi rendo conto che sarebbe un gesto da vigliacchi... e nella mia vita lo sono già stata abbastanza.

Così me ne resto qui con i miei fantasmi muti che mi fissano. E aspetto pazientemente che la colpa mi faccia a pezzi e mi avveleni ogni organo interno. Aspetto di morire e affogare tra il senso di colpa e i rimorsi, mentre i fasci di luce che filtrano tra le sbarre della cella tentano invano di illuminare il buio perenne che ho dentro.

***

La verità nascosta

Giorgia

14 luglio 2016

Intrappolata con le spalle al muro in quella polverosa stanzetta all'interno del fienile, Giorgia guardava *confusa* Sabrina e Sara, che a loro volta la fissavano sperando di salvare l'insalvabile. L'incredibile confessione uscita dalla bocca della sorella l'aveva stravolta, devastata, e ora non sapeva più quale fosse la cosa *giusta* da fare.

Erano *anni* che pianificava nei minimi dettagli quel momento, il momento in cui avrebbe finalmente *vendicato* Andrea e fatto trionfare la *giustizia* e la *verità*... e in appena una manciata di minuti tutto era stato sconvolto. Non solo il suo piano, ma anche ogni sua congettura e convinzione. Fino a pochi minuti prima, lei era *sicura* che l'assassino di Andrea fosse quel maledetto prete, che ora non smetteva più di piagnucolare e di lamentarsi... Un gemito talmente irritante che la incitava a portare a termine comunque il progetto di ucciderlo, anche se oramai sapeva che lui non c'entrava niente con la morte dell'amico.

Aveva sbagliato tutto, la *verità* era un'altra...

Giorgia era lì in piedi, con il coltello stretto nella mano, e tremava, *intrappolata nel suo stesso inganno*, finché all'improvviso i ricordi di quel giorno riaffiorarono violentemente da un angolo remoto della memoria schiaffeggiandola in pieno viso...

Era la fine di agosto del 1989 e Giorgia era contenta di aver finalmente terminato il pranzo perché questo significava che presto sarebbe arrivato

347

Andrea. Glielo aveva detto quella mattina Raffaella e lei non vedeva l'ora di incontrarlo di nuovo, perché erano settimane che non passavano un po' di tempo insieme. Avrebbe tanto voluto farlo sapere a Sara, ma sua sorella era andata in piscina con degli amici. Tra l'altro era uscita di casa in fretta e furia quasi senza salutarla, dopo l'ennesimo litigio con la mamma.

Sparecchiata la tavola e riordinata la cucina, Giorgia accompagnò nel cortile sua madre e suo padre, rimanendo a osservarli a lungo mentre si allontanavano verso i campi tra i raccoglitori di pomodori con i loro ampi cappelli di paglia pigiati sulla testa e i fazzoletti colorati legati al collo. La linea ondulata dell'orizzonte in perenne movimento per effetto dell'umidità era continuamente interrotta dai tanti trattori che si spostavano da una parte all'altra sollevando ampie nuvole di terra arida. Voci e rumori le arrivavano da lontano e tutto era avvolto dall'incessante e stordente frinire delle cicale.

Lasciandosi alle spalle il mondo agricolo, la bambina rientrò in casa e corse al telefono. Compose il numero di Andrea e attese.

«Pronto?» rispose lui dall'altra parte del filo dopo tre squilli andati a vuoto.

«Sono Giorgia».

Andrea rimase in silenzio.

«Sei arrabbiato con me?» gli domandò lei, incerta su cosa dirgli. Tutte le idee che prima di chiamarlo le erano venute in mente, per riallacciare il rapporto con lui, adesso sembravano svanite nel nulla.

«No...» le rispose lui titubante.

«Allora poi vieni da me a giocare?».

«Non credo, Giorgia, devo fare i compiti».

«Ma come? Io pensavo che ci saremmo visti oggi pomeriggio, me lo ha detto tua mamma...».

«Non posso. Oggi non riesco. Altrimenti poi mi sgrida se non finisco».

Giorgia intercettò subito la bugia che le stava propinando il suo amico e si irrigidì. Una forte sensazione di *tradimento* la colpì dritta allo stomaco.

«Va bene. Puoi venire domani?» insistette cercando di accorciare la distanza che si era creata tra loro. Era passata dal considerare Andrea come un fratello generoso e premuroso a perderlo per colpa di quel prete. «Andrea, ci sei?».

«Domani... no, non posso. Domani vado a pescare. Forse anche oggi... Ciao Giorgia» le rispose spazientito, riattaccando e lasciandola di stucco con la cornetta tra le mani.

Con le lacrime agli occhi, lei rimise il telefono al suo posto e andò a sedersi sul divano sprofondando nello sconforto più cupo che avesse mai provato. Nel silenzio pigro e sonnacchioso del primo pomeriggio udiva solo il tamburellare del suo cuore ferito, trafitto dal dolore della *sconfitta* e della *delusione*. Per lei, il mondo si era improvvisamente fermato e il dolce sapore dell'estate si stava trasformando in qualcosa di estremamente amaro, in una dura lezione della vita, quando succede qualcosa di brutto che ti coglie alla sprovvista e ti travolge trascinandoti nelle sue spire più buie.

Rimase a lungo lì, rannicchiata sul divano, assecondando una strana sensazione di *risentimento* che a poco a poco prese il sopravvento sul dolore. Aveva assolutamente bisogno di capire, di sapere perché Andrea non volesse più giocare con lei, e così decise di andare da lui per chiederglielo di persona...

Si mise a pensare e a ripensare su come uscire di casa senza farsi vedere. Se infatti avesse chiesto il permesso, sua madre glielo avrebbe sicuramente negato oppure avrebbe iniziato a litigare con papà, e lei era davvero stanca delle loro discussioni. Quindi non aveva scelta: doveva fare tutto di nascosto. Se i suoi genitori l'avessero scoperta, l'avrebbero messa in punizione per il resto della vita perché aveva disobbedito alle loro regole... ma questo non le importava, lei voleva solo parlare con Andrea.

Quando si sentì pronta per l'impresa, prese il mazzo di chiavi di casa, se lo infilò nella tasca dei pantaloncini e sgattaiolò fuori facendo attenzione che, dai campi, nessuno la notasse. Si spinse oltre la proprietà e costeggiò il canale che tagliava di netto la campagna. A ridosso dell'erba che incorniciava il corso d'acqua si appiattì il più possibile e passo dopo passo, con lo stomaco in subbuglio e la testa che le martellava per una forte emicrania, arrivò al posto preferito dagli appassionati della pesca. In un primo momento le sembrò che non ci fosse nessuno, ma quando in lontananza vide la sagoma di Andrea, intento a trafficare con la canna, venne travolta da una *rabbia* improvvisa e d'istinto aumentò il passo, fino a mettersi a correre. Il canto fastidioso delle cicale e il ronzio continuo degli insetti facevano da colonna sonora a quella *resa dei conti* che Giorgia pretendeva a tutti i costi: era stanca di aspettare e *fare la brava bambina*.

Arrivata a pochi metri da lui, prese tutto il fiato che aveva in gola e gridò il suo nome. Poi, con la voce rotta e gli occhi lucidi dal pianto, gli domandò: «Perché?».

Andrea si voltò verso di lei e abbassando la canna da pesca che teneva in mano rovesciò per sbaglio il barattolo che stava ai suoi piedi. I vermi iniziarono a strisciare fuori, tra l'erba arsa dal sole, nel disperato tentativo di liberarsi da quella claustrofobica prigione. Il suo volto accaldato tutto a un tratto impallidì, come se una folata di vento gelido lo avesse sorpreso e investito. Non sapeva cosa dire, come rispondere all'amica. Di una sola cosa però era sicuro: la situazione non era più quella di prima. Era cambiato tutto.

«Allora? Mi vuoi dire perché non vuoi più venire a giocare con me? È tutta colpa di quello stupido prete, lo so!» gli rinfacciò a un passo da lui, immergendosi nei suoi occhi color cenere.

Andrea deglutì. «Lui dice che non possiamo essere amici. Mi ha detto che *le amiche non vanno bene per me...* e che devo fare il bravo con lui, altrimenti racconterà tutto alla mamma...».

Giorgia corrucciò la fronte e ricordò quello che aveva visto in sagrestia durante il campo estivo, senza però afferrarne il significato.

«Mi ha detto che è colpa mia... che sono troppo bravo. È per questo che non riesce a resistere. Io so solo che *non posso più giocare con te*» tentò di spiegarle incespicando nelle parole e arrossendo vistosamente.

«Ma adesso lui non è qui! Vieni con me, io non gli dirò niente. Sarà un segreto tutto nostro» gli propose lei appoggiando le mani sulle sue spalle e intravedendo un fioco barlume di speranza. Lei voleva solo l'amicizia del suo migliore amico. Non desiderava altro che trascorrere un po' di tempo con lui e non capiva per quale motivo lui facesse tanta resistenza. Erano soli, lontani dalla città, dalla parrocchia, da quel prete impiccione dagli occhi di ghiaccio.

Abbassando lo sguardo, Andrea si ritrasse e indietreggiò di un passo mentre Giorgia, freddata da quel gesto distaccato e inatteso, gli voltò le spalle asciugandosi con il dorso delle mani le lacrime che adesso le rigavano le guance. Non voleva dargli la soddisfazione di vederla piangere.

«Fai come vuoi, io torno a casa. Tu vai pure da don Paolo, visto che ti sta così tanto simpatico».

«Lui non mi sta simpatico!» gridò Andrea con la voce incrinata, stringendo forte la canna da pesca.

«Allora vieni con me!» lo mise alla prova. Pur non vedendolo, percepiva la sua indecisione, il suo dilemma, il suo respiro corto affannato.

«No, non possiamo più essere amici».

Giorgia strizzò gli occhi per impedire alle lacrime di prendere il sopravvento... e fu in quel momento che tutti i suoi sentimenti si trasformarono in una profonda sete di *vendetta*. Lei lo aveva raggiunto per chiarire la situazione e riappacificarsi con lui, ma quello che Andrea le aveva detto cambiava tutto. Era arrabbiata, furiosa, totalmente fuori controllo.

Odiava quel prete e detestava con tutte le forze anche Andrea, che le pareva un bambolotto stupido, incapace di pensare con la propria testa. Quando aprì gli occhi, con il cuore che batteva all'impazzata, il suo sguardo cadde su una *spranga di ferro* arrugginita, quasi sepolta tra i ciuffi d'erba. D'istinto si chinò, la raccolse e stringendola con rabbia tra le mani sudate si voltò, *colpendo violentemente Andrea in pieno volto.*

Una volta per il dolore che provava.

Due, per la rabbia incontrollabile che la dominava.

Tre, per il rifiuto crudele di Andrea.

Quattro, per l'avversione profonda che provava verso quel prete ambiguo che le aveva portato via il suo migliore amico...

Il bambino, preso alla sprovvista, iniziò a barcollare e poi cadde a terra con la canna da pesca ancora stretta nella mano. Frastornato, si trascinò verso un paletto di cemento conficcato nel terreno e vi si appoggiò con la schiena, mettendosi seduto. Respirava a fatica e il suo viso era una maschera di sangue. Non capiva cosa gli stesse succedendo, ma si sentiva debole e spossato, mentre qualcosa di appiccicoso gli colava sulla faccia e sugli occhi.

In un attimo di lucidità si voltò verso Giorgia, che aveva ancora la spranga in mano, e confuso osservò la sua espressione *adirata*, *cattiva*, *vendicativa*… Poi la vista si fece sfocata e, senza quasi accorgersene, Andrea scivolò verso un senso di vuoto assoluto che lo portò via.

Giorgia, fredda e imperturbabile, fissò a lungo quello che un tempo era stato il suo migliore amico, poi senza alcuna pietà gli voltò le spalle e si allontanò. Dopo pochi passi gettò la spranga in acqua e corse veloce verso casa.

Non si era nemmeno resa conto di quello che aveva fatto e a ogni metro che percorreva, con l'aria calda che le scompigliava i capelli, la sua memoria *si confondeva* e *si annebbiava* fino a sprofondare nei meandri più bui e nascosti della mente.

Tornata a casa, si accorse che i suoi vestiti erano sporchi e si chiese come avesse fatto a ridursi in quel modo. *Se mamma mi trova conciata così, mi sgriderà*, pensò. Quindi si spogliò, si diede una ripulita e si cambiò. Per non far arrabbiare sua madre, pensò anche di lavare i pantaloncini e la maglietta, e di stenderli ad asciugare. Infine andò sotto il portico del fienile, dove preparò un tavolino per fare merenda *con Andrea*. Era impaziente di vederlo spuntare dal sentiero…

Ora Giorgia ricordava tutto: la spranga di ferro, il viso di Andrea ridotto a una maschera di sangue, il suo corpo senza vita, la canna da pesca ancora stretta nella mano, la corsa forsennata verso casa in cui *aveva rimosso* ogni cosa.

Quello che aveva fatto era una colpa troppo grande da sopportare: *era stata lei ad assassinare il suo migliore amico...*

E così, disperata e travolta dalla *verità*, si portò la lama al collo. Mentre il sangue colava sull'abito della madre, quella madre che *non le aveva creduto* e che l'*aveva asfissiata* per tanti anni, sentì crollare su se stesso l'imponente castello di bugie che si era costruita nel tempo.

Esausta si fece prendere dalla stanchezza e si lasciò andare tra le braccia di Sara, che la soccorsero e la strinsero forte a sé nel tentativo disperato di salvarla.

Mentre la vita l'abbandonava, Giorgia tentò di dire alla sorella che non era stata lei a uccidere Andrea, ma dalla sua bocca uscirono solo rantoli confusi e incomprensibili. E mentre la morte fredda e spietata la stava lentamente portando via senza che lei se ne accorgesse, tanti ricordi le attraversarono lo sguardo come fotogrammi preziosi da custodire: quando Sara giocava con lei per ore, pettinando e vestendo le bambole secondo le sue direttive; quando le leggeva le favole prima di addormentarsi, con la voce carica di affetto; quando le aveva confidato che non voleva più frequentare la parrocchia, né vedere quel prete che le aveva rovinato la vita.

La morte la stava inesorabilmente traghettando verso l'ignoto e lei percepiva ancora il profumo di Sara quando si sdraiava accanto a lei per sistemarle una ciocca di capelli, per farle le coccole, per rassicurarla che ci sarebbe sempre stata, per qualsiasi problema. Le tornarono in mente le tante volte che Sara l'aveva fatta sorridere, quando le controllava i compiti, quando l'abbracciava con amore... E poi il solletico, la lotta con i cuscini, la mattina in cui si era messa le sue scarpe con il tacco e poi l'aveva svegliata per farle vedere come le stavano bene. Com'era bello quando la chiamava *bambolina* coccolandola al caldo sotto le coperte, mentre fuori l'inverno attanagliava tutto nella sua gelida morsa. I presepi allestiti insieme, e lei che giocava per casa con le statuine mentre Sara si dava da fare per sistemare tutto per bene. I film che avevano visto sul divano, con una tazza di cioccolata calda tra le mani. Si ricordò anche del momento straziante in cui, tremante e fuori di sé, aveva gridato tutto il suo dolore per la perdita di Andrea e Sara, supplicandola di smettere, l'aveva stretta a sé cullandola. Adesso capiva cosa si celasse dietro la sua voce rotta. *Era convinta di essere stata lei a strapparmi Andrea. Si sentiva colpevole...*

Le tornò in mente il giorno in cui Sara era partita per Milano e lei l'aveva salutata regalandole un disegno fatto con tanta cura. Vedendola andar via, aveva provato una stretta al cuore e poi si era divincolata da quell'abbraccio così sincero per poi rintanarsi in camera. Lontana da tutto e da tutti.

Ripensò a quando per telefono raccontava a Sara che la madre le stava sempre con il fiato sul collo raccomandandole continuamente di comportarsi bene e a come sua sorella cercasse di tamponare la questione dicendole di portare pazienza. A quando Sara era tornata a casa per le vacanze di Natale e all'entusiasmo che aveva provato rivedendola. Ai momenti più bui e al graduale allontanamento che le aveva separate solcando terreni fatti di grevi silenzi e verità nascoste. A tutte le volte in cui le braccia di Sara erano state pronte a sostenerla nonostante le difficoltà e i dissapori tra loro due. Sua sorella era sempre stata lì, malgrado tutto, e aveva fatto il possibile per proteggerla.

Giorgia sospirò faticosamente e si concentrò sulle mani calde della sorella, quelle mani così affettuose e rassicuranti che adesso tentavano disperatamente di salvarla. Quelle stesse mani che tanto l'avevano cercata anche quando lei si ostinava ad allontanarle. Rifiutando così l'amore incondizionato che Sara provava per lei.

Schiacciata da un lacerante dolore al petto e da un insopportabile senso di colpa, Giorgia tentò nuovamente di dire alla sorella che non era lei la responsabile della morte di Andrea, ma un colpo di tosse pregno di sangue le impedì di esprimersi, di *salvarla*. Disperata si commosse e una lacrima cristallina si mescolò tristemente al sangue rosso del pentimento.

Giorgia esalò l'ultimo respiro stretta al petto di Sara, che singhiozzante piangeva le occasioni mancate, il futuro che avrebbero potuto avere, il rapporto sereno e amorevole che avrebbero potuto costruire. L'occasione perduta per sempre di redimersi entrambe dagli sbagli commessi. La sua *bambolina* se ne era andata per sempre.

E, con lei, *la verità...*

Ringraziamenti

Le persone che desidero ringraziare per prime sono mio marito e mio figlio, che in questo periodo così difficile segnato dalla pandemia sono state fondamentali per portare a termine questo romanzo. *Siete le persone più importanti della mia vita e senza di voi sarebbe stato molto più faticoso superare gli ostacoli che ho dovuto affrontare. L'amore per le persone a cui si vuole bene emerge nei momenti di difficoltà e io mi ritengo la donna più fortunata del mondo per avervi accanto. Grazie di cuore.*

Un grande e affettuoso grazie va a tutta la mia famiglia, che quest'anno, purtroppo, ho visto raramente. *Il tempo perso non ci verrà restituito ma appena tutto sarà passato ci potremo riunire di nuovo e ci riabbracceremo annullando ogni distanza. Vi voglio bene.*

Ringrazio con affetto e con la promessa di condividere un caffè, appena possibile, la mia editor Tiziana Gilardi, che in questi anni è diventata il mio punto di riferimento nella revisione dei miei romanzi. *Grazie per l'impeccabile lavoro. Il tuo modo di lavorare è sempre in sintonia con il mio e questo particolare per me è di fondamentale importanza. Oramai ci capiamo anche senza parlarci. Ti mando un forte abbraccio virtuale.*

Un grazie speciale va alle mie lettrici e ai lettori che con i loro commenti mi scaldano il cuore. *Se potessi, vi ringrazierei uno per uno. Leggere le vostre parole mi rende davvero felice. Sui miei canali social cerco di rispondere a tutti, ma se a volte non rispondo...*

perdonatemi: i commenti sono tanti e può capitare che qualcuno mi sfugga. Il 2020 è stato un anno terribile e complicato per tutti, ma spero nel mio piccolo di avervi tenuto compagnia con le mie storie. Mi auguro che "La fragilità dell'apparenza" vi abbia regalato nuove emozioni e spero vorrete, anche questa volta, lasciarmi le vostre recensioni su Amazon e Kobo.

A ognuno di voi, grazie di cuore!
Serena McLeen

Serena McLeen

Come il veleno

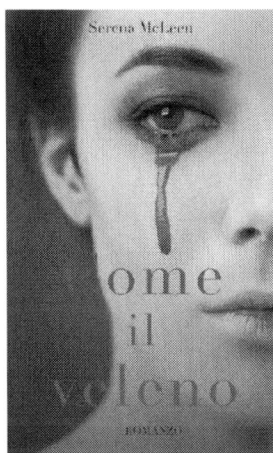

Linda è una bambina di dieci anni e un giorno assiste per caso a una strana scena tra i suoi genitori: il padre sta piangendo e la madre, abbracciandolo, gli accarezza i capelli. È la prima volta che Linda vede suo padre soffrire e sua madre fare un gesto d'affetto verso qualcuno...

La freddezza della madre e i suoi continui rimproveri lasciano un segno profondo nell'infanzia di Linda, che sembra rinascere solo quando si allontana da casa per andare a vivere dagli zii. Ma cosa si nasconde dietro il comportamento della madre e perché la vita di Linda viene sconvolta da eventi apparentemente inspiegabili?

In un continuo alternarsi tra presente e passato e in un costante crescendo di tensione, un coinvolgente romanzo psicologico che tiene con il fiato sospeso fino all'ultima riga... e all'ultimo segreto.

Serena McLeen

Il peso della vergogna

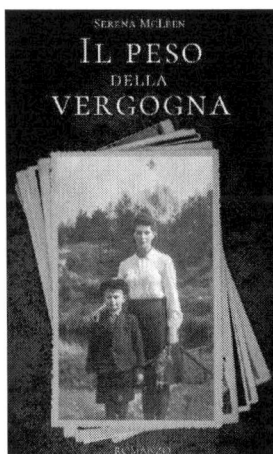

Dopo la morte dell'amata nonna Angela Bramante, Annabella viene a conoscenza dell'esistenza di Villa dei Conti Bramante, la maestosa e vecchia dimora nella quale, in un piccolo paese della bassa pianura padana, proprio la nonna ha vissuto la sua giovinezza, per poi scappare alcuni anni dopo la fine della Seconda Guerra Mondiale lasciandosi quel passato alle spalle per sempre.

Annabella dovrà accettare quel lascito e ristrutturare la casa, oppure rinunciarvi: ad aiutarla a scegliere cosa fare sarà una lettera che la nonna le ha lasciato. Ma cosa si nasconde tra le righe di quello scritto? Quando Annabella finalmente scioglierà i propri dubbi, imbarcandosi nel compito affidatole dalla nonna, si immergerà fra le pagine del diario e fra i più dolorosi ricordi di quella parte della vita di Angela, a lei sconosciuta e legata agli anni bui del Fascismo e della guerra.

In un momento di crisi artistica e professionale, Annabella troverà nuova ispirazione nella ricerca della verità e nell'incontro con Francesco, che gestisce con la madre la locanda di paese, ma allo stesso tempo scoprirà che dell'eredità della nonna fa parte anche l'inconfessabile storia della sua stessa famiglia: un capitolo torbido e pregno di segreti per colpa del quale Angela ha vissuto tutta la vita sotto il peso della vergogna.

Una giovane donna in cerca di se stessa, i terribili segreti di un passato sepolto ma non morto: nel contesto storico della Seconda Guerra Mondiale, un romanzo psicologico che rivela le pieghe più oscure dell'animo umano.

Serena McLeen

Confessioni dal passato

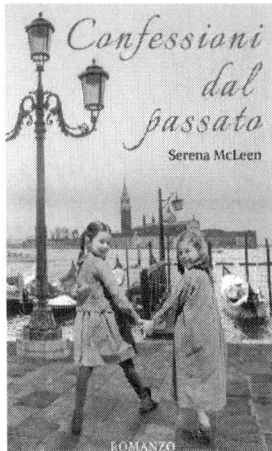

Leonard Ross vive a New York, dove gestisce un negozio d'antiquariato. La sua vita scorre tranquilla, finché un giorno un'anziana signora gli consegna frettolosamente una vecchia scatola. Poco tempo dopo, gli vengono recapitati altri oggetti mai visti prima e lui si insospettisce. Perché sono stati dati proprio a lui?

Qualche settimana più tardi, riceve uno strano invito: l'anziana signora desidera incontrarlo per rivelargli tutta la verità. Leonard accetta e lei comincia a raccontare.

Una storia nella storia...

Le sue parole lo portano indietro nel tempo, durante la Seconda Guerra Mondiale, e lo conducono oltreoceano, a Venezia, dove due bambine, una americana e una ebrea, strinsero una profonda amicizia, segnata però da terribili tragedie e atroci segreti...

Lui continua a non capire. Non è mai stato a Venezia e quella storia si svolse prima che lui nascesse. Come può riguardarlo?

E invece, attraverso il doloroso racconto dell'anziana, il filo del passato si riannoda al presente... Quella lontana vicenda rimasta sepolta per anni lo riguarda da vicino... perché tutti i protagonisti sono parte di lui e della sua identità.

Un romanzo affascinante dagli infiniti intrecci: passato e presente, dubbio e certezza, promessa e tradimento. Perché spesso la normalità è semplicemente una facciata che nasconde il peso opprimente di tremende tragedie e angoscianti segreti.

Printed by Amazon Italia Logistica S.r.l.
Torrazza Piemonte (TO), Italy